U0450897

目　次

第四部

第一章	3
第二章	38
第三章	70
第四章	92
第五章	121
第六章	155
第七章	173
第八章	188
第九章	207
第十章	238
第十一章	251
第十二章	266
第十三章	282

第四部

夏

第一章

　　马捷伊·波利那就这样离开了人世。

　　由于是星期日，家里的人都还在熟睡中，瓦帕吠得如此凄惨，如此可怕，还纵身扑跳在门上，把人们都吵醒了。等他们开门放它进去，它便咬住他们的衣服，急忙朝外走去，还回头看了看他们，是否跟着它出去了。对于瓦帕的这种反常举动，汉卡终于有所察觉了。

　　"尤什卡，你跟去看看，瓦帕到底想要干什么。"

　　尤什卡高高兴兴地跟着去了，一路上还蹦蹦跳跳的。

　　瓦帕把尤什卡带到了她父亲的尸体旁。

　　尤什卡一看到父亲一动不动趴在地上，便发出可怕的厉声叫喊，大家立即跑过田野来到老人身边，发现他的躯体已经变冷变僵硬了。他脸朝下俯伏在地上，和他临终时一样，双手伸开成十字形，仿佛是在做最后一次热诚的祈祷。

　　他们把尸体抬回了屋里，千方百计想把他救活。

　　然而，一切努力都已徒劳无益，各种抢救都无济于事，躺在他们面前的已是一具僵硬冰冷的尸体了。

　　屋子里响起了悲惨的哭声，汉卡哭得呼天抢地，尤什卡边哭边往墙上撞头，维特克和小孩子们也放声哭了起来，就连篱笆下面的瓦帕也在大声吠叫。只有彼得一人在院子里走来走去，他朝太阳望了一眼，便回到马厩睡觉去了。

马捷伊躺在自己的床上，身躯笔直而僵硬，仿佛是一块被阳光晒干了的泥土，又像一根被砍倒了的木头。他那紧握的拳头里面还捏有一小撮泥土，他那睁得大大的眼睛，像是在眺望着远方的天国，而天国正向他敞开着大门。

然而，从他尸体上所发出的那种死亡气息，又是那么凄凉，那么可怕悲惨，使得大家不得不用被单将他罩盖起来。

波利那去世的消息，瞬间传遍了全村。当太阳刚升到屋子的上空，吊丧的人便接连不断地拥来了，他们掀起被单，仔细望着他的眼睛，并且跪下来为他祈祷。另外一些人，感受到上帝执掌着人类的生死大权而被吓得目瞪口呆，站在那里绞动着双手，默默地祈祷着。

与此同时，守丧人的悲哀哭泣声，依然没有停息，连续不断地在村里回响着。

就在这时候，雅姆布罗兹进来了。他把所有人都赶出了屋外，关上房门后，便同雅古斯丁卡和阿加塔一起，为死者进行最后的装殓——阿加塔是蹭进门来专为死者祷告的。雅姆布罗兹一向都很乐意来做这种事的，而且常常会说些俏皮话，但是这一次却不同——他的心情格外沉重。

"无论什么人，再幸福也不过如此。"雅姆布罗兹一边给死者脱衣服，一边调侃道，"死神若是看上了你，就会抓住你的脖子，打你的耳光，你断气了，就会把你拉到神父的牛棚里。面对死神，有谁能抗拒得了呢？"

就连雅古斯丁卡也很悲痛，她伤心地说道："可怜的人，在这个世界上受了这么多的罪，死了反而更好！"

"真的，他遭受过什么虐待吗？"

"那倒没有！不过也没有享过什么福。"

"世界上有谁能过得称心如意呢？就连最大的地主，甚至国王本人，也难免遇到麻烦和痛苦的……"

"他没有挨饿受冻就是了，别的我们也不好说什么了。"

"挨饿算什么，我的大娘。心病才是最折磨人的！"

"是啊，我自己就经历过这样的痛苦。雅格娜让他撕心裂肺，其他的儿女也没有让他顺心过。"

"孩子们对他还不错，没有做过什么对不住他的事情！"阿加塔中断了祈祷，插嘴道。

"你还是专心做你的祷告吧！嘿，就数你明白，还听着别人说话。难道这样你还能为死者全心全意地祷告吗？"雅古斯丁卡生气地叫道。

"我要问问你，如果孩子们对他不好，他们会哭得这样伤心吗？你好好听听他们的哭叫声吧！"

"若是一个人死后留给你一大笔财产，保准你也会哭得惊天动地的！"

"别说话了，雅格娜来了！"雅姆布罗兹提醒她们道。

雅格娜随即进入了房间，她呆呆地站在房间中央，一句话也说不出来。

这时候，他们正在给马捷伊穿上干净的衬衫。

"他真死了……"她终于朝他走去，眼睛盯住他看，哽咽说道。恐惧捏住了她的喉咙和她的心，让她感到浑身发冷，几乎喘不过气来。

"难道你不知道？"雅姆布罗兹温和地问道。

"我睡在娘家，维特克刚刚才把我叫来，他是真的死了吗？"她朝他走去，突然问道。

"当然是真的，我们给他穿衣打扮，并不是让他去结婚，而是为了入殓进棺材。"

雅格娜没有听明白。她步履蹒跚，背靠墙上。她还以为自己在沉沉熟睡，仿佛是被一场噩梦缠住了似的，无法自己惊醒过来，浑身都是冷汗，处在恐惧的痛苦之中。她隔一会儿走出房间，便又立即跑了回来，她的眼睛无法离开那具尸体。她三番五次地逃了出去，但又莫名其妙地跑了回来。她偶尔会坐在篱笆旁，透过田野望着远方，却又什么都视而不见。她坐在屋外却又想和尤什卡挨得近一些，而尤什卡正在房间里号啕大哭，边扯着头发，边悲伤地喊叫道：

"啊，我的爹爹！我唯一的父亲！"

屋内屋外，听到的都是撕心裂肺的哭叫声和悲哀抽泣的呜咽声。唯独她雅格娜一人与众不同。尽管她也浑身发抖，心灵深处也受到莫大的震撼，却从未掉下过一滴眼泪，也没有哭过一声，她也没有大叫大喊，只是来回地走来走去，眼里闪耀出恐惧的光芒，表情严肃而又茫然。

幸亏汉卡很快就克服了悲痛欲绝，尽管她还是眼泪汪汪的，但她强忍着悲痛，重又执掌起一切事务来。等到铁匠夫妇来的时候，她已完全冷静下来了。

马格达立即号啕大哭起来，铁匠则问起老头儿去世的详情来。

汉卡把事情的经过都告诉了他们。

"天主耶稣让他死得这么轻易，这倒是不错。"铁匠低声说道。

"他受了这么多苦，这是他应该得到的。"

"可怜的老人家，他是为了躲开死神才跑到田野里去的！"

"昨天晚上我来看他的时候，他还像往常一样，安安静静地躺在床上。"

"他对你说什么没有？"铁匠擦了擦没有流泪的眼睛，问道。

"什么话都没说。我把羽绒被给他盖好，给他喝了口水，便走开了。"

"这么说来,是他自己站起来的?如果当时有人在看护他,也许他就不会死的。"马格达伤心地说道。

"雅格娜睡在她母亲那里,她老是这样,因为她母亲病得很厉害。"

"该发生的事就必然会发生!他已经躺了有一个多季度了,一直在死亡线上挣扎。若是无法医好,那还不如让他早死为好,这样他就解脱了,不用再受苦受难了,我们真该好好感谢上帝!"铁匠说道。

"你们也知道,这段时间为了给他治病,请医生买药,花了不少钱,可是一点用都没有。"

"注定要死的病人,医生也是无能为力的!"

"多好的一个庄稼汉,多么能干的一个聪明人,我的天主啊!"马格达哽咽道。

"最让我伤心的是,等安特克回来时,他再也见不到他父亲了!"

"他不是个小姑娘,他不会哭鼻子的。你现在倒是要好好考虑一下安葬的事情。"

"说得对!这里一团糟,可惜罗赫又不在。"

"没有他我们自己也能办好。别着急,我会料理好这一切的!"铁匠这样回答道。他显出一副哭丧相,不停地叹息,装出很悲伤的样子,还擦了擦眼泪。当协助雅姆布罗兹折叠死者的衣物时,显然他抱有另一种不可告人的秘密。他在储藏室里的一堆毛线中间翻腾了很久,在各个角落里找来找去的,随后又爬上梯子,要把挂在房子上面的一双皮靴取下来。他像风箱那样喘得很厉害,在为死者祈祷时,声音比他老婆的还要大,而且还不断地追述着死者的慈爱和德行,可是他的眼睛却在房间里乱转,不是双手在枕头下面摸来摸去,就是眼睛在铺有麦草的床垫上盯来盯去的。

雅古斯丁卡终于忍不住,尖声说道:

"你是在寻找什么东西吗？找到了可要拿紧了，免得从你手上溜掉了。"

"谁若不找，谁就什么也得不到。"铁匠回答道，并且公开地找寻起来，就连风琴师家的米哈乌前来叫雅姆布罗兹回去他也不顾，依然搜寻着。

"雅姆布罗兹，叫你快点回教堂去，有四个婴儿等着受洗哩！"

"让他们等一等，我得给死者先穿好衣服。"

"雅姆布罗兹，你就走吧，我来代你做。"铁匠劝说道——他就想把雅姆布罗兹支走。

"我自愿要来做的事，就一定要做完。我不可能再去装殓另一个这样的农民了。米哈乌，你回教堂去代替我一下，让教父教母手捧着蜡烛绕着圣台转几圈就行了，你还能得到好几个格罗什的赏钱哩。"接着他又带点轻视的口吻说道，"这样简单的一个洗礼的小仪式你都应付不了，你还想当什么风琴师呢？"

汉卡叫来了马特乌什，让他给波利那量身子，好给死者打棺材。

"别舍不得木料，要做得宽大一些，也好让这可怜的人死后也能过得舒服一些！"雅姆布罗兹伤心地说道。

"我的天主，生前他有那么多的土地还嫌太少，现在好了，四块木板就能把他装下！"雅古斯丁卡轻声说道。

这时候，阿加塔停止了她的祈祷，呜呜咽咽地说道：

"他是个有田有地的农民，就能按照有田有地的农民来安葬，可是有的穷人，都不知道什么时候会死在别人的篱笆下面呢……愿永恒之光照耀他！让他……"说到这里她便大哭了起来。

马特乌什什么也没有说，只是点了点头，他量好身体之后，说了句祷词便走出去了。尽管今天是星期天，他还是立即投入了工作，所用的木工工具家里一应俱全，几块干燥的橡木板早就准备好了。他立刻在果园里搭起了一个木棚,和奉命前来帮工的彼得一道卖力地干了起来。

现在已是大白天了,太阳高悬空中,发出灼热的光芒。从吃早饭开始,天气就变得炎热起来,所有的果园,所有的田野都沉浸在白茫茫的雾气里了。

有些地方,树上的萎靡的树叶在轻轻摇曳,就像被炎热所困的鸟儿在扑动翅膀那样。整个村庄充满休息日的寂静,只有燕子在池塘上面盘旋飞翔,发出吱吱呀呀的叫声。各条大路上都响起了车轮的嘎嘎声,车后掀起阵阵泥尘,这是邻村的人坐着大车前来教堂。有的车子还在波利那家的门前停了下来,向坐在院子里的伤心悲哭的家属表示慰问,有的透过敞开的门窗朝房间里面伸头探看,同时还发出一声沉重的叹息。

雅姆布罗兹加紧工作,装殓死者完成得很快,他吩咐大家把停尸床扔进果园,把用过的床垫拿到篱笆上去晾晒,还吩咐汉卡把杜松果子拿来,以便他给死者睡过的房间用烟熏法进行消毒。

但是汉卡似乎没有听见他的叫声,她擦了擦眼里的最后的泪水,不停地眺望着大路,期盼着安特克的出现。

然而,时间一个小时又一个小时地过去了,仍不见安特克的人影。于是她想派彼得去城里探听一下消息。

"去也没用,他不会探听到什么消息来的,只会让马白跑一趟!"这时候,老贝利查和微朗卡正好一起到来,他便对汉卡说道。

"警察局总会知道一些消息的!"

"会知道不假,但是第一,今天是星期天,那里不办公,没人在。第二,你若是不给他们进点贡,他就是知道了也不会告诉你什么的。"

"我真的无法坚持下去了。"她向姐姐诉苦道。

"即使他回来了,你也很难高兴起来的。"铁匠说道,他向坐在墙下的雅格娜望了一眼。

"但愿烂掉你的毒舌头!"她嘟囔了一句。

"他的双脚戴脚镣戴得太久了,所以他不可能快步跑回家来的。"铁匠因找不到钱财而火冒三丈,便又恶狠狠地挖苦她道。

汉卡没有搭理他,又来到大路上不断向远处看去。

这时候,做弥撒的钟声响起来了,雅姆布罗兹动身朝教堂走去,行前他还吩咐维特克要用猪油把波利那的靴子好好擦一擦,因为皮子太干太硬了,无法给死者穿上。

铁匠和马特乌什都回到村子里去了,微朗卡带着她的父亲和汉卡的孩子们也离开了。屋子里除了维特克,剩下的全是女人。维特克正在用心地擦着皮靴,还拿到火炉边去烘烤。他有时朝死去的主人看上一眼,更多的是望着尤什卡那边,她现在的哭声变成了微弱的呜咽声。

大路上空无人迹,人们都到教堂做礼拜去了。波利那家也是静悄悄的,除了阿加塔在为死者祈祷的喃喃声和小鸟的叽叽喳喳声外,便别无其他的声音了。房间里还有杜松子燃烧的烟雾在袅袅升起,以及雅古斯丁卡在打扫房间和过道。

没过一会儿,礼拜开始了,在中午的寂静中响起了巨大的歌唱声和风琴声,声音清晰,高亢而又甜美,传到了他们的耳边,让人精神为之一振。

汉卡在房间里站立不安,便来到了篱笆的基座上坐下,想在那里做完她的祷告。

"他死了,死了,死了!"她悲痛地想道。念珠在她手里来回滑动着。她只是嘴上念叨着祷词,可是在她的脑海里,在她的心里,却充满了各种各样诱人的想法,同时也充满了各种恐惧和担心。

"三十二垧土地,还有牧场、森林、房屋、农具,以及不少的其他家产。"她长叹了一声,深情地望着那片广阔的田地,以及由上帝创造的整个世界——要是给他们一些补偿就能把这所有的一切都抓在自己的手中该有多好！就像公公生前那样。

骄傲和自豪涌上心头，她注目着太阳，脸上露出了坚毅的微笑，心里洋溢着美好的希望，对着念珠轻声地说道："哪怕是一半的土地我也不会退让。房子有一半是我的。还有那些母牛，我是绝不会放手的！"她带点悲哀地说道。

随后她又祷告了很长时间，用泪水汪汪的眼睛望着那些沐浴在金色阳光下的土地。黑麦长势很好，颗粒饱满，锈红色的麦穗在风中摇摆不停。而颜色较深的大麦田像一片深深的水面，发出熠熠的亮光。翠绿的燕麦地里，星罗棋布地生长着开黄花的杂草，在干燥的空气中轻轻晃动。有一只大鸟正盘旋在鲜花盛开的苜蓿地上空，而这片开花苜蓿地有如一块红色的幕布铺陈在坡地上。开放着千百朵白花的豌豆苗守护着土豆的幼苗，还有种在低洼地上的亚麻，小小的花朵发出蓝色光芒，犹如在炫目阳光里的孩子在眨巴着眼睛。

这一天的天气显得特别美好，风和日丽，阳光越来越炽热，微风带着花香从田野那边吹拂过来，沁人肺腑，使大地充满了活力，让人心旷神怡。

"啊！大地啊大地，你是生我养我的大地！是最神圣的大地啊！"汉卡低垂着头，深情地说道。

教堂弥撒的钟声，如同那只大鸟那样，正在空中回荡。

"啊，亲爱的天主！世上的一切，都是为了你，为了你呀！"她热烈地喃喃说道，重又做起祷告来。

她听到附近有窸窸窣窣的声响，便很细心地朝四周看了一看，只见雅格娜站在樱桃树下，背靠着篱笆柱子，正发出不愉快的叹气声。

"嗨！她从来就没有片刻的安宁！"一看到雅格娜，许多不愉快的事情便涌上汉卡的心头，她不无厌恶地说道，"的确，她有赠送的证书！那可是六垧田地呀！啊！她真是个贼！"汉卡转过了身去，不再去看她，但也无法集中精力再去做祷告了。以往日子所遭受的种种屈辱和痛苦，就像一条疯狗那样在对她狂吠，在对她撕咬。

中午已经过去了，原来畏缩的影子又从树下和房子的旁边慢慢伸了出来。在向着太阳微微倾斜的麦地里，蚱蜢在低声鸣叫，不时有甲虫掠过，而鹧鸪也以高亢的啼叫声来回应。

天气越来越热了，热得叫人难以忍受。

大弥撒已结束，许多女人来到池塘边，脱下自己的鞋子。各条大路上，都挤满了人和车子，响起了一片喧嚣声。汉卡却匆匆往家里走去。

波利那的遗体已经装殓好了。

他躺在房间中央一张宽大的平台上，台上铺着一块大桌布，四周摆放着点燃的蜡烛，他的尸体已被擦洗干净，头发被梳理整齐，胡子也刮得干干净净。只是脸颊上被雅姆布罗兹的剃刀划了一条长长的伤口，不过已经用纸糊上了。大家给他穿上了最好的衣服：白色的外衣，那是他和雅格娜结婚时特意缝制的，还有带条纹的裤子和几乎全新的皮鞋。

在他那双辛劳一生的枯槁的手里，捧着琴斯托霍瓦圣母像，平台下面放着一大盆冷水，以便清凉一些。陶盆里正在熏烧的杜松子果，吐放出一股带有香气的烟雾，使整个房间都弥漫着一层淡淡的蓝色雾气。透过雾气，显示出死者的可怕的威严。

马捷伊·波利那，一个正直的人，一个聪明能干的人，一个虔诚的基督徒，一个世代的农民，利普查村的头号人物，就这样端庄地静静地躺在了那里。这是他最后一次把劳累不堪的脑袋躺在了他祖先的房子里，他就要像一只飞向高空的鸟儿那样，飞到那世世代代所有人都向往的地方去了。

他已准备好了,正在向他的亲人和一切熟人告别,他要踏上更加遥远的征途了。

他的灵魂已经通过天主法庭的审判,如今他那瘦削衰弱的躯体,却无力地躺在烛光、烟氲和众人的祈祷声中。

吊唁的人接踵而来,排起了长长的队伍,他们鱼贯而入,有的在叹息,有的在捶胸,有的热忱祈祷,有的在痛哭,有的在擦着汹涌而出的泪水,有的在沉思,不住地点头。人们那压抑的抽泣声和低声交谈,有如淅淅沥沥的秋雨。人们不断地进来出去的,仿佛永无止境,连绵不断。前来吊唁的人有农民、有长工、有女人、有年老年幼者,整个房间和过道上都挤满了利普查村人。孩子们都挤在窗口上吵吵闹闹的,维特克想放狗来赶走他们,但瓦帕根本不听他的话,一直守在尤什卡身边,有时还跑到屋外去吠几声。

虽然天气晴朗,阳光普照,但波利那的去世,却给全村蒙上了一层阴云,村民们都感到有一种难以言表的阴郁和悲伤,整个房子都充满了深沉的悲痛,道路上也显得特别寂静。人人都在悲哀地叹息,都伸出了双手,都在思考着自己的悲惨命运。

死者生前的那些亲朋好友,都留在房间里不走。有些主妇也留了下来,陪着汉卡、马格达和尤什卡一起哭泣和哀悼,并以真挚的感情和同情的语言来安慰她们。

但却没有一个人去理睬雅格娜,和她说一句安慰的话。雅格娜虽然并不在乎别人的同情,但遭到人们的唾弃与置之不理,却十分痛苦。于是她跑到果园里,坐在枝叶浓密的树下一连好几个小时,听着马特乌什制作棺材的乒乒乓乓的锤打声。

"这个贱女人,竟还敢抛头露面!"乡长妻子在她背后指责道。

"别去管她!现在也不是清算她罪行的时候。"另一个主妇说道。

"还是让天主去审判她吧!"汉卡温和地说道。

"乡长会因为你们的责难而大大酬赏她的!"铁匠大笑道,幸好磨坊主派人来请他,他便离开了,这才避免了一场争吵,因为乡长妻子已经怒不可遏,活像只火鸡,正准备扑向他呢。

铁匠带着他的狞笑跑了,但她们都留下了,继续交谈着,声音却越来越小。这一是由于她们的悲伤,二是因为天气太热,热得她们都无法忍受了,中午都已经过了很久了,气温还是那样高,一点风也没有,墙壁都被烤得像流泪那样渗出水珠来,外面的花草也都打蔫了。

突然传来一声悠长而急迫的牛吼声,有个农民牵着一头母牛正从池塘对岸经过。

"一定是去找神父家的公牛配种的。"普沃什科娃说道,眼睛望着那头站着不想走的母牛。

"磨坊主家的公牛会因嫉妒而叫得更凶。"雅古斯丁卡说道,但是这时候,谁也不想再说话了。

她们坐在那里就像抱窝的母鸡一样。天气热得真让人喘不过气来,四处寂静,只能听到从死者身旁传来的阿加塔的哭泣般的祈祷声。

晚祷的钟声敲响时,大家都告别回家去了。于是汉卡吩咐维特克立即去把铁匠叫来,他俩一起去见神父,商量一下葬礼的费用。

维特克很快就一个人回来了。

"我见到铁匠了,他正在磨坊主那里和地主一起喝茶。"维特克上气不接下气地说道。

"是和地主吗?"

"是的,我认得地主,他们在一起喝茶吃点心,我看得很清楚。他的那匹马拴在门外的树荫下,还用脚扒着泥土呢。"

他怎么会和地主在一起?汉卡觉得奇怪。但是她等不及了,于是换上最好的一身衣服,由马格达陪着一起到神父家去了。

神父不在屋子里,她们只好坐下等他,过了一会儿,女仆前来叫她们，神父正在院子里，要她们过去。

神父坐在靠围墙的树荫下面，在院子中央，那个农民紧紧拉住漂亮母牛的缰绳，而那头健壮的花公牛正绕着母牛转来转去。神父的长工拉住铁链的那一头，好不容易才把它拉住。

"瓦列克，你等一等，等公牛有了更大的劲儿。"神父大声叫道，擦着他秃顶上的汗珠。他把两个女人叫到跟前来，详细询问了有关波利那逝世的情况，还怀着最大的慈悲来安慰她们。可当她们谈到葬礼及其费用时，他便立即打断她们的话，不耐烦地说道："这事以后再说。我并不是一个贪图钱财的人，波利那是全村最富的农民，他的葬礼绝不能草率行事。是的，绝不能草率行事！"神父按照自己的作风，用威严的口气说道。

她们只好拥抱他的双脚，不敢再说什么不同的意见了。

"你们这些小流氓！"他指着风琴师的小儿子和其他一伙小孩子大声叫道，这些孩子正在围墙外面朝院子里观看。

"你们看，我的这头公牛怎么样？"

"真是不错！比磨坊主的那头强多了！"汉卡点头称赞道。

"他的牛和我的一比，就像一头老牛和一辆货车那样大的差别。你们好好看看它！"他走上前去，慈爱地抚摸着公牛，而这头公牛正在发疯似的向母牛逼近。

"多么粗壮的脖子，多么宽大的脊背，多么结实的胸脯！它简直就是条龙，而不是公牛！"神父高兴得大声说道。

"这么壮实的牛我还真没见过。"

"是啊，你是没有见过！它是荷兰的纯种公牛，值三百卢布！"

"要这么多钱呀！"她惊讶地说道。

"是的，少一分钱都不行。瓦列克，把它放开些，不过要小心，母牛不是很健壮，一次就够了……是的，公牛很贵，不过，利普查村人要想得到一头好品种的牛犊子,只需付给我一个卢布就够了,再加上十格罗什的小费,给这个长工的。磨坊主是在恨我了,但我不愿让他的那头公牛配的种都是品格很次的后代。要把母牛拉紧,不能让它动来动去的!"神父见汉卡她们难为情地转过脸去了,便对她们说道,"你们回去吧,上帝与你们同在!"她们刚走,神父又在她们身后大声说道,"明天把遗体运到教堂来!"

神父见母牛坚持不住,便赶忙走上前去帮助农民。

"用不了多久,你就会拥有一头你从未见过的小牛犊。瓦列克,你把公牛拉走,让它休息一会儿,尽管对这头龙来说这是小事一桩,并不需要休息。"神父自我吹嘘道。

汉卡她们又赶到风琴师家,要和他单独商量葬礼的事。风琴师妻子请她们边喝咖啡边商谈事情。他们谈了很久,一直谈到当她们回到家里时,牛群都被赶回到牛栏里去了。

雅切克和马特乌什正站在台阶前,抽着他们的烟斗——雅切克是来请求马特乌什给斯达赫盖房子的。

马特乌什好像有些不太乐意,便含糊其词说道:

"要说木料方面的活儿,这倒不大麻烦,至于说到盖房子,我哪有那个本事?……再说,我在村里已经待腻了……想到外面世界去闯闯……这件事我还不能说定。"他说道,眼睛只盯着正在挤牛奶的雅格娜,"明天早上我才能做好棺材,等做好了,我们再商量一下。"他一说完,就匆匆离开了。

雅切克先生来到死者的身前,为他热诚地祷告了很久,流下了许多悲伤的泪水。他对汉卡说道:"但愿他的儿子能和他一样。他是个好人,是个真正的波兰人!他和我们一起参加了起义,自愿加入了党派,我亲眼看见他作战,他为了我们而不惜牺牲自己……我们为此而抱憾终生。"他仿佛是在自言自语。汉卡虽然听不懂他说话的意思,但他对公公的盛赞之词,让她激动万分,于是她立即跪在他的面前,拥抱他的双脚。

"别这样!我和你们都是一样的人!"他生气地说道,"傻女人,地主又不是圣徒!"他再次看了波利那一眼,便在蜡烛上点着了烟斗,就匆匆离开了屋子。连刚进门的铁匠向他问候,他也没有搭理。

"他今天怎么这样傲慢?"铁匠大声叫道。不过他今天心情不错,对雅切克的无礼并不计较。他坐在了妻子的身边,悄悄地对她说道:"我们有个好消息,马格达,大地主正在想方设法跟村民们妥协,他要我帮助他说合,这样一来,我会趁机捞他一笔的。这可是件重要的事情,我的婆娘,你可不能透露一丝一毫的秘密。"

他看了一眼死者,在房间里转了一圈,便跑到村里去了,把几位农民邀请到酒馆去共商此事。

已经是傍晚了,晚霞好像把西边的一片天空,铺上了一张生锈的大铁皮,只有少数的云朵仍在上空发出金色的光芒。

等到夜晚降临,大家都把家务活做完了,全家人又围聚在尸体旁边。波利那的头部受到许多烛光的照耀,显得更加明亮了。雅姆布罗兹还不时地剪着烛心,照着书本唱赞美诗,在场的人则跟着唱和,有的还边哭边唱。

邻居们都来了,由于房间太狭窄,天气又非常闷热,他们都跪在窗外的院子里,哼唱着冗长而悲伤的祈祷曲调,仿佛整个果园都在哼唱似的。

夜色覆盖着整个世界,四周万籁俱寂,人们纷纷躺下入睡了。果园里四处都能看到白色的床垫,农舍里的灯光接二连三地熄灭了,只有公鸡不太安宁。夜晚是如此地炎热和沉闷,真让人难以承受。

大家围着波利那的尸体祈祷哼唱,直到深夜。大家散去休息后,只留下雅姆布罗兹和阿加塔在守灵,他们要陪伴着尸体直到天明。

他们在守灵开始的时候,还能大声念诵着祈祷文。可是,当夜深人静,一切都归于寂静之后,他们也都昏昏入睡了,就连瓦帕进来舔主人的皮鞋上的油脂,也没有把他们吵醒。

午夜之后,大地一片漆黑,就连天上的星星都不见了,完全被云雾遮盖住了。而且四处异常寂静,只有树木发出的轻微的飒飒声,还有就是从远处传来的一种奇怪的声音——既不是喊叫声,也不是雷鸣声和碰撞声,不久就消失在远处的某个地方。

没有任何声音能打破这里死一般的寂静。整个利普查村都沉浸在深沉的睡乡中,仿佛沉入了黑暗的深渊,而在这黑暗的深渊里,只有波利那家的窗口还亮着苍白的灯光。在黄色的烛光下,正好能看见波利那的遗体——在熏香的烟雾缥缈中,他的遗体披上了一层浅蓝的雾霭,看起来模模糊糊的。雅姆布罗兹和阿加塔头靠在停尸台上,两人都呼呼大睡,鼾声震耳。

夏夜短促,仿佛要赶在第一遍鸡叫之前就匆匆离开似的,很快就过去了。所有的蜡烛,一支接一支地都熄灭了,只有那支最大的蜡烛还在吐着长长的、摇晃着的火舌,像是一片金叶。

雾气蒙蒙中,灰白色的曙光正从田野那边缓慢地移动前来,终于照进了屋里,直接照在了波利那的脸上。他的脸立即显得生机勃勃,仿佛他刚从沉睡中醒来,正在聆听鸟巢里传来的鸟叫声,从暗黑的眼皮下面眺望着那尚在远处的东方霞光,而曙光就像暴风雪那样迅速增强。

天空像大地之上的一块白布那样亮了起来,太阳还未上升,田野送来一股凉气,池塘仿佛是从睡梦中醒来,慵倦地荡漾着,森林开始从黑夜中显现出来,看上去就像是大地上的一片连绵不断的黑云。而有些零散的树木,在渐渐变白的空中,显露出了身形,像是一根根黝黑的羽毛。而最早的一阵晨风也从田野那边吹过来了,正在戏弄着果园,还在睡在户外的人的耳边说着悄悄话呢。

不过这时候,还是很少有人睁开眼睛,爬起床来,大家都很喜欢甜蜜的懒觉,尤其是在星期天或者赶集之后,通常都会感到疲倦。

雾气沉沉的阴郁的白天来了,但太阳尚未出来,云雀却做起了晨祷,池水也唱起了欢歌,麦子也以其丰满的麦穗发出悦耳的和声。过不了多久,四周便有了羊群的咩咩声、鹅群的嘎嘎声,还有公鸡在庭院里的大声啼叫,以及此起彼落的呼叫声、房门的吱嘎声、马的嘶鸣、起床时的各种声响。全村的人又开始为一天的工作忙碌着,只有波利那家还是静悄悄的,没有声息。

他们被深切的悲痛和忧虑压垮了,现在还在沉睡,鼾声传到了院子里。

清凉的晨风从开着的门窗吹了进来,温和地吹动着老人的头发,把最后那支大蜡烛的烛光吹得东摇西晃。

波利那躺在那里,再也醒不来了,也不能再去催促别人干活儿了,就像块石头那样,一动不动,再也无法去关注一切了。

风越来越强,猛烈地吹向果园,把树木吹得摇晃不止,东倒西歪,前仰后翻,沙沙作响,似乎要穿过窗子,偷看波利那发青的脸孔。又高又瘦长的蜀葵也在窗口外俯下它那修长的腰肢,像姑娘那样羞红着脸孔,也要来看看波利那。不时有一只蜜蜂嗡嗡叫着从院子里飞了进来,一只蝴蝶直接飞向灯光,一只燕子发出呢喃的叫声,惊慌地在屋子里飞进飞出。还有苍蝇、甲虫,以及其他各种昆虫都飞了进来。伴随它们而来的是轻微细弱的嗡嗡声、唧唧声和叽叽声,好像这些声音凝结成一个声音,反反复复地在说:

"他死了,他死了,他死了……"

所有东西,都好像在摇摆、抽搐,处在一种压抑的哭泣状态之中。突然又静止下来,风停了,一切就像是在喘气那样,俯身躺在了地上。

在灰白的黎明中，鲜红而又巨大的太阳冉冉上升，升腾在世界上空，随后又把它那灿烂辉煌的脸隐藏在浓厚的云雾之中。

世界变得灰暗起来，还不到念诵一篇祈祷文的时间，便开始下起了小雨。顷刻之间，所有的田地、所有的果园中，都响起了绵绵不断的沙沙雨声。

空气变得凉快了，散发出一种独特的气味。鸟儿在纵情高唱，世界沐浴在灰色的颤动的雨雾中。干渴的麦子、萎靡的树叶、蜷缩的树木、干涸的溪河、干硬的泥土，现在都在尽情地开怀畅饮，表露出了无限的感谢之情。

"多谢啦，雨兄弟！多谢啦，云姐妹！我们都要感谢你们……"

睡在敞开窗户下面的汉卡，正好被落在脸上的雨水惊醒了，便第一个跳了起来，立即向马厩跑去。

"你，维特克，懒虫，快把牛放出去，别人家的牛，都已经赶到外面去了。"她一面叫喊着，一面把棚子里的鹅放了出来，这些鹅便大声叫着跑到水洼地里去戏水了。

她看了看母牛，又把猪赶到了院子里。这时候铁匠正好来了，他们商量了一下，为了明天的丧葬，该到城里去买些什么悼念用品。铁匠拿到钱后，便乘上一辆轻便马车。临行前，还唤住汉卡，对她低声说道：

"汉卡，分给我一半，你盗取老头子的钱财之事，我保证绝不会再提，让我们和平解决吧！"

汉卡的脸涨红得像甜菜头一样，怒气冲冲地叫道：

"你爱说就说去吧，去向全世界说好了。瞧这家伙，自己干坏事，便以为世界上的人全都像他一样。"

他捋着胡子瞪着眼望着她，随后才悻悻地驱车走了。

汉卡的确很忙，许多家务活儿都在等着她，需要她花费精力开动脑子，于是，屋里屋外又能像每天那样，听到她在发号施令了。

这时候，他们在波利那的遗体旁，点起了两支蜡烛，又把被单盖在了他身上，阿加塔继续在他身边做着祷告，还不时地往火炭上添加杜松子果。

雅格娜早饭后才从娘家回来，她很害怕看见死人，于是便在过道走来走去，时时朝正在做棺材的马特乌什那边望去。此时的马特乌什已经做好了棺材，正要往上面画一个白十字架，抬头时，他也看到了雅格娜正站在谷仓的门口。

她胆怯地望着那漆黑的棺材盖。

"你现在是个寡妇了，雅格娜！寡妇！"马特乌什同情地说道。

"是的……"她悲伤地细声说道。

他同情地望着她，觉得她那么憔悴、脸色苍白、神情忧郁，像个遭受委屈的孩子。

"别难过，人的命运就是如此。"他忧郁地说道。

"寡妇！寡妇！寡妇！"她重复了三次，蓝色的眼里饱含泪水，悲伤的叹息出自肺腑。她不顾雨淋，站在那里哭了很久，而且哭得特别伤心。汉卡不得不把她拉进屋里去，对她进行了一番劝导和安慰。

"哭有什么用呢，我们大家都很悲痛，对于你这个成了单身的人来说，受到的打击当然会更大些。"她和善地说道。

"哭归哭，要不了一年，我就会为她唱一首新的喜庆歌，会让她如痴如狂地跳起舞来。"雅古斯丁卡总是按照自己的惯例，插嘴说道。

"现在不是说这种风凉话的时候！"汉卡阻止她道。

"我说的是老实话，不是风凉话。因为她年轻、漂亮、富有，到那时候，她非得用根粗大的棍子才能将那些追求她的人赶跑。"

雅格娜什么也没说，汉卡把喂猪的盆子端到篱笆前，眼睛却一直望着大路。

"那边出了什么事呢？本来星期六就要放他出来的，今天都星期一了，还是音信全无，不见人影。"汉卡焦急地暗忖道。

她也没有更多的时间去沉思默想，得赶紧去帮忙把干草翻一翻，把割下的苜蓿堆成锥形垛，因为雨越下越大，而且还没有停止的意思。

中午刚过不久，神父便和风琴师以及兄弟会的人来了。他们拿着点着的蜡烛，把波利那的遗体抬进棺材里，马特乌什便把棺材盖钉好。神父念了一遍祈祷词，向棺材上面洒了几下圣水，然后大家低声唱着圣歌，排成队列把棺材抬到教堂里去了，雅姆布罗兹不停地敲起了丧钟。

他们回到家里时，都感到屋子里空荡荡的，寂静得让人觉得可怕，尤什卡号啕大哭起来，汉卡则吩咐雅古斯丁卡把屋子收拾一下。

"尽管这么久以来，他都像具尸体那样，但我们还是感到家里主人还在。"

"安特克回来后，他就是主人了！"雅古斯丁卡安慰她道。

"但愿他快点回来！"她不无伤感地叹息道。

灰暗的雾霭蒙住了整个大地，雨在不停地下着，汉卡擦了擦眼泪，深深地叹了两口气，便催赶着他们干活儿去。

"走吧，乡亲们，即使是最伟大的人物死了，那也是像石沉大海，没有人会去捞他了。可是田地不等人，还是要靠人去做！"

汉卡带领着大家去给土豆苗培土，只有尤什卡留在家里照看孩子，而且她由于悲伤过度，身体不适。瓦帕一直在她左右守护着，维特克的那只鹳鸟也缩起了一只脚，像哨兵似的站在台阶上。

倾盆大雨一直下个不停，这时候，小鸟都停止了鸣叫，所有的生物都在静静地倾听着那不绝于耳的叮叮咚咚的雨声。只有那些白鹅还在高声叫喊，在涌起泡沫的浑水沟里游来游去，追逐嬉戏。

直到黄昏时分，才能在正西的方向看到火红的太阳，它把红色光线照射在雨珠和水洼上。

"明天一定是好天气!"有人说道。

"但愿明天还下雨。对我们说来,雨水比金子还要珍贵。"

"是啊,我们的土豆幼苗差点就要完了。"

"燕麦也旱得很厉害!"

"一切都会好起来的。"

"但愿这场雨能下三天,那就好了。"有人感慨道。

大雨连绵不断地下着,一直下到了深夜。人们兴高采烈地站在自己家门前,呼吸着这清爽而又芬芳的空气。古尔巴克家的小子们叫来几个小伙儿和姑娘,他们跑到附近的高地上,点燃索博特基篝火——那是在圣约翰节前夕才会点的,但因天公不作美,天气昏暗,到处泥泞不堪,只有森林边上的几处篝火才火光闪闪。

维特克想把尤什卡拉去参加索博特基篝火活动,可她却说:

"我不去。我哪里还有什么心情去玩呀。现在我对世上的一切都不感兴趣了。"

维特克一再恳求她去,说道:"我们只是点起一堆篝火,一起跳过去……然后就回家……"

"你就待在家里,否则我就告诉汉卡。"她威胁说道。

可是维特克还是跑出去了,直到晚饭过后才回来。他又饿又脏,十分狼狈,身上都沾满了泥浆,因为雨始终没有停过,整夜都在下着,直到第二天早晨人们纷纷前往教堂参加葬礼时才停住。

即使是这个时候,太阳也没有出现,天地之间都是阴沉沉的,雾气很重,倒把田地和果园映衬得更加青翠美丽。田野上到处都有银色溪水在流淌。空气清新、凉爽而又芬芳。露水铺满整个大地,鸟儿疯狂地乱叫,狗和孩子们一起在大路上狂呼乱奔,处处都充满了欢声笑语,就连喝饱了雨水的土地,似乎都有了一种强大的生命力,让一切

023

生物猛长。

在教堂里面，现在由教区神父主持着谢恩安灵弥撒，他是在斯乌皮亚区神父和风琴师的陪伴下进行的。他们坐在大圣台两侧的长凳上，一起唱着拉丁语圣歌。

波利那的棺材摆放在高高的灵柩台上，四周点着如树林般的烛光，全村的人诚惶诚恐地跪在灵柩台四周做着祷告，谛听着冗长而又悲伤的挽歌。挽歌中不时有恐怖的叫喊，令他们毛发倒竖，不寒而栗。时而又是压抑的痛苦的呻吟，使他们禁不住泪水夺眶而出。时而又以奇妙的欣喜之情，发出天使般高歌的声音和永恒幸福之赞美诗，以至于所有的人都发出了深沉的叹息声，都在擦着泪水或者情不自禁地放声大哭。

弥撒进行了整整一个小时。结束时，人声鼎沸，大家纷纷站了起来。雅姆布罗兹把灵柩台的蜡烛拿了下来，分发给大家。神父一面围着棺材吟唱着赞颂词，一面摇动着银质香炉，让它散发出蓝色的烟雾。他还把圣水洒向棺材，然后在十字架的引导下，朝教堂的大门走去。

教堂内顿时便响起了一片呼天抢地、号啕大哭和呜咽抽泣的喧闹声。村里的几位头面人物走上前来，把棺材抬到外面，安放在板车上，车上的网篮里铺有干草。雅古斯丁卡偷偷地把一个用白布包好的面包放在棺材下面——若是神父看见了会被当作迷信而加以阻止的。彼得还放了根短缰绳，一根鞭子。

凄惨的丧钟响起来了，黑色的旗幡也已举起，斯达赫高举着十字架，灯光在闪耀，神父在高唱着：

  上帝，怜悯我吧……

可怕的歌曲，死亡的赞歌，在他们的头上飘荡着无穷的悲哀和恐惧。

送殡的队伍走上了白杨大道，缓慢地向墓地走去。

走在队伍前面的是一面绣有骷髅骨的黑色旗幡，恰似一只凶鸟在前面飘扬，跟在它后面的是银色十字架、一长列手持蜡烛的人们和身着黑袍的神父们。

棺材抬得高高的走在中间，让人远近都能看见，后面是死者的亲属，他们一路行来一路悲哭。走在最后的是利普查村的村民们，他们个个心中悲伤，默默无言地前行。

就连病人和残疾人都来送葬了，没人留在家里。

灰暗的云雾低垂在空中，几乎要压在高大的白杨树顶上了，树枝弯向道路，但都一动不动，仿佛在倾听人们高唱的哀歌。而当阵风吹起，田野中的草和树木都在轻轻摇动，露珠就像泪水一样纷纷掉落，发出轻轻的哭泣声，麦田里的麦穗也弯下了腰，好像俯伏在永远离开了它们的主人的面前，向他表示最后一次致敬。

神父的哀歌声在空中飘荡，人们都沉浸在死一般的寂静中，无不悲恸欲绝。云雀在田地上空歌唱，旗幡在迎风飘扬，车轮在吱嘎作响，脚下是泥泞的道路，而亲属们的悲哭声也是一路随行。

上帝啊，请怜悯我吧……

神父又唱起了丧歌，斯乌皮亚的神父、风琴师和铁匠也随之伴唱起来，铁匠此时正替神父打着伞，雨又滴滴答答地下了起来。

他们唱得如此悲伤，如此凄惨，如此可怕，使人止不住泪水纵横，让心奄奄一息、惊恐不已，只好茫然无力地望着灰色的天空，似乎在恳求上天的怜悯。他们由于紧张，脸色越来越苍白，心中越来越痛苦，呼吸越来越艰难，眼泪也随之夺眶而出。一些人从发青的嘴唇中发出喃喃的祈祷声，他们真诚地叹息着，捶着胸，真心表示悔罪。无望的悲哀和无限的痛苦给他们带来深切的哀思，令人产生一种痛不欲生的伤感，令他们止不住号啕大哭起来。

啊，耶稣，请怜悯我们这些有罪之人，耶稣！

啊，人的命运，不可避免的命运！

人的一切努力又有什么结果呢？人的生命又是什么？它不过是一场消失得毫无踪影的雪，连亲生的孩子都不会把他记住。

只有悲伤、哭泣，只有苦难……

幸福、善良、希望又是什么呢？

不过是空虚的烟云，是尘埃，是幻影，什么也不是……

你又是什么？你把自己看得很聪明，很智慧，把自己看得高于一切创造物。

其实你就是一阵风，不知从何而来，也不知吹向何方，更不知在何处消失。

人啊，即使你成了全世界的主宰者，享受着人间的所有欢乐，你也难免一死、离开这一切。

即使有人给了你无穷的力量，死神也会把它夺走。

即使有人给了你巨大的智慧，你也会变成尘土。

你无须增加苦难，你也不能战胜死神。不能……

因为你手无寸铁，你软弱，像一片小叶子那样轻，风一吹就能把你吹到天涯海角。

你不知道，你已处在死神的巨喙之中，就像鸟巢之中的一只小鸟高高兴兴地跳跃歌唱。殊不知，马上就会有只毒手抓住你的喉咙，夺去你那可爱的生命。

啊！灵魂为什么要承担起这样一副人的躯体呢，为什么？

他们就是这样感觉着、沉思着、分析着，悲哀地望着这翠绿的田地，环视着这周围的世界，他们从无法表述的痛苦中深深地叹息着，以至于他们的脸绷得紧紧的，灵魂在体内发抖。

尽管如此，但是他们个个都知道，人们唯一能够相信的就是天主的恩赐，唯一的灵魂避难所就是天主无限的仁慈。

全凭你超凡的仁慈……

这句难懂的拉丁文句子，犹如一块冻硬了的土块压在了他们的心上，他们本能地随着这吟唱之声低下了头，如同人们在残酷无情的死神面前俯首帖耳一样。但是他们却毫无畏惧地踏步前行，坚定果敢，正如他们看见的这田野里的那块灰色石头一样，奋不顾身，绝不退缩。他们就像这肥沃的田地，这郁郁葱葱的树木，充满了力量和豪气。他们就像这棵大树那样，随时可能会遇到雷击或者落入死神之手，但是他们总是面向太阳，永远歌唱那些热爱生活的欢快乐曲。

他们就这样走过了全村，人人都在严肃地思索着，仿佛独自行走在广阔无边的沙漠中，同时又以泪水汪汪的眼睛，看到了他的那些祖先被抬到墓地的情景，而现在，墓地透过白杨大道的巨大树干已清晰可见。

丧钟不停地响着，神父的吟唱声却变成了哭泣的声音。墓地不远了，它置于隆起的田地之上，里面生长着一丛丛树木，一个个十字架和一座座坟墓就像一个个张开大口的深坑，它贪得无厌，世世代代的人都要被它慢慢吞下去。此时此刻，他们透过朦胧的雨丝看见，仿佛家家户户都有棺材抬了出来，到处都敲响着丧钟，点亮着烛光，飘扬着旗幡，响起了歌声。每条路上都有送殡的队伍在前行，每个人都在为自己的亲人哭泣，有的号啕大哭，有的呜咽抽泣，整个世界都是悲伤的呻吟声，都沉浸在滔滔的泪水海洋中。

他们弯进了一条小路,直向墓地走去。这时候,地主也赶来了,下了车,陪侍在棺材的旁边,由于道路狭窄,路很难走,路的两边都种有密密的白杨树,和麦田相连。

当神父结束吟唱时,由雅格娜搀扶的多米尼科娃——她已腰驼背弯,眼睛也看不太清楚了——按照自己的方式,唱起了《愿主庇佑》之歌。

大家都怀着热烈而虔诚的心齐声合唱了起来,以表明自己对天主的无限信任,也以它来慰藉自己的灵魂。就这样,他们走进了墓地。

村里的那些头面人物,用肩膀抬起了棺材,地主也在中间搭了一把手。他们沿着黄沙小路,经过草地、许多十字架和坟墓,经过小礼拜堂,来到了榛树和丁香树之间新挖的墓坑旁。

一看到墓穴,哭叫声又爆发了出来,呼天抢地,声震云霄。

深坑周围,插满了旗幡和蜡烛,人们围了过来,惊恐地望着这空洞的沙坑。

大家还吟唱了一会儿圣歌,随后神父登上了一个大沙堆,转身朝着大家高声说道:

"村民们,基督徒们!"

所有声音都立即静了下来,但还能听远处传来的钟声,以及尤什卡的哭声,她伸出双手扑倒在父亲的棺材上号啕大哭,还不顾一切地紧紧抱住棺材不放。

神父吸了一下鼻烟,打了两个喷嚏,擦了擦眼里的泪水,便大声说道:

"兄弟们,你们知道今天埋葬的是谁吗?我问你们,是谁?

"你们一定会回答:'是马捷伊·波利那!'

"可是我还要说的是:我们今天埋葬的是位首屈一指的农民,是个正直的人,是个真正的基督徒……我和他相识多年,可以证明,他是大家的楷模，他虔信上帝，经常忏悔，定期交流，热心帮助穷人。

"我要告诉你们，他帮助穷人……"说到这里，他深深地喘了口气。

神父的话刚一停顿，哭声又更加响亮地爆发出来了，而叹息声也越来越多，气氛变得更加悲伤。神父又用更为悲戚的语调说道：

"可怜的马捷伊，他永远离开了我们！他死了！

"死神之所以选上他，就像恶狼在羊群中为自己选上了一只最肥壮的公羊，而且是在光天化日之下当着大家的面把他掳走了，谁也无法阻止。

"就像一棵参天大树被雷电击中而倒下那样，他也被死神的利刃砍倒了。

"但是，正如《圣经》所说，他并没有死！

"你们看，他这个来自尘世的游魂正站在天堂的门口，正敲着门，喊着要进去。于是圣彼得便来问他：

"'你是谁？你想要什么？'

"'我是来自利普查村的波利那，我是来恳求天主的仁慈的！'

"'怎么，是你的那些兄弟把你逼得活不下去了？'

"'我会把一切都告诉你的。不过，请你——圣彼得把天堂的大门打开一下，好让我在上帝的仁慈温暖中能暖一下身子，因为我在尘世的漂泊流浪中，浑身都冻僵了。'

"圣彼得只把门开了一半，但没有让波利那进去，便说道：

"'你就把真相告诉我好了，在这里说谎话是骗不了任何人的。说吧，好人，大胆地说吧，你为什么要逃离人间？'

"波利那双膝跪下，因为他听见了天使们的歌唱和铃铛的柔和响声，于是他便哭诉道：

"'我说的是真话，就跟在忏悔一样。我再也无法在尘世间待下去了,那里的人就像恶狼一样,相互吵架、斗殴,纷争不断,并且常犯天主不许的罪恶。圣彼得啊!他们不是人,不是上帝的创造物,而是一群疯狗,一群脏猪……你瞧,人世间就是这个样子,我都无法把它的全部罪恶说出来……

"'服从没有了,正直没有了,仁爱没有了,兄弟之间你争我斗,儿女反对父母,妻子欺凌丈夫,仆人反抗主人,他们藐视一切:不尊老爱幼,不敬重长官,甚至对神父也不尊重。

"'恶魔占据了每个人的心,在它的驱使下,淫乱、酗酒和仇恨日益猖獗。

"'到处都是恶棍在驱使恶棍——大恶棍驱使小恶棍。到处都是诡计、欺诈、残酷的压迫和盗窃成风,你的东西只要一放下,就会立马被人抢走。

"'他们在你最好的草场上放牧,把你的草场搞得一塌糊涂,让你损失巨大。

"'即使你只有一小块土地,他们也要千方百计地夺走,种上自己的东西。

"'你家的鸡只要一出院子,就会被人抓走。哪怕是一小块铁,也会被人偷去。

"'他们每天的所作所为,就是喝酒干坏事,对服务天主之事一概不顾,他们是可耻的异教徒,是残害耶稣的凶手。即使是他们的帮凶犹太人,在正直和信仰上帝方面,也要比他们强百倍。'

"'这都是你们利普查教区发生的事情?'圣彼得打断他说道。

"'别处也好不到哪里去,不过利普查村最糟糕!'

"圣彼得听了很生气,皱起眉头,拍起巴掌来。随后,他向大地伸出了拳头,厉声说道:

"'利普查村竟是这个样子吗?竟是这个样子!你们比德国佬更可

耻更会说谎。你们拥有良田、牧场，有好的年景和收成，还有一块森林，竟干出这样卑劣的事情来。你们这群混蛋，给你们的面包太多了！我一定要把你们的恶行报告天主，他就会更加严厉地惩处你们了．'

"马捷伊真是个正人君子，他竭力为村民们辩护，但是圣彼得却更生气了，他顿起脚来大声说道：

"'你不用为利普查的那些村民们求情！我要说的是，这些犹大的子孙必须在三个星期内彻底悔悟，改邪归正……否则我就会用饥饿、火灾和病魔来惩罚他们，让这些混蛋永远记住我的厉害，永生不忘．'"

神父继续用严厉的言词来布道，用天主的震怒来进行威胁，他说到人们的心坎里，叫人永远记住他的教训，他还挥动着拳头，获得了不错的效果，让在场的人都爆发出了悔悟的哭声，使他们捶胸顿足，悔恨不已。

神父停息了一下，接着又提到了死者波利那，指出他是为了大家的事情才倒下的……到最后，神父还呼吁大家要和睦团结，要公平正义，不要作恶犯罪，因为大家都不知道下一个是谁要接受上帝可怕的审判。

就连地主也禁不住以拳擦眼。

葬礼结束后，神父便和地主一起先走了。等到棺材放进墓穴用沙石盖住时，亲人们又爆发了一阵号啕大哭，其悲痛之深切，就连铁石心肠的人见状也会为之动容。

尤什卡放声大哭，马格达和汉卡也都在号啕大哭，那些沾亲带故的人，甚至没有任何亲戚关系的人也都失声痛哭。雅格娜更是悲痛欲绝，其哭声之高，不亚于其他人，她的心仿佛被什么撕碎了，痛得她止不住尖叫起来。

"你看她，现在才大叫起来，可她以前背着丈夫乱搞一气！"旁边有个女人说道。

普沃什科娃擦了擦眼睛,接着说道:"她这是假装门面骗人的,以免他们把她赶出家门。"

"她以为他们是傻瓜,会相信她!"风琴师的老婆大声说道。

对于她们的说三道四,雅格娜根本就没有听见。她趴在沙土上,哭得那么凄惨,仿佛那倾泻而下的泥土都重重地砸在了她的身上。她也以为那不断传来的丧钟是在为她敲响,人们的悲伤哭泣是在为她痛惜悼念。

丧钟不停敲响,仿佛是在向天倾诉,而围绕着新坟的所有哭泣悲号、哭天喊地,都是在倾诉人们的苦难命运和所受到的种种屈辱。

参加葬礼的人渐渐散去,有的人在临走前跪下一拜,有的人在为死者祈祷,有的人怀着哀思在坟墓之间走来走去,有的人则停留在那里,因为铁匠和汉卡正按照传统习俗邀请他们到家里去参加丧宴。

坟墓上的泥土已被压实,上面竖起了黑色十字架。随后参加葬礼的人们便分别搀扶着居丧的人回到家里,他们低声说着话,安慰亲属们,有时也陪着他们哭泣掉眼泪。

在波利那原先住的那个房间里,一切均已收拾完毕。靠墙那边摆上了长桌和长凳,待客人都坐好后,主人便拿出面包和伏特加酒来招待他们。

他们一开始很有节制地喝着酒,很斯文地撕着面包吃。风琴师照本宣科地读了一段经文,随即便唱起了一首葬礼歌,大家都很热烈地哼唱起来,只有当铁匠给他们斟酒、雅古斯丁卡给他们分发面包时,才停顿了下来。

女人们都聚集在另一边的汉卡房间里,她们喝茶吃甜点。由风琴师的妻子带头,唱起了悲伤忧愁的曲调,引得果园里的母鸡也咯咯地叫了起来。客人们边吃边喝边追思死者的品德,为他的灵魂唱起了虔诚的赞美歌——此时此刻正适合他的赞美歌。

丧宴并不豪华，但汉卡却毫不吝惜食物和烧酒，一再劝说大家要吃饱喝足。正午时分，许多人都想离开时，她又端来一盆牛奶煮麦片，接着又端上洋白菜炖猪肉和加了香料的豌豆。

"别的人家就连婚宴也没有这样丰盛。"波列斯瓦娃低声说道。

"可是死者给他们留下了一大笔钱财呀！"

"反正有让他们高兴的东西。"

"他肯定还留下不少的现款……"

"铁匠说过，屋里存有一笔钱，但就是不知道藏在什么地方……"

"别听他抱怨，其实钱存在哪里他心里很清楚。"

女人们低声说着，把盘子里的食物吃得干干净净的，汉卡时时注意着谁还需要什么。而在男人们那边，风琴师喝得有些醉了，他从桌边站立起来，手拿酒杯，用非常夸张的语气，引用了一些拉丁文词句来赞美这位已故的波利那。虽然大家听不懂他说的是什么，但他们还是发出了一片呜咽抽泣声，就像是听了一场难懂的布道那样。

嘈杂声越来越大，人们的脸色也渐渐变红了，杯盏交错，叮当作响。有人一手拿杯，一手搭在邻居的肩头上，结结巴巴地说起一些醉话来。个别人还想唱起适合此时此地的曲调来，但却无人与其合唱。大家找上各自喜欢的伙伴，说些十分亲切的话语，相互高高兴兴地举杯祝酒。甚至还有些贪杯的人，悄悄跑到酒馆里去了。

只有雅姆布罗兹这天有些反常，他见酒就喝，喝得也许比其他人都多，甚至超过他自己的酒量了。可是他这会儿，却是特别伤心地坐在一个角落里，不停地擦着眼睛，沉重地叹着气。

有人上前去逗他，想让他高兴起来，给大家说些开心的话儿。

可是他却吼叫道："别来招我，我伤心透了！我快要死了，快要死了……也许我死后只有狗会来替我哭叫，或许还有哪个老太婆为我敲响破锅当丧钟……"说到这里，他哭了起来。

"是啊，马捷伊受洗时我就在场，他第一次结婚时我就去跳过舞，他的父亲也是我埋葬的，这些我都记得清清楚楚。啊，我的天主，我埋葬过多少个人啊，我还为多少人敲过丧钟……现在轮到我了！"

他突然站了起来，快步向果园走去。维特克后来告诉大家，雅姆布罗兹坐在房屋的后面，一直哭到深夜。

不过，没有谁会去关心他，大家都忙于自己的事情。而且，就在傍晚的时候，神父和地主出乎预料地来到了波利那家。

神父慈祥地安慰着家里的每一个人，拍了拍孩子们的脑袋，和一些主妇们交谈，还喝了尤什卡给他端来的茶。地主也和许多人打了招呼，并接过铁匠递给他的酒杯，和大家一起干杯，随后他又对汉卡说道："若论谁更有理由为马捷伊之死感到悲痛，毫无疑问就是我。如果他还活着的话，我就能和利普查村达成和解，甚至还能满足村民们提出的各种要求。"他扫视了一下大家，大声说道，"但是现在我能和谁谈条件呢？我不想和特派员打交道，可是在你们当中，又有谁能第一个站出来代表全村呢？"

大家聚精会神地听着，掂量着他说的每一句话。

他又说了不少的话，还向大家提问，但他还不如对墙壁说话好，因为没有人想回答他的问题，也没有人张嘴和他说话，他们只是点点头，搔搔脑袋，你望着我我望着你，一言不发……地主见此情景，看到难于消除他们的警惕，便叫上神父一起走了，所有在场的人都把他们送到了围墙外面。

等地主走了之后，大家才感到惊讶和困惑，纷纷议论起来。

"嘿嘿，地主老爷竟来参加农民的葬礼了！"

"他需要我们了，才来讨好我们了！"普沃什卡说道。

"难道他就不会是诚心诚意的吗？"克温布为他辩护道。

"你活了一大把年纪了，脑袋瓜子却没有长进。你什么时候见过地主以朋友身份来拜访过农民,什么时候?你说说看!"

"他这样寻求和解,背后一定有什么名堂!"

"不过是他比我们更着急罢了!"

"我们可以等一等,往后拖一拖。"喝得醉醺醺的希科拉说道。

"你们可以,但别人不行!"乡长的弟弟格热拉愤愤不平地说道。

他们开始争执起来,你说这个意见,我说别的办法,又一个全盘否定,各不相让。

"让他交出森林和土地来,我们就和解。"

"不需要和解,新的分配方案就要下来了,反正都会是我们的。他妈的,为了我们所受的欺压,让他讨饭去吧。"

"犹太人把他逼紧了,他就只好来求助我们农民。"

"以前他只会叫喊:'乡巴佬,快滚开,否则就来尝尝我的鞭子。'"

"我对你们说,绝不能相信地主,他们个个所想的就是怎样来欺压我们!"有个喝醉了的人大声说道。

"农主们,听听我说的实话,好吗?"铁匠高声说道,"如果地主想和我们和解,订立协议,那我们就先答应下来,先把能到手的利益拿到手再说,我们绝不要坐等柳树上结梨果。"

乡长的弟弟格热拉立即站了起来,喊叫道:

"完全正确!大家一起到酒馆去,好好商量一下这件事情。"

"这次我来请大家。"铁匠主动地说道。

夜幕很快就要落下了,牲口从牧场回来了,整个村子人声鼎沸,鹅鸭乱叫。笛声响起,歌声飞扬,孩子们欢蹦乱跳,乱喊乱叫。

男人们不听女人们的劝说和阻止,都纷纷到酒馆去了。只有希科拉一人磨磨蹭蹭的,在篱笆外面停留了很久。

他们闹哄哄地走着,不止一人在大喊大叫,以纾解自己的悲伤,有的人还放声歌唱、尖声叫喊。

客人一走，波利那家很快就收拾好了，当黑夜来临之后，整座房子又陷入了一种凄凉的阴森可怖的寂静之中。

雅格娜在自己的房间里坐立不安，就像笼子里的小鸟那样上蹿下跳。她跑到汉卡那里，见大家都伤心得像只呆鸡那样，一句话也没有说，便逃走了。

的确，屋子里就像坟墓一样凄凉，晚饭吃完了，家务活也做完了，大家都想去睡觉，可又不愿离开这个大房间，她们都坐在火炉前看火，惶恐不安地听着每一种声音。

夜晚很寂静，只是有时能听到大风刮起的呜呜声和树木摇曳的沙沙声，还有篱笆被吹动的啪啪声、玻璃被吹动的哐啷声。再有就是瓦帕的惊叫声，它背上的毛都因恐惧而倒竖起来。随即，又是那种漫长而沉闷的寂静笼罩了一切。

她们坐在那里，越来越因恐惧而浑身发抖，有的还在胸前画着十字，祷告时牙齿不停抖动着。她们都感觉到了确实有什么东西在那里移动，好像是上面的椽子在响，又像是有人摸了摸大门，从窗口朝外观看，弄得窗闸咔咔响。然后，又是绕着房间来回走动的脚步声。

他们听了脸色煞白，噤声静气，好像吓晕了过去似的。

突然，从马厩里传来马的惊叫声，瓦帕狂叫着冲出大门。尤什卡惊恐万丈，悲痛地大叫起来："是爸爸！啊，我的上帝，是爸爸呀！"

雅古斯丁卡接连三次伸出手指，郑重地说道：

"不要哭，你一哭反而会妨碍他安心地离开这里，哭泣会让他的灵魂在尘世间待得更久。快去打开大门，让游魂飞到天主的乐土上去吧，让他远走高飞，平平安安。"

他们打开了大门，房间里又像死一样寂静，谁也不敢移动半步，只有惊恐的眼睛在四下张望，瓦帕在各个角落闻来嗅去的，摇摇尾巴，吠叫两声，仿佛在讨好什么人似的。此时此刻，她们都很强烈地感觉到,死者的灵魂还在她们家里的什么地方徘徊,流连未去。

于是,汉卡便用她那颤抖而嘶哑的声音唱了起来

我们所有的日常事务……

大家热烈地齐声合唱,心中感到无比欣慰。

第二章

这是非常美好的一天,真正的夏日。

大约是上午的十点钟,太阳高悬于东方和南方之间的半途上,越来越灼热炙人,利普查村教堂钟楼上的三座大钟,被人用尽全力地敲响了。

最响的是那口叫彼得的钟,它扯开嗓子发出震天响,就像个喝醉了的农民,从大路的这一头摇摇晃晃地走到另一头,用粗犷的嗓门儿向全世界宣告,它是多么自由自在、欣喜快乐。

第二口钟稍小一些,据雅姆布罗兹说,它受洗时被取名为保罗。它的声响并不比头一口钟小多少,而且更加尖厉、高亢、悠长,就像一个情窦初开的少女,在春天里因狂热和欣喜情感大发,跑到田野上,冲过麦地,向着春风、土地和晴朗的天空,情不自禁地纵声歌唱起来。

第三口钟最小,它发出叮叮当当的声响,宣告弥撒的开始。它就像一只小鸟,想用自己尖锐快速的歌声超过其他钟声,但都徒劳无功。

三口钟齐奏共响,就像一支管弦乐队——一把高音的巴松管,一把悠扬的小提琴,还有一个像铙钹一样的乐器,合奏出了一曲欢快的乐曲,庄严又悦耳。

今天是当地的一个节日——圣彼得和保罗的纪念日,所以它们才这样兴高采烈地召唤当地的教众前来。

这一天真是个好日子,天气晴朗,风和日丽。从清晨开始,商贩们就在教堂前面的广场上搭起了各种各样的席棚,其中摆放有桌子和柜台。

塔钟敲响,向世界发出了愉快的声音。过不了多久,各条路上便尘土飞扬,大小车辆滚滚而来,驶进了利普查村。还有一群群步行的人在朦胧的尘土中,在车辆的中间时隐时现,款款而行。目力所及,马路上、小道上、田埂上,到处都有穿红色衣裙的女人和穿白外套的男人。

队伍拉得长长的,就像一队白鹅,他们在炎热中行进,与地里的庄稼交相辉映。

太阳越升越高,像一只金色的鸟在高高的蓝天上飘移,慷慨大方地把炎热撒向大地,让空气都不停地颤动。从草场那边时不时飘来一阵轻风,让黑麦轻轻摇晃,让燕麦发出沙沙声,麦穗摇曳不停,而正在开花的亚麻枝秆也伸展开来,所有这一切都沐浴在灿烂的阳光中。

这是个欢乐的日子,也是个真正的节日。钟声敲了很久很久,响彻整个大地,使枝叶颤动,小鸟受惊而飞走——这些大钟的黄铜心脏里所发出的铿锵有力的声调,是在向太阳高唱赞歌,传送虔诚的祈祷。

"请发发慈悲,怜悯我们吧!"

"最最神圣的圣母啊!圣母啊,圣母!"

"是我在向你祈求!是我,是我在恳求!"

大家都以热诚的歌唱来欢度这个盛大的节日,空气中好像也有了节日的气氛。家家户户都用青枝绿叶装饰着,远方也好像有灯光在闪耀。利普查村的整个村子里,都洋溢着喜庆的气氛,到处是欢乐的场面,和一种难以表述的心旷神怡、其乐融融的景象。

人们从四面八方、成群结队地赶来这里欢度节日。所有的道路上都尘土飞扬，车辆辚辚，人欢马叫。各种声音中夹杂着人们的说话声，有人还从车子里伸出身子向步行的人高声问候。有个乞丐，低声哼着歌曲，也在疾步赶路。还有些人一边做着祷告一边观看四周的景色，感到非常惊异，因为大地装饰得就像要举行婚礼那样，满是花和绿草。鸟儿在歌唱，麦子沙沙响，蜜蜂嗡嗡叫，到处是一片祥和、喜气洋洋的美妙景象，充满了无限的活力，让人心旷神怡。

　　树木有如哨兵挺立在田埂上，受到太阳的炙烤，而在下面，目力所及的地方，均是一片翠绿的田地，犹如波浪起伏的水面。而且，它们也像水流那样，从这一边到另一边，把所有的道路、田埂和水渠都淹没了，宛如一条条花带——白色、黄色和紫罗兰色相互辉映。而隐没于麦田中的、各种各样的飞燕草和牵牛花都伸出了它们的脑袋，到处都盛开着风信子和矢车菊花。曾是积满了水的洼地里，如今生长着一大片勿忘我草，使得洼地有如从天上掉下来的一般。还有一望无际的野豌豆。数不胜数的金凤花、蒲公英，杂生的蓟刺、紫苜蓿、雏菊、母菊，以及各种各样的只有天主才能记得住名字的野花芳草。它们散发出一股股扑鼻的浓郁香气，从田野飘向教堂，仿佛神父在教堂里为圣体点燃的熏香一样。

　　人们闻着这沁人肺腑的香气，顿感身心愉悦，但还是挥鞭催马加速前行，因为阳光十分炎热，让人昏昏欲睡，难以忍受。

　　过不了多久，从各村来的人把整个利普查村都挤得满满的，甚至森林边上都挤满了人。

　　然而驾车前来的人却络绎不绝，所有的路上、池塘周围、篱笆旁边、小院里面，只要是有点阴凉的地方，都有人把马车停在那里，卸下马具。在教堂前的广场上，车子一辆辆地紧挨着，人们更是挤得水泄不通。利普查村几乎密不透风了。

喧闹声越来越大，叫喊声、谈笑声响彻整个村庄，村里熙熙攘攘的，犹如风刮过的森林。女人们坐在池塘边，把脚洗干净后穿上了休闲鞋，以便穿戴整齐地进入教堂。男人们成群成堆地站在一起，和邻居们相互问候和交谈。姑娘和小伙子们，总是带着贪婪的眼神在货棚和货摊上转来转去，或者聚集在那架正在演奏的手摇琴周围——手摇琴上坐着一只外国的小怪兽，它身着红衣，神态恰似一个年老的德国人，它蹦来跳去地做出各种滑稽动作，逗得所有的观众都捧腹大笑。

手摇琴不停地奏出轻松欢快的乐曲，让人禁不住踏脚跳起舞来。仿佛是在应和似的，另一种曲调也响了起来——那是从教堂门口到墓地大门排成两行的乞丐所唱出来的行乞歌。另外，在墓地大门旁边，还坐着一个胖胖的瞎乞丐，由导盲犬领着，他唱得最响最起劲，而且把每一句每一个词都唱得很慢、拉得很长。

大弥撒的钟声敲响了，人们丢下了各种乐子，纷纷如潮水般地拥进教堂，顿时教堂就被挤得水泄不通。大家你挤我我挤你，十分可怕，有人觉得他的肋骨都被挤断了，有人甚至还为此大声吵了起来。人们还在不断地拥进，但还是有不少的信徒不得不留在外面的墙边或树下。

从别的教区请来了好几位神父，他们到来后，立即坐进了在树下搭建好的忏悔室，不顾人声嘈杂和天气炎热，便开始接待来忏悔的村民。

风完全停息了，天气热得令人难以忍受，就像头上有个火盆，但是信徒们依然很有耐心地停留在忏悔室周围或者教堂的墓地里。他们想找个阴凉的地方，或者找个遮阴的东西，但都枉费心机。

当汉卡和尤什卡赶到教堂时，神父也正好出来主持弥撒，她们要想挤到教堂门口也都不可能了，于是不得不头顶烈日，站在墓地围墙的下面。她们环视了一下人群，向熟人打着招呼。

管风琴的轰鸣声宣告大弥撒的开始，大家都立即跪了下来，或者坐在草地上，热诚地做起祷告来。

现在正是中午时分，太阳正好直照在人们的头顶上，散发出可怕的热气，把一切都烤得昏昏沉沉的，连树叶都萎靡下垂，鸟儿也停止了歌唱，地里也没有任何声响。天空处于死一般的寂静中，它就像玻璃叶片被烧成了白色，灼烤着大地，灼烤着墙壁。然而，这些可怜的人们却依然一动不动地跪在那里，几乎无法呼吸，看起来，这火热的太阳真能把东西慢慢地烤熟。

在深沉的寂静中，祈祷的人里有的捧着《圣经》，有的数着念珠，有的喃喃有词地在赞美上帝，有的发出真心的叹息。管风琴庄严的响声盖过了大家的嗡嗡祈祷声。时而从圣台上爆发出了歌声，时而又响起了钟声，时而是风琴师那嘶哑的声音在哼唱。随后便是长久的静默时刻，圣香所发出的氤氲，带着一串串蓝色而又芬芳的花彩，穿过教堂敞开的大门，在跪在外面祈祷的教徒头上盘旋飘扬。

祈祷的嗡嗡声在下午的炎热中散了开来，在阳光里出现了色彩鲜艳的头巾、上衣和裙子，让墓地变成了一个"大花园"。这些身穿华丽衣服的信男信女们，正匍匐在他们的天主面前，而天主则隐身于炎热太阳的层层面纱后面笼罩着大家的神圣寂静。

时时有人伸伸懒腰，伸展一下双手，或者深深呼吸一口气，时而也能听到婴儿的哭叫声、马儿的嘶鸣声。

甚至连乞丐们都安静下来了，停止向别人纠缠，只是偶尔有个乞丐从昏睡中惊醒过来，唱起了《福哉马利亚》，以略为高一些的声音乞求布施。

天气越来越热，有如一场大火在燃烧，田野和果园仿佛被火烧得变成了白色。

寂静催人昏昏欲睡，不止一人发出了鼾声，有人还困得频频点头。有的人悄悄出去透气，有的人肯定去喝水了，因为那边的桔槔响起了吱嘎声。

直至到了游行的时间，教堂才响起了全体教徒合唱的歌声。信徒们高举着飘扬的旗幡走出了教堂，跟在后面的是本教区的神父，他由几位本教区的地主拥着，在绛红的华盖下高举着圣体盒，带领着队伍走出了教堂，人们才清醒过来。

钟声齐鸣，人们放开嗓子高声唱起圣歌来，歌声直达云霄。这条川流不息的人河，绕着教堂的墙壁缓缓流动——墙壁白得发亮。飘荡在前面的绛红色华盖，完全淹没在从香炉中冒出来的烟雾里，只有当烟雾偶尔消散，才能看见发出灿灿金光、耀人眼睛的金圣体盒。旗幡像大鸟似的在人们的头上扑动着翅膀，装饰着花边和绶带的圣像画也在摇动着。欢乐的钟声，伴和着高昂的风琴声和人们的激情演唱，使人们的心情无比激动，使他们的灵魂悠然自在地向天堂飘去，向天主和最神圣的太阳飘去。

游行之后，大家又重新做起了弥撒，钟声轰鸣，琴声奏响，墓地里依然一片寂静，但已没有人再打瞌睡了。喃喃的祈祷声更响了，叹息声也更频繁了，乞丐们把盘子敲得更响了，处处都有人在低声交谈。

地主们都走出了教堂，但想找个阴凉的地方坐坐都找不到，直到雅姆布罗兹把一棵树下的民众赶走，拿来桌子和几把椅子，他们才坐了下来商量事情。

其中就有来自沃拉的那个地主，但他并没有坐下，而是在墓地里转来转去，每见到一个利普查村的熟人，就会像朋友似的走上前去和那人交谈几句。

他突然看见了汉卡，便赶紧挤了过去，来到她的跟前，问道："你丈夫回来了吗？"

"咳，还没有！"

"是不是你没有去接他？"

"公公一安葬完，我立刻就去了，但是他们告诉我，他要再过一个星期才能出来，那就是要等到下个星期三。"

"保释金怎么样，你们交了吗？"

"都是请罗赫去办的。"汉卡小心翼翼地回答道。

"如果你们缺钱，我愿意给安特克作保。"

"谢谢！也许罗赫就能把这事办好，如果不行，那也只好另想办法了！"汉卡躬身说道。

"请你记住，如果需要，我会给安特克作保的。"

随后他又走向雅格娜，雅格娜和她母亲坐在墙边，正在专心致志地做着祷告。他一时找不出和她说话的借口，只对她微笑了一下，便回到他的那伙人中去了。

雅格娜久久望着坐在那边的地主们，紧紧盯着那些地主家的小姐，她们的穿着打扮令她羡慕不已，她们的面容如此白皙，腰肢又是如此纤细，真令她惊奇万分。"我的天主呀，她们身上所发出的香味，真比教堂香炉里冒出来的烟雾还要香。"

还有她们挥动能使自己凉快的那个东西，倒像是火鸡的尾巴。有几位地主家的公子哥儿，都争先恐后地向她们大献殷勤。他们相互眉目传情，高声大笑，让周围的人都吓了一跳。

这时候，在村子的另一端，也就是从磨坊的那座桥上，突然传来一阵马蹄嘚嘚和马车隆隆的响声，掀起的尘土盖过了树梢。

"来迟了！"彼得低声对汉卡说。

"蜡烛都要熄灭了！"有人插嘴道。

其他的人都纷纷探身围墙外，朝池塘边上的大路眺望。

过不了多久，在一片狂吠中，出现了一长列的白篷马车。

"是德国佬！来自波德列斯的德国佬！"有人大叫起来。

果真是德国人。

他们乘坐十多辆由健壮马匹拉着的大马车,在白篷下面堆放着整套的家用器物,车上还坐着妇女和儿童,而那些高大健壮的红头发德国佬,嘴里叼着烟管,徒步走在车辆的旁边。几只大狗也在他们的车前车后蹦跳着,还常常朝那些围攻它们的利普查村的狗狂吠反击。

村民们都拥上前来看看德国佬,有的人还穿过围墙,想靠近看个究竟。

德国人在这片车辆和马匹乱摆乱放的地方费力地慢慢穿行而过,但是他们在经过教堂的时候,却没有一个人脱帽致敬或向人表示问候。他们吹胡子瞪眼,眼露凶光,把村民们当成劫匪而怀恨在心。

"嘿嘿!长裤子——臭死尸!"

"母马的崽子!"

"一堆猪屎!"

"狗杂种!"

村民们把各种脏话骂名像石块似的扔向德国佬。

"看看呀,究竟谁赢了?德国佬!"马特乌什朝他们大叫道。

"谁先滚蛋的,是你们还是我们?"

"我们的拳头硬得很,怕了吧?"

"你们停下歇一会儿,今天是我们的节日,让我们一起到酒馆来乐一乐吧!"

德国人什么也不说,只是挥动着鞭子,策马前行。

"慢一点,德国佬,别让你们的裤子掉下来!"

有个小伙子朝他们扔石块,还有几个人也跟着捡起了砖头,想朝德国佬扔去,但被人阻止了。

"让他们走吧,小伙子们!就让这些瘟神快点离开这里!"

"你们这些异教的狗杂种,不得好死。"一个利普查村的女人挥舞着拳头，在他们后面叫道。

德国佬终于穿过了人群，消失在白杨大道上。而马车的辚辚声也随着其掀起的尘土消失在远方了。

利普查村的村民们无比欣喜，都没有心情再去做祷告了，大家都围聚在地主的身边，而且越聚越多。地主也特别高兴，愉快地和大家谈话，请大家闻他的鼻烟，最后乐呵呵地说道：

"是你们把他们熏走了，整个巢穴都移走了！"

"是我们的羊皮袄把他们熏走的！"有个农民大笑道。

乡长的弟弟格热拉也假装同情地说道：

"他们太娇嫩了，很难和我们农民相处，如果打架，我们一拳就能把他们打倒在地！"

"难道你们已经和他们打过了？"地主好奇地问道。

"没有，没有真的动过手……只是有个德国佬没有回答马特乌什的'赞美基督'，被他拍了一下，那人就鲜血直流，差点灵魂出窍。"

"他们都是些柔软的人，看起来倒像棵橡树那样健壮，可是你一拳打过去，就像打在羽绒被子上一样。"马特乌什低声解释道。

"他们在波德列斯过得很不好，母牛全都死光了。"

"真的！刚才他们连一头母牛都没有带走！"

"也许科布斯会知道一些情况！"一个小伙子插嘴道，但立即被克温布大声止住了："你蠢得像皮鞋！大家都知道，他们的牛是害瘟病死的。"

大家暗自窃喜。这时铁匠走上前来，说道：

"德国佬都走了，我们应该感谢地主老爷的大恩大德！'"

"我情愿把我的田地都卖给自己人，而且是半卖半给。"地主急切地表示道，接着又谈及了许多事情，还说他的祖父和曾祖父都一直是和农民团结一心、同行共进的……

希科拉听到这话，不禁咧嘴一笑，低声说道：

"我记得很清楚，老地主就曾用鞭子抽过我的脊背，现在我背上的伤疤还很明显。"

地主装作没有听见，依旧按照自己的一套讲了下去，说他为了摆脱这些德国佬，费了不少周折。有些人听了频频点头，至于他说到的对农民的慈悲心肠，许多人都有自己的想法。

"大善人真是说得好听极了！"希科拉嘟囔道。克温布拉了拉他，叫他住口。

他们就这样相互恭维着。这时，一个身穿白色法衣的年轻神父手拿一个盘子，走过来向他们募捐。

"咳，我看到的是谁呀？原来是风琴师的儿子雅西！"有人大声道。

的确是他，不过他现在穿上了教士的法衣，前来向大家募化。他向大家问好，而且募化也很顺利。因为大家从他小时候就认识他，不可能不给他点面子，于是人人都从口袋里掏出几个小钱来：地主给了一个卢布，地主家的夫人和小姐们也都捐了些小银币。雅西满头是汗，累得脸孔发红，但又非常高兴。他不知疲倦地走遍了整个墓地，不放过一个人，对每个人都尽说好话。他碰见了汉卡，诚恳地向她问候，她便捐出了四十格罗什。他来到了雅格娜的面前，还摇了一下盘子里的银钱，雅格娜呆呆地望着他，惊讶得说不出话来，他也感到很难为情，便一句话没说，迅速跑到前面去了。

她一直望着他看，看得她自己都魂不守舍了，甚至忘记了捐钱。她觉得他就像圣坛两侧挂着的圣徒像里的圣徒一样，那么年轻、修长，那么英俊漂亮，而且他那双炯炯发亮的眼睛对她所产生的魔力之大，竟使她乱揉起眼睛来，还一再地画着十字——但也无法摆脱他的魔力。

"他不过是风琴师的儿子，只是穿戴得很讲究罢了！"

"他母亲一提到他，就骄傲得像只火鸡。"

"复活节以后,他就在培养神父的学校里学习。"

"这次是神父要他回来帮忙的。"

"那个想方设法盘剥大家的老吝啬鬼,为了他,倒是很舍得花钱呀!"

"当然啦,当神父可是一种无上的光荣!"

"而且还有利可图。"

雅格娜的双眼一直在跟着雅西移动,对大家说的话,她一句也没有听见。

弥撒结束了,信徒们正要散去,神父又在神坛上发布各种预告,但大家都无心听讲了,乞丐们抬高了哀求声,合唱队也拉长了他们的歌唱声。

汉卡向大门走去的时候,正好碰上了巴尔切科娃,得知了一个重大消息。

"西蒙和纳斯特卡已经发布了结婚预告,你知不知道?"

"啊,啊,多米尼科娃知道了这事会有什么想法?"

"自然会是一番争吵!"

"这事她阻止不了。西蒙有这权利,而且也到了结婚的年龄。"

"最糟糕的是,他家里已经变得像地狱似的了。"雅古斯丁卡说道。

"唉,难道世上争吵和违背上帝的罪行还少吗!"汉卡叹息道。

"你们有没有听到有关乡长的消息?"普沃什科娃问道。她挺着一个大肚子,露出一张令人讨厌的脸,正好走在她们的旁边。

"我这些日子都在于忙于丧事和各种烦心的事,对于村里发生的事,我一概都不清楚。"

"是这么一回事,有个机关里的头头对我丈夫说,村里的账上少了一大笔钱。乡长现在正在到处借钱,要在审查之前填好窟窿。"

"我公公就曾说过,他一定不会有好结果的。"

"是啊,你看他那高傲劲儿,一副神气的样子,目中无人,现在可够他受的了!"

"会没收他的田产吗?"

"如果他补不上这些亏空,不仅会没收他的田地,还会把他抓去坐牢。这个家伙花天酒地作威作福惯了,现在该是他受报应的时候了!"雅古斯丁卡恨恨地说道。

"我真感到奇怪,他连葬礼都没有来参加。"

"他才不在乎老波利那呢,他关心的是波利那的寡妻。"

她们的谈话中断了,因为雅格娜搀扶着她母亲走过来了。老太婆弓腰曲背地走着,眼睛上还裹着纱布。

雅古斯丁卡止不住还要讽刺她几句:

"西蒙什么时候举行婚礼呀?我们今天在教堂里听到这个预告,都感到十分意外……说句老实话,现在的小伙子有谁愿意干姑娘家的那些活儿呀,你不让他当男子汉那可是难上难呀!如今,纳斯特卡会替他干这些活儿了。"

多米尼科娃突然挺直了身子,气冲冲地对雅格娜说道:

"快把我带走,雅格娜,快把我带走!免得被这只老母狗咬伤。"

她们逃跑似的走开了,普沃什科娃咯咯地笑了起来。

"别看她眼瞎了,但她能认出你是什么人!"

"尽管她瞎了,但她还能揪住西蒙的头发哩!"

"上帝保佑,但愿她不要伤到别人。"

雅古斯丁卡不再说话了,因为她们已来到了大门口。这里被人群挤得水泄不通,汉卡和她们挤散了,但她反而很高兴,不用听她们唠叨了。她一个人独自走着,每遇到一个乞丐,她都给两个格罗什,碰见那个牵着狗的老瞎乞丐,她却给了十个格罗什,并对他说道:

"你来我家吃午饭吧,老爷子!到波利那家来!"

老乞丐抬起头来，擦了擦眼睛。

"我知道你是安特克的妻子！上帝会保佑你！我一定会去，一定会去的。"

出了大门，就不那么挤了。但这儿的乞丐更多，他们两行并排地坐着，形成了一条大通道，都在用不同的方式乞讨。在这条通道的末端，蹲着一个年轻的在拉小提琴的乞讨者。他唱起了有关国王和古代历史的歌曲，吸引了许多听众，不时有人把钱币投进他的帽子里。

汉卡来到墓地里寻找尤什卡，却出乎预料地看见了她的父亲。他坐在乞丐的行列中，正伸出双手，用乞丐所特有的那种哀求声音向行人乞讨。

最初，她还以为是自己的眼睛花了，便擦了擦眼睛又仔细察看了一番，没有错，是他，是他，正是她的父亲！

"我的父亲当乞丐了，主啊！"她惊讶得差点要羞死了。

她把头巾拉下遮住了额头，她父亲坐在车辆的下面，她便从车辆的背面，悄悄来到他的身边。

"你怎么坐在这里？你干了什么好事呀？"汉卡为了不被别人看见，蹲在她父亲的身后，哽咽地说道。

"汉卡……是我……我……"

"跟我走，马上回家！天主啊！多么丢人现眼啊！"

"我不走……这样做我考虑很久了……既然有人能帮助我，我何必加重你们的负担！我要和他们一起到外面去见见世面……参拜神殿……看看新鲜事物……我还可能给你们带些钱回来。这里有一个兹罗提，去给小彼得买一个小玩意儿……拿去买吧……"

汉卡紧紧抓住父亲的衣领，几乎是拼了命把他从车辆之间拖了出来。

"立即跟我回家！难道你不知道什么是羞耻吗？"

"放开我！不然我要生气了。"

"扔掉这个乞讨袋，快扔掉，别让人看见！"

"我做的是我喜欢的事，这和羞耻有什么相关？俗话说得好：凡是和饥饿结成兄弟的人，乞讨袋就成了他的衣食父母……"他说完这些话，用力一挣，便挣开了女儿的手，从车马中间溜了过去，消失在人群中了。

教堂前面的广场上人山人海，汉卡根本无法找到他。

烈日灼烤，酷热难当，人们浑身浸透了汗水，心脏被尘土堵得难受。尽管大家都很疲劳，而且又受到烈日的炙烤，但大家还是在这个"沸腾的大锅"中尽情地玩乐。

手摇琴的乐声响彻全村，乞丐们依然在乞讨，孩子们吹起了陶瓷做的口哨，狗在吠叫，马在嘶鸣，还受到了苍蝇的侵袭。人群中有的在互相交谈，有的在向熟人打招呼，有的结伴去逛货摊，货摊周围云集了无数的姑娘，她们如同一群群蜜蜂围着蜂巢打转一样。

卖用品的帐篷被妇女们挤得摇摇欲坠。这里出售的香肠，都挂在货摊的横梁上，有的出售面包和小糕点，有个犹太人在吆喝卖糖果，有的货摊在卖缎带、念珠、缠线棒，以及其他用品。人声嘈杂得就像在犹太人的教堂一样。

过了一个时辰，大家渐渐安静下来。有的去了酒馆，有的直接回家去了，还有些人因炎热和疲倦不堪，躺在篷车里休息，或躲到池塘边的树荫下，或就在果园和院子附近，以便吃些东西，休息一会儿。

中午的炎热让人透不过气来，大家都不想和别人说话了，甚至连动都不想动一下，就像那些被炎热烤得萎靡不振的树木一样昏昏沉沉。而本村的村民们都已经坐在家里吃午饭了，村里才稍微平静了一些，偶尔有孩子们的吵闹声和车辆旁边的马嘶声。

神父正在府邸内设宴招待其他神父和地主们。通过敞开的窗户可以看到各人的脑袋,听到他们的说话声、碰杯声,还可以闻到菜肴的香味,令人垂涎欲滴。

雅姆布罗兹穿上了节日盛装,胸前挂上了他在军队服役时所得的全部奖章,时时在走廊里走来走去,还常常大声斥责道:

"滚开!你们这些混球!否则我就要用棍子把你们打个半死,让你们记住!"

但是,他的恫吓毫无作用,顽童们依旧像群麻雀似的在墙头上探头探脑,有些胆大的甚至趴在窗户下面。他也只能吆喝一番,用神父的手杖来吓唬他们。

这时候,汉卡正好来到旁门口,雅姆布罗兹便上前问道:

"你要找谁?"

"你有没有看到我的父亲?"

"贝利查?这么热,他还能去哪儿?一定是躲在什么阴凉地方睡觉去了!……这些小流氓!"他又大叫起来,追赶这些孩子去了。

汉卡心烦意乱地回到家里,姐姐微朗卡也来这里吃午饭,汉卡便把父亲的事告诉了她。

微朗卡听后只耸了耸肩膀,说:

"他到乞丐群里去,对他来说不会有什么损失,反而会减轻我们的负担。比他处境好的人,最后不是也有做了乞丐的吗?"

"我的老天爷!让自己的亲生父亲出去乞讨,这对我们做子女的来说该是多么大的一种耻辱呀!安特克会怎么说呢?邻居们又会怎样说呢?他们一定会说是我们把他撵出去乞讨的。"

"他们爱怎么说就怎么说,嘲笑别人谁都会,可是有谁来帮忙呢,一个也没有!"

"我绝不能让父亲出去乞讨!"

"你这样高傲,那就把他接到自己家里来养活好了!"

"我一定会这样做的！啊，我明白了，你连一丁点儿食物都不给他吃，是你把他逼得出去乞讨的！"

"什么，什么？我家里穷得叮当响，难道我要把食物从孩子们的口里掏出来？"

"你可要记住，他把土地都给了你了，你就该赡养他！"

"我自己没有，怎么给别人？总不能把自己的肠子都掏出来。"

"这样做也未尝不可，父亲是第一位的。他不止一次向我诉苦，说你们老是让他饿肚子，你们关心猪都要比关心他多得多。"

"你说得对，我让父亲挨饿，自己却像地主婆那样吃得胖胖的——胖得连衬裙都从屁股上掉下来了，甚至连爬行的力气都没有了。我们只能靠赊账来过活。"

"别说这种抱怨话，人家还以为你说的是真话呢。"

"我说的就是真话！要不是杨介尔肯赊账，我们连盐煮土豆都吃不上。俗话说得好：饱汉不知饿汉饥。"她一边说一边抽泣着。这时候，那个由狗导引的瞎子乞丐正好来到了院子里。

"请在房前坐下吧！"汉卡对他说道，立即就去把午饭送了过来。

他在围墙前面坐下，放下木棍，把狗也松开了，用鼻子嗅了嗅，就闻到了一股菜香味。

汉卡一家正在大树下吃午饭，她把饭菜都盛在一个盘子里，菜的香味四溢。

"麦片煮肥肉，真是好极了！保佑你一家健康平安！"老乞丐喃喃说道，他嗅着菜香，现出一副贪吃的表情。

他们都吃得很慢，一勺一勺地吃着食物。瓦帕不声不响地转来转去，瞎子的那只小狗也在墙边伸出了舌头，因为天气太热，即使在树荫下，炎热也好像要把它融化掉似的。在这种闷热而又令人昏昏欲睡的寂静中，只有汤匙刮干净盘子的响声，还有燕子在屋檐下的唧唧叫声。

"要是能再来一盘酸奶,就更加凉快了!"老乞丐感叹道。

"我马上就去拿来。"尤什卡安慰他道。

"你今天大声叫喊,收获不小吧?"彼得用勺子轻轻地敲着盘子,问道。

"天主怜悯一切罪人,却没有把乞丐所受到的欺凌挂在心上。说到收入,可真不少!每个见到我们的人,不是抬眼望天,就是绕道而走,即使有个别人掏出一枚小钱,也巴不得我们能找他十倍钱。再这样下去,我们这些乞丐都快要饿死了。"

"在夏收之前的这段青黄不接的苦日子里,我们也都受到了莫大的煎熬呀!"微朗卡反驳他道。

"这倒是实话。但即便如此,也没有人缺喝伏特加的酒钱呀!"

尤什卡给他端来了一碗酸奶,他便大口地喝了起来。

过了一会儿,他又说道:

"我在墓地里听人说,利普查村今天要和地主达成和解协议,这是真的吗?"

"如果利普查村人能得到他们应得的权利,也许就能和解,达成协议!"汉卡说道。

"德国佬都撤走了,你知道不知道?"维特克插了一句。

"但愿他们都害瘟疫死掉!"他挥动拳头大声说道。

"他们也欺负你了?"

"昨天傍晚我从他们那里路过,他们却放出狗来咬我……这些异教徒,混蛋,狗杂种!我听说,利普查村人闹得顶厉害的,他们不得不溜走了。我恨不得要剥了他们的皮,叫他们留下一身臭肉!"他说道。他喝完了酸牛奶,把狗也喂饱了,便准备走了。

"今天可是你丰收的日子,你得好好地干呀!"彼得讥讽地说道。

"我是得赶紧走,去年这里只来了六个乞丐,今年增加了三倍,他们的叫喊声差点把我的耳朵都震聋了。"

"你晚上就来这里过夜吧!"尤什卡邀请他道。

"愿天主赐你健康,谢谢你不忘我这个饥饿老人!"

"什么饥饿老人,肚子这么大,几乎都撑不住了!"彼得看到他在路上蹒跚而行,用棍子探察路上的障碍物,便不无讥讽地说道。

过了一会儿,家里人都走空了。有的人去阴凉处躺下睡着了,其他人都去参加晚祷了。

晚祷的钟声敲响了,太阳已经西沉,天气迅速转凉,许多人还在墙下的阴凉处休息,但也有越来越多的人来到教堂前的广场上,在货摊前走来走去。

尤什卡和姑娘们在一起,买了一幅圣像画。不过她们主要是来观看那些绣带、念珠和其他节日用品的。

手摇琴重又演奏了起来,乞丐们又伸出了双手,敲响了盘子,人们的谈笑声高涨了起来,充塞着整个村子,就像割蜜前的蜂房那样。

人人都已吃饱喝足休息够了,都很愿意结伴而行、相互交谈。他们有的相互拥抱,和亲朋好友碰杯饮酒;有的走进教堂,选个阴凉的地方坐下,观看着四周的各种景物;有的高高兴兴地在做祷告;有的在环视各种金饰品、灯光、圣像画和其他圣物;有的在倾听管风琴的演奏和歌唱声,全身心地投入其中,以净化自己的灵魂,消除所有的烦恼。

无论是富人还是穷人,是农户还是佃农、长工,这一天都在尽情地欢乐,他们纷纷拥向货棚、货摊,使那里人声鼎沸,拥挤不堪。妇女们三五成群地来到货棚前,即使不买东西,看看或者摸摸这些五颜六色的东西也就感到满足了。

西蒙给纳斯特卡买了一串琥珀项链、几条缎带和红色头巾,她马上就佩戴了起来。然后两人互相搂住腰肢，从这个货棚来到另一个货棚，双双欣喜不已，仿佛喝醉了似的。

尤什卡跟在他们后面，一直在观看摆在桌子上的各种东西，还不断地讨价还价，伤心地数着自己的钱——总共只有一个兹罗提。

雅格娜装着没有看见自己的哥哥——其实她离他们不远。她独自前行，心中充满悲伤和孤寂。所有那些悬挂着的缎带，如今都引不起她的丝毫兴趣了，她也不关心手摇琴奏出的声音和人们的拥挤嘈杂声。

她随着人流一路朝前走去，人流停下了，她也就站住不动。人们把她推向前走，她也就跟着行走——她既不知道自己从何而来，也不清楚该往何处而去。

马特乌什来到她的跟前，温柔地低声说道：

"求你别把我赶走。"

"咳！我什么时候赶过你走？"

"就是上次。你把我大骂一顿赶跑的！"

"你说了些难听的话，我不得不骂你。谁若是对我……"她突然停住了。

雅西正从人群中慢慢向她挤过来。

"他也回来过节了！"马特乌什指着年轻教士说道。那些围着他的人要吻他的手，他微笑着婉拒了这份荣誉。

"看看他的举止模样，倒像是位地主的公子。可是不久前，我还清楚地看到他跟在母牛屁股的后面呢。"

"你说的不是真的，他什么时候放过牛？"她大声反驳道，雅西放过牛这种话仿佛击中了她的痛处。

"我说吧，我记得很清楚，有一次他家的母牛跑进普沃什卡家的燕麦地里，他却躺在梨树下面睡起觉来。"

雅格娜离开了马特乌什。虽然她有点怯生生的，但还是朝这个年轻教士挤了过去。雅西朝她微笑着,人们都像看彩虹那样望着他,于是他移开了眼睛,到货摊前买了几张圣徒画像,分送给那些需要的人。

她呆呆地站在他的对面,用似火的眼神望着他。她嘴唇鲜红,脸上露出了甜美得有如蜂蜜一样的微笑。

"雅格娜,送给你一个守护神!"他边说边把画像送了过去。

他们的手碰在了一起,刚一接触便立即分开了,两人都像是摸着了一团炭火。

她浑身发抖,无法张口说话。他又对她说了点什么,但她就像是沉浸在他的眼神里,几乎失去了神智。

拥挤的人群把他们两个冲散了,她把画像贴紧在自己的胸前,眼睛却在四周搜寻他。但她找不着他了,他已进了教堂,里面正在做另一场礼拜,但是在她的幻想中,他依然还站在自己的面前。

"他看起来真像个圣徒!"她情不自禁地喃喃道。

这毫不奇怪,所有的姑娘都盯着他看,可是这些傻女孩不知道,香肠不是做给狗吃的。

她急忙环视了一下,发现马特乌什就站在她的身旁。她嘟哝了几句含糊其词的话,想摆脱他。但他紧跟在她的身后,寸步不离。

他思考了好久才开口问道:

"雅格娜,你母亲对西蒙的结婚预告是什么态度?"

"她有什么可说的?西蒙想结婚就结好了,这是他自己的意志!"

他皱了一下眉头,又犹犹豫豫地问道:

"她会把他的那份土地给他吗?"

"我哪里知道,母亲没有给我说过,你去问她好了。"

这时候,西蒙和纳斯特卡同他们相遇了,安德烈也突然冒了出来,于是大家便聚集在了一起。西蒙先开口说话:

"雅格娜,当我受到亏待时,你不要站在母亲那边,好吗?"

057

"那当然，我是支持你的！咳咳……你这些日子的变化真大，完全变了个人样！"她惊奇地说道。的确，站在她面前的这个西蒙，穿戴得体，胡子刮得干干净净，脊背挺得笔直，歪戴着帽子，身穿一件白如牛奶的上衣。

"因为我已摆脱了母亲的羁绊！"

"你现在能按自己的意志生活了，日子过得好吗？"她问道，见他的精气神不错，她也感到高兴。

"去问问放出笼子的小鸟，你就知道啦。你知道我们发的结婚预告吗？"

"什么时候举行婚礼？"

纳斯特卡搂着他的腰身，温柔地依偎在他的身边。

"再过三个星期，定在夏收之前。"她羞红满脸地答道。

"即使在酒馆里举行也可以，我不会邀请妈妈的！"

"那么，你有给你女人住的地方吗？"

"有。我要搬到母亲对面的那个房间去住。我不会到村里去租房，只要她把那份属于我的土地分给我，我就能想办法过上好日子！"他夸口道。

"你要帮帮他，雅格娜！我会全力帮助他的！"安德烈保证道。

"我们也不会让纳斯特卡空手出嫁的，她会得到一千兹罗提的现金。"马特乌什说道。

铁匠把他拉到一边，和他悄悄说了几句话便离开了。

他们继续交谈着，西蒙又补充了他设想的一些细节。他说等他一旦拥有了自己的土地，就会全力以赴，精心耕作，成为一个好农民。不久之后大家就会对他刮目相看，他将成为一个了不起的人物。纳斯特卡惊羡地望着他，安德烈表示赞同，只有雅格娜神情恍惚，对他们说的话只听进了一半——反正她对这一切全都不在乎。

"雅格娜,到酒馆去吧,那里今天有音乐。"马特乌什邀请她道。

"酒馆已经不是我玩乐的地方了!"她悲哀地答道。

他望了她泪水汪汪的眼睛一眼,便戴上帽子,推开拦路的人,径直离开了。他在神父的府邸前遇上了特蕾莎。

"你要去哪儿?"她胆怯地问道。

"去酒馆,铁匠要在那里召开一个会议。"

"那我跟你一起去。"

"你要去就去,我不会赶你走的,那里有的是地方。不过你要注意,眼睛不要东张西望,更不要老是盯着我看,否则别人会说坏话的。"

"他们就像恶狗咬死小羊那样,早已把我骂得狗血淋头了。"

"那你为什么还要给他们这种机会呢?"他有些生气,渐渐不耐烦起来。

"为什么?难道你不知道为什么?"她轻声抱怨道。

他闷声不响,快步走在前面,使她几乎跟不上了。

他突然转过身来,对她大声道:

"得了,得了!你看你,哭得像头牛犊子那样。"

"啊,不,不!是眼里进了粒小沙子。"

"我一看到别人哭,心里就像被人刺了一刀似的。"

他放慢了脚步,和她并排走在一起,用特别温和的口气对她说道:"这里有几个钱,你拿去,到货摊上去买点你喜欢的东西。然后就到酒馆来,我们一起跳舞。"

她望着他看,恨不得要拜倒在他的面前。

"对我说来,钱并不重要,重要的是你的好心好意!"她满脸放光地说道。

"你要黄昏时分过来,在这之前我都很忙,你见不到我的。"

他在门口又看了她一眼，笑了一笑，便走进酒馆去了。

酒馆里人很多，又挤又热，让人受不了。大店堂里更是挤满了各色的人：有的在喝酒，有的在聊天。而在小房间里，则是清一色的利普查村的年轻人，为首的是铁匠和乡长的弟弟格热拉。同时在座的还有几个年纪较大的农民，如普沃什卡、村长、克温布和波利那家的堂兄弟亚当。甚至连科布斯也挤进了这个小房间——谁也没有邀请过他，他是不请自来的。

当马特乌什进来的时候，格热拉正在热情地说着话，还用粉笔在桌子上写着什么。

他们正在谈论和地主签订协议的事。地主答应按四比一的比例来交换，即用地主在波德列斯的四垧田地来换村民们的一垧森林。他还答应，农民可用分期付款的形式购买其余的土地，而且他还会赊给农民们建房用的木材。

格热拉把条款一五一十地细述出来，还用粉笔计算了一下：土地该怎样分，每户能分到多少。

"我说的这些，你们都好好考虑一下，事情已经很清楚明了了！"他最后大声道。

"承诺不过是玩具，只有笨蛋才会高兴！"普沃什卡嘟哝道。

"这是千真万确的事，而不是什么玩具，所有这一切都会得到公证人的签字的。你们要认真地想一想，我们能得到那么多的土地，利普查村的每户人家都能得到一份新的家产。你们就好好地掂量一下吧！"

铁匠一再重复着地主要他说的那些话。

大家都在用心地听着，但谁也没有回答，却死死盯住桌子上用粉笔写的那些数字，陷入了深深的思考之中。

"事倒是好事，就不知特派专员会不会批准？"村长用手顺了顺头发，第一个开口说道。

"他必须批准。村民们共同决定的事情,不需要得到官府的准许!我们就这样办,他不得不允许。"格热拉大声道。

"允许不允许,你也用不着这样大声嚷嚷。你们出去个人,看看警察是否在墙外偷听。"

"我刚刚看到他坐在柜台前喝酒。"马特乌什说道。

"地主答应什么时候和我们签订协议?"有人问道。

"他说过,如果我们愿意,明天都行。只要我们同意那些条款,他就会立即签字。然后我们就可以去丈量土地了,把地分给大家。"

"这样说来,夏收之后我们就有新的田地了。"

"秋天就能耕种了!"

"我的老天爷,这样一来,我们可就有奔头了。"

大家纷纷议论起来,个个欣喜异常,眼睛发亮,身板挺得直直的。有人还伸出了手臂,仿佛要去抓住那些他们渴望已久的土地似的。

他们中有的人哼起了小调,有的人在喊犹太人快拿酒来,有的人在胡说八道,废话连篇,个个都在想象着自己即将获得的农田、财富和幸福。他们就像喝醉了酒的人那样兴奋异常,有的大笑不止,有的拳擂桌子,有的脚踢地板,真是忘乎所以了。

"到了那时候,才是利普查村的真正节日!"

"到了那一天,才会有真正的娱乐、真正的音乐!"

"在这样的狂欢节里,会有多少人举行婚礼呀!"

"那样一来,我们利普查村的姑娘就不够用了。"

"那我们就到城里去找些姑娘来!"

"他妈的,都是些公马!"

老普沃什卡用拳头敲着桌子,大声说道:

"小伙子们,安静点!你们这样大吵大闹,就像在安息日里集会的犹太人!我只想提醒你们一句,地主的许诺里面会不会有别的什么企图？你们好好想一想，怎么样？"

他的话仿佛是一盆冷水，让他们立即安静了下来。

过了一会儿，村长说道："我也搞不明白，地主怎么会这样慷慨大方呢？"

"是呀，这里面一定有问题，否则，他怎么会把这么多土地白白地送人呢？"有个老人也附和道。

格热拉一听便跳了起来，大叫道：

"我要对你们说，你们就是一伙笨羊！"

接着，他又向大家做了一番解释，直说得满头大汗。铁匠也尽其所能地加以一一说明。但这些都没有让老普沃什卡心服口服，他只是摇着头，冷笑着。格热拉一看便火冒三丈，挥动着拳头向他冲了过去。

"既然你认为我们说的都是谎话，那你就说说你的高见！"

"我要说的是，我非常了解这些狗杂种！我要把我所知道的告诉你们——除非白纸黑字已经完成，你就不能相信地主！他们一向是靠欺压我们来养肥他们自己的，现在他们又来用新的阴谋赚我们的钱。"

"你可以按照你的想法表示不同意，但不能妨碍别人！"克温布朝他大叫道。

"你，你！真没有想到，你以前曾和我们一起在森林问题上抗争过，现在却站在了地主那一边。"

"我是去过的，如果需要，我还会再去！但我不是在支持地主，而是在支持公正公平的协议，是为了维护全村的利益。当然，只有傻子才看不出它对利普查村的好处，才会拒绝送上门来的好处。"

"你们才是傻瓜呢！说你们傻，就是指你们急于用全部裤子去换一条裤子。既然地主现在能交出这么多，说不定他以后会交出更多的呢。"

他们又展开了激烈的争吵，多数人支持克温布的意见。恰好这时，酒馆老板杨介尔走了进来,把一大瓶烧酒放在了桌上。

"请吧,请吧!各位农民,大家团结一心,为了波德列斯成为新的利普查村,为了人人都成为那里的主人,干杯!"他说着,逐个向大家敬酒。

这样一来,大家都拿起酒杯喝起酒来,喧嚣声越来越大。不过,除了老普沃什卡外,大家都赞成那个协议。

铁匠在这件事中一定得到了不少的好处,所以他才这样卖劲地为地主歌功颂德,还时不时地给大家拿来烧酒、啤酒,甚至还有带香精的阿拉克酒。

大家都开怀畅饮,闹腾了起来,醉眼蒙眬,嘴唇都僵硬起来了。然而就在这时,一直没有说话的科布斯,突然跳了起来,用恶毒的话语责骂大家。

"难道我们佃农不是农民,而是狗东西吗?土地应该有我们的一份!否则我们就不赞成这个协议!应该公平正义!难道就该有的人大腹便便,胖得连路都不走动,而有的人饥肠辘辘,活活饿死吗?土地必须平分给所有人!地主就是臭狗屎!瞧瞧这些光着脊背的家伙,把眼睛翘得多高,仿佛高人一等似的!"他大声叫道,声音越来越大,而且是针对着所有的人。于是,他被推出了门外,但在酒馆外面依然恶语伤人,咒骂不止。

过了一会儿,大家便各自分散回家了,有的人因为音乐已经开始,便留在酒馆里乘兴取乐。

这时已是黄昏时分,太阳已落在森林后面,霞光满天,把树梢和麦穗都照成了金红色。潮湿而柔和的晚风一阵阵的,蛙不停地叫着,鹌鹑也发出了咕咕的叫声,蚂蚱的尖叫声伴和着成熟麦穗的沙沙声,持续不断地在田野上飘荡,越飘越远。还有大车在路上行驶的辚辚声,以及某个醉汉在回家路上扯开嗓子大声唱起来的歌声。

利普查村渐渐安静下来了,教堂前的广场上已空荡无人。但在各家各户的门前,都有不少人坐在那里乘凉和休息。

暮色笼罩着整个大地,田野一片幽暗。远方已是天地相连,浑然一体。一切都归于寂静,大地已渐渐沉入睡乡,暖和的露水覆盖着它们,小鸟在果园里低声啼叫,听来就像是晚祷声。

牲口从牧场回到了家里,不时发出长长的鸣叫声,出现在池塘上面的长角脑袋被夕阳照得血红。小男孩们在磨坊下面的溪水中游泳洗澡,又是泼水,又是打闹。而姑娘们则坐在篱笆前面,唱起了许多动听的情歌和民间小曲。人们还能听到山羊的咩咩声以及鸡群的咯咯声。

这时的波利那家显得空荡荡的,几乎无人。汉卡带着孩子到亲友家去了,彼得也不知道跑到哪儿去了,雅格娜晚祷之后便不在家里,只有尤什卡还在忙于家务。

瞎老乞丐正坐在台阶上乘凉,让晚风吹拂着他的脑袋,一边还喃喃地做着祷告,细心地听着维特克那只鹳鸟的动静——这只鹳鸟常常跑上前来叼啄他的双脚。

"哼,你这个坏蛋,还敢来啄我?"他恨恨说道。他把棍子放在身边,还挥动着念珠。鹳鸟跳开了两步,又从旁边蹿了过来,向他伸出了长长的嘴巴。

"哼!我听得很清楚,看你还敢来啄我!真是一只聪明可爱的鸟儿!"他低声说道。这时候,他听见院子里有人在拉小提琴,为了能专注于这美妙的琴声,他用力地挥舞了几下念珠,把鹳鸟赶走了。

"尤什卡,是谁拉得这么好听?"

"是维特克。他正在向彼得学拉琴,整天都拉个不停,把人闹得不得安宁!维特克,别拉了!该给小马喂苜蓿了!"她高声叫道。

小提琴声停住了,盲乞丐听见维特克来到门前,便以非常温和的语气对他说:

"这是给你的十个格罗什,你的小提琴拉得不错。"

维特克听了特别高兴。

"你会演奏宗教乐曲吗?"

"只要是我听过的,我就会拉。"

"是吗?所有的狐狸都会吹嘘自己的尾巴漂亮。好,那就拜托了,你就演奏一下这个曲子。"说完,他就用他所特有的嘶哑嗓音缓慢地哼唱起来。

维特克甚至没有听完全曲,便拿起了小提琴,先是跟着演奏了一下,然后就根据他在教堂里听过的曲调加以发挥而演奏起来。他拉得那么动听,令这个瞎子乞丐惊讶不已。

"真不错,你都可以去当风琴师了!"

"我什么曲子都能拉,所有我听到过的,甚至在地主庄院听过的,在酒馆听到过的,我都会拉。"他扬扬得意地自夸起来,又继续拉起了各种曲调,直拉得在鸡窝里的母鸡都咯咯地叫了起来。这时候,汉卡回来了,便要他去帮助尤什卡了。

雅格娜还没有回来,她连在娘家也坐不住。她想出去看看女友,但有一种不安的情绪让她没坐多久便起身离开了,仿佛有人揪住她的头发把她拉走了似的。于是她独自一人在村子里徘徊,久久地望着池塘的水面。水面幽暗,但在微风的拂动下所掀起的涟漪,依稀可见。她凝视着倒映在水中的树木,望着村子里亮起的朵朵灯光——灯光照射在池塘的水面上,消失在了远方。这时候,她的目光转向了别处。她朝磨坊后面走去,一直来到草场上,那里像是披着一件白雾的暖皮袄,田凫叫唱着在她的头顶上飞过。

在高大的、令人昏昏欲睡的赤杉树下,河水穿过幽暗的水闸,像瀑布似的那哗哗声,在她听起来就像是悲痛的呼唤声,如诉如泣。

她走开了，来到磨坊工的窗外，发现里面灯火辉煌，人声喧嚷，杯盏交响。

她从村里的这一头走到另一头，徒劳无益，就像找不到出口的回旋水流，只好伤心地向那些无法穿越的石壁撞击。

她感到有一种东西在撕咬她的心，不是悲痛，也不是思念，更不是爱——她无法表述。她的眼睛里喷射出一束枯涩的火光，一种无法抑制的、可怕的悲伤要把她的胸膛胀裂。

后来她竟然不知不觉地来到了神父住宅的近旁。门口停着一辆马车和马匹，她听到了马儿不耐烦地用脚蹬地的响声。只有一个窗口漏出了灯光，里面的人正在打牌。

她站在那里看了个够，随后才沿着那段隔开克温布家田地和神父家花园的篱笆小路走去。她惶恐不安地推开了那扇篱笆活门，沿着樱桃树丛溜了过去，树枝上的露水洒到了她的脸上。她盲目地朝前走去，根本不知道要去什么地方，直到风琴师家的那栋矮房子屹立在她的面前，挡住了她前行的道路。

四扇窗户都打开了，里面灯火通明。她把身子藏在篱笆墙的阴暗处，悄悄地摸了过去，直到房间里的一切都能一目了然。

房间的天花板下亮着一盏吊灯，风琴师夫妇和孩子们坐在灯下喝茶，雅西在房间里走来走去，正在和他们说话。

她能听清他说的每一句话，每走一步地板发出的嘎吱声，座钟不停的嘀嗒声，甚至是风琴师沉重的呼吸声。

雅西说的事情太神奇了，她什么也没有听懂。她目不转睛地看着他，就像在看圣徒像一样，就像喝蜜那样听着他说话。雅西不停地走动，有时消失在屋子的里头，随即又会出现在吊灯的光照下面。他有时会站在窗前，她生怕会被他看见，便急忙把身子往后缩去。但是他只是望着星光璀璨的天空，说起一些笑话来，逗得大家捧腹大笑，脸上露出像那阳光一样的快乐表情。他终于在母亲的身旁坐了下来,妹妹们立即爬到他的腿上,亲热地吻着他的脖子,他也紧紧地把她们搂抱在胸前,和她们嬉戏玩耍,一下子便让房间里充满了童真无邪的欢笑声。

时钟响了,母亲站了起来说道:

"好了,好了!该去睡觉了。明天一早你就得动身出发。"

"我不得不走啊,妈妈。我的上帝,这一天过得多快呀!"他不无伤感地说道。

雅格娜此时真是心如刀割。她痛苦万分,眼泪夺眶而出,流满全脸。

"不过,好在假期快到了,校长答应我,可以让我早一点回家,只要我们教区的神父写信求他一下就可以。"他补充说道。

"你不用担心,我一定会去求他写信的!"母亲一边说,一边在正对着窗户的地方给他铺了一张床。

睡前的告别又长又热烈,母亲紧紧抱住他,吻他:

"睡吧,我的乖儿子,祝你睡得很香,睡个好觉!"

"妈妈!我做完祷告,就会上床。"

他们终于分开了。

雅格娜看到他母亲在隔壁屋子里踮着脚走路,说话也降低了声音——他们把窗户关好后,整座房子便归于寂静了,这样就不会妨碍雅西睡个好觉了。

这时候,雅格娜也打算回家了。刚移动了一下身子,但是好像有什么东西把她吸引住了,让她无法迈开脚步。她像着了魔似的站在那里,凝望着那还开着的唯一窗户——还亮着灯。

雅西正在看一本厚厚的大书,随即他便跪在了窗前,在胸前画着十字,双手合十,抬眼望着夜空,嘴里念念有词地做着祷告。

夜已深了，万籁俱寂。星星在苍穹中闪耀，温暖的阵风把田野里的芳香吹了过来，不时地把树叶吹得沙沙轻响，还有鸟儿在轻声歌唱。

此时此刻的雅格娜却更加不能自持了，她的心在疯狂地跳动，眼睛在闪耀着火光，丰满的嘴唇烧得发烫，双手本能地向雅西那边伸了出去。尽管她此时还在犹豫不定，但还是感到有一种奇怪的无法抗拒的冲动和亢奋，使她呼吸急促，浑身发抖，不得不把身体靠在篱笆上，把篱笆压得吱嘎作响。

这时，雅西向窗外张望了一下，便又做起了祷告。

此时此刻的雅格娜，其内心所发生的变化，连她自己都无法理解。仿佛有一股烈焰，贯穿全身，深入骨头，把她烧得痛快，使她禁不住想要大喊出来。她也不知道自己身在何处，深受震撼，像被雷电击中一般全身颤抖着。她感到有股燃烧的烈风要把她卷走，一种可怕的欲望充满她的身心，一种难以表述的愿望差点让她窒息。她多么想爬上前去，离他越近越好，只要她的嘴能吻到他的那双白嫩的手，只要能跪在他的面前，直视着他的眼睛，像对圣徒像那样仰视着他，她就心满意足了。但是她却不敢向前移动一下——一种可怕的恐惧感，一种担心犯罪的畏怯感，阻止了她。

"我的天主，仁慈的天主呀！"从她心里冒出来了呻吟声。

雅西站了起来，将整个上身探出窗外，仿佛看见了她似的问道：

"谁在那儿？"

雅格娜吓得命都快没了，屏住呼吸的她，心都快要停跳了，又因某种神圣的恐惧，感到浑身软弱无力。她的心灵好像是堵在喉咙里似的，在充满幸福的不安与无限希望的期待之间摆动。

雅西朝篱笆那边望了一望，什么也没有看见，就把窗子关上了。之后，他脱掉衣服熄灯睡觉了。

雅格娜被黑夜笼罩着，但她还在那里待了很长时间，一直望着那扇漆黑而沉寂的窗子。黑夜的凉爽沁入她的肌体，而露水则像是洒在了她那炽热的欲望上，把她血液里的欲望之火熄灭，使她感受到了一种无法表述的幸福。有一种庄严的神圣的宁静传遍她的全身——像日出前的花朵一样宁静，她忍不住要幸福地祈祷起来。不需要任何言辞，而是一种神奇甜美的心灵舒畅，一种心灵的洁净之梦，有如春天黎明时难以描述的欢乐，同时又冒出了念珠般大的喜极而生的泪水——这是她献给天主的一串串感恩和敬谢的念珠！

第三章

"汉卡,求求你,我要回家!"尤什卡把头靠在教堂的椅背上,哀求道。

"你呀,整天就像小牛甩尾巴那样到处乱跑。你就回去吧!"正在低头数着念珠的汉卡,抬头望着尤什卡,带点责备的口气说道。

"现在我头晕得厉害,浑身发软……"

"仪式快要结束了,你就不要添乱了。"

这时神父正要结束这场小型的安魂弥撒——那是波利那的家人为他的八天忌日特别请求神父所做的。

波利那家的所有亲人都坐在两侧的椅子上,只有雅格娜和她的母亲跪在祭坛的前面,没有邀请外人参加。在唱诗班里的某个祷告地方,阿加塔正在大声祷告。

教堂里面安静、凉爽、阴暗,只有从敞开的大门那里射进来一道光线,把从门口直到祭坛那一长条地方照得明亮。

风琴师家的米哈乌是这场弥撒的执事,他像往常一样,把小铃铛摇得很响,大声说着执事的言辞,还不时地抬起眼睛,望着飞进飞出、啾啾不停叫着的燕子。

从池塘那边还传来捶捣衣服的响声。此外，麻雀也在窗外叽叽喳喳，一只母鸡咯咯叫着，带领它的一窝小鸡从墓地那边朝教堂门口走来。雅姆布罗兹立即把它们赶跑。

神父结束了弥撒，大家便步出教堂，朝墓地那边走去。当他们走到钟楼附近时，却被雅姆布罗兹叫住了：

"你们等一下！神父想和你们说话。"

神父不一会儿就气喘吁吁地跑来了。他像往常那样，腋下夹着一本祈祷书。他擦了擦光头上的汗水，用亲切慈祥的言辞向他们表示了欢迎和问候。

"我的朋友们，我要说的是，你们能为死者举行弥撒，实在是功德无量。弥撒会使死者的灵魂得到超度，升向天国，这能使他得到很大的帮助。是的，很大的帮助！"

他吸了口鼻烟，打了个大喷嚏，边擦着鼻子边问道："今天你们一定会商量分割遗产的事情，是不是？"

"是的。按照规矩，通常都是在死后第八天商量。"他们回答道。

"不错，今天我要和你们说的正是这件事。我已在祭坛上说过，你们分遗产时一定要记住：既要尊重大家的意见，更要注意公平合理，因此我不想听到有什么争吵和纠纷的发生。波利那花了一生的心血才得到这样一份家业，如果知道你们像野狼抢吃羊羔那样争夺财产，他在坟墓里也不会得到安宁的，而且上帝也不允许亏待任何一个遗孤的。格热拉远在他乡，而尤什卡还是个傻小姑娘，要让每个家人都能得到他应得的那份遗产，少一分钱也不行。另外，在分遗产时，还要遵守他的那份遗嘱来进行。说不定，此时此刻他的灵魂正在看着你们。你们在分割遗产时，绝不能像恶狗抢食那样争来抢去的……我在布道时常对你们说：在这个世界上，和睦胜过一切，争斗会让人一事无成，是的，一事无成！只有犯罪和招致天怒！另外，你们也别忘了教堂。

老波利那一向慷慨大方，无论是香火钱、弥撒钱，还是其他需要，他都从不吝惜。正是因为这个缘故，上帝才一直保佑他万事如意，兴旺发达……"

神父还对他们说了很久的话，使得女人们都放声哭了起来，还无限感激地拥抱着他的双脚。尤什卡大哭着，跪在地上吻着他的手。他也把她搂在胸前，吻着她的额头，和善地说道："傻孩子，别哭！上帝是特别爱护孤儿的。"

"就连亲生父亲也没有这样关爱过她！"汉卡深受感动，低声说道。

神父自己也十分激动，他赶忙擦去了泪水，让铁匠吸了他的鼻烟，便转变话题说道："你们和地主达成和解了吗？"

"快了，今天就有五个人去了地主家和他商量。"

"赞美上帝！为了这次和解我一定要免费做一场弥撒！"

"我认为，全村的人都该郑重地举行一场还愿弥撒。说真的，我们每家每户都能得到一块新土地，而且等于是白给！"

"你聪明，米哈乌！我曾向地主谈起过你。好了，你们走吧。但是你们要记住：和睦和公正！"

他又在他们背后叫道：

"噢，米哈乌！过一会儿，你来我家看看我那辆轻便马车，右边的弹簧弯歪了，我怕它会损坏车轴。"

"大概是拉兹诺夫的神父把它压坏的吧。"

神父没有回答。他们便也直接回家了。雅格娜搀扶着母亲走在最后面，因为老人行动不便，还得常常停下来休息。

这一天不是休息的日子，池塘边的大路上行人稀少，只有几个孩子在沙地上玩耍，还有一些鸡在那儿觅食。虽然是大清早，但太阳还是很大，幸亏有风吹来，才不至于让人感到那么难受。劲风把红樱桃树上结满的果实吹得东摇西晃起来，吹得麦穗沙沙作响，像翻滚的波浪直冲至篱笆前面。

家家户户的门窗都敞开着，各家的篱笆上都晾晒着被褥，村民们都下地干活儿去了，有的人还把最后一批干草运回了家。干草香味扑鼻，当堆得高高的板车经过树下时，树枝上便挂满了长长的一列干草，像犹太人的胡须在随风飘动。

他们走得很慢，都在心里盘算着如何分配遗产。

这时候，土豆地里传来了哼唱民间小调的声音，磨坊那边也传来水轮转动的哗啦声，还有洗衣妇们用木槌捣衣的声音。

"磨坊现在正忙得很呀！"马格达首先开口说道。

"夏收之前，那可是磨坊主的丰收时期！"

"今年要比往年更艰难，到处都在叫穷叫苦，而那些佃农长工们确确实实都在饿肚子。"汉卡叹息道。

"科兹沃夫一家已经穷困潦倒，到处乱窜，见到什么就偷什么了。"铁匠插嘴道。

"别这么说！穷人也得想法子活下去呀。昨天科兹沃夫的妻子就把家里的小鸭子卖给风琴师的老婆了，这才换来一点活命的钱。"

"他们很快就会把钱花光的！"马格达说道，"我是不想说别人的什么坏话。可是，就在父亲下葬的那天，我家就丢失了一只公鸭，后来我儿子马秋斯就在他家的牛棚后面找到一堆鸭毛，你们说怪也不怪！"

"就在同一天，又是谁拿走了我们家的一床被褥？"尤什卡说道。

"他们和乡长的官司何时能审结呢？"

"不会这么快。不过他们得到了普沃什卡的支持，会把乡长夫妇搞得狼狈不堪的。"

"普沃什卡就是爱管别人家的事情。"

"他是在讨好别人哩，好让他当上乡长！"

这时候,杨介尔正好揪着一匹瘸腿马的鬃毛,拉着它前行,可是马却甩起尾巴来,用足全力来抵抗着不走。

他们一见,便拿他打趣了起来:"你在它尾巴下面放些胡椒粉,它就会立即跑走!"

"你们倒笑得很开心,我真拿它没办法。"

"你把它塞满麦草,装上一条新的尾巴,牵到市场上去,也许会有人把它当母牛买去。可要把它当马卖是不行的了!"铁匠打趣地说道。大家立即大笑起来,那匹马这时也挣脱开来,一下就朝池塘奔去,无论是杨介尔的威胁,还是他的请求,都不管用,它乐得在水里欢腾打滚起来。

"这马真是精得很,一定是从吉卜赛人那里买来的!"

"如果你把一桶烧酒摆在它前面,也许能把它引上岸来。"风琴师的老婆说道。她正坐在池塘边,望着一群毛茸茸、像黄色雪鸡一样的小鸭子在水里游来游去,岸上还有一只母鸡在咯咯乱跑乱叫。

"真漂亮的一群小鸭子,是从科兹沃娃那里买来的吗?"汉卡问道。

"是的。不过,它们总是要跑到这池塘来。"她朝池塘撒了一把黍子,想把那些小鸭招拢过来。

可是那些小鸭却向对岸游去,她也急急忙忙地跟了过去。

"走快点,娘儿们!"铁匠叫喊道。等他们回到了家里,汉卡便去张罗着早餐,铁匠却走来走去,在房间里、过道上都察看了一遍,甚至连土豆窖里也没有放过。

汉卡见状便说道:

"你可要好好看看呀!"

"我是不见实物不买货的!"

"你知道这一切,比我知道得更清楚。"汉卡边倒咖啡边说道。她还朝另一边的屋里喊道:"多米尼科娃大娘,雅格娜,你们快过来喝咖啡吧！"打从回到家里，她们母女俩便一直待在另一个房间里。

大家都在长凳上坐了下来，喝着咖啡，啃着面包。

一开始，大家都不想先说话，只是你看我一下我看你一眼。汉卡更是谨慎，心存戒备。她自己不忙于吃喝，而是殷勤地给每一个人倒咖啡，但眼睛却没有离开过铁匠。铁匠虽然坐在那里不动，却一直在朝房间的各个角落张望，还不停地清着嗓子，像是要说话。雅格娜坐在那里，一副愁眉苦脸的样子，她的眼里闪现出泪光，好像刚哭过似的。多米尼科娃坐在她身旁，在给她说着什么悄悄话。只有尤什卡还像往常那样，不知忧愁，说着闲话，一一地揭开了锅盖——里面装满煮熟了的土豆。

这样挨过了一段时间之后，铁匠便开口说话了：

"大家说说，我们现在该怎样来分遗产？"

汉卡心里一惊，但立刻便恢复了镇静，像是经过了一番深思熟虑，她平静地说道："我有什么办法呢？我只不过是在看管我丈夫的家业，什么权力也没有，只有等安特克回来后再作安排。"

"可是安特克什么时候回来都不知道，我们可不能再拖下去了！"

"必须得拖一拖，爹爹生病都拖了这么久了，难道等安特克回来就等不了啦。"

"可是他并不是唯一的继承人啊。"

"但他是长子，子从父业，父亲去世后他有权继承全部家业。"

"嘿，土地继承，他的权利和其他孩子一样。"

"只要安特克乐意，你们也能分到一份土地。我不想和你们争吵，这不是我的意志所能决定的。"

"雅格娜，你也该提提你的事情。"多米尼科娃大声说道。

"没有必要，大家都一清二楚。"

汉卡的脸色立即涨红了，向正躺在她身边的瓦帕踢了一脚，咬牙切齿地说道:"是的,对于所受到的伤害,我们是记得很清楚的!"

"你们爱怎么说就怎么说好了,那六垧地可是她丈夫馈赠给她的,任何胡言乱语都无济于事。"

"只要有签字的文书,那就谁也夺不走。"马格达愤恨地说道。她一直没有说话,只是静静地坐在那里给孩子喂奶。

"我们当然有的,还当着证人的面签了字的。"

"不过,大家都要等待,雅格娜也不例外。"

"那就等待好了。但是,那些属于她个人的财产就应立即拿走,比如她的母牛、小牛、猪和鹅……"多米尼科娃大声说道。

"这些都是公共财产,由大家平分!"铁匠坚定地说道。

"需要平分,这是你所想要的。可这些都是我送给她的陪嫁,别人休想拿走!你是不是也想分掉她的衬裙和羽绒被?"多米尼科娃提高嗓门儿大声嚷道。

"我不过说了句笑话,你就凶相毕露了。"

"因为我早就把你看透了!"

"我们何必在这里吵吵闹闹呢!汉卡说得对,一切都要等安特克回来后再说。我现在急于要到地主家去,他们正在那里等我。"他立即站了起来,见墙角上挂着岳父的一件羊皮袄,便取了下来,"这皮袄正好适合我穿。"

"别动它,它是挂在那儿晾着的。"汉卡说道。

"好吧。那就让我把这双皮靴拿走好了,只有鞋跟还算完整,其他都缝补过了。"他一边狡猾地辩解着,一边从木架上把皮靴拿了下来。

"现在任何东西都不准动。你若是拿了任何一件东西,别人就会说你拿走了一半家产。我们要先列出一个清单,在所有东西登记好之前,就连篱笆墙上的一根木桩我也不会允许你拿走。"

"清单还未列好,岳父的一床被子就不见了。"

"我都把事情的经过给你说过了,爹爹一死我就把它拿到篱笆上去晾晒,谁知夜里就被人偷走了。我一个人,哪能把所有的一切都照顾得周全?"

"奇怪的是,那个小偷这么快就得手了……"

"你说这话是什么意思?你是说被褥是我偷的,我现在是在说谎,是不是?"

"你们这两个娘们儿,不要吵了!马格达,就让偷来的这床被褥将来做他的裹尸布好了。"

"单是羽毛就有三十磅重啊……"

"我叫你闭嘴!"铁匠对妻子怒斥道。随即,他请汉卡跟他一起到院子里去,说是要看那些小猪崽。

汉卡跟他出来了,却心存戒备。

"我是想和你商量点事情。"

她注意听着,琢磨不透他到底想说什么。

"我对你说,这很有必要。在列出清单之前,你找一个晚上,把两头母牛牵到我那里去,把母猪托付给堂兄弟照看,把各种用品尽可能多地寄放在别人家里……我已经给你说过了,你在清单上一定要注明,谷物都卖给杨介尔了,只需给他两袋麦子,他就会很乐意做证的。磨坊主也很乐意收养一匹小马驹,在他的牧场上放养。至于其他的工具和物品,可以藏在地窖里,也可以藏在黑麦地里。我说这一切,都是出自我对你的友好忠告!凡是有点头脑的人,都会这么干的。你像黄牛那样不知疲倦,为这个家庭付出了巨大的劳动和心血,理应得到更多的财产。至于我呢,你只需给些剩余用品就够了。你不用害怕,我会在所有的事情上帮助你。我会想出办法,把所有的土地都归到你的名下。你只要听我的就行了,谁也不会给你更好的忠告了。就连地主老爷都爱听我的忠告。哎,你看怎么样?"

但汉卡一字一句地说:"我这个人就是:凡是属于我的,我一丝一毫都不会放弃,但不是我的东西,我绝不会多拿一针一线!"她以轻蔑的眼神望着铁匠。

铁匠像挨了一下猛棍子似的站立不稳。接着,他也用恶狠狠的眼睛望着汉卡,大声说道:"就连你把老头子的现金据为己有这件事,我也不会泄露给任何人的!"

"你爱说不说,随你的便。不过,我会把你的这些忠告说给安特克听,你去和他谈吧!"

他强忍着把咒骂的话吞进了肚里,朝地上吐了口唾沫,便匆匆离开了,走之前他还透过敞开的窗户对屋子里的妻子大叫道:"马格达,留心看好所有的东西,免得又被小偷拿走。"

汉卡用一种鄙夷的眼神盯着他离开。

铁匠被汉卡的藐视神情气得转身而跑,却碰上了刚进院门的乡长夫人,他和她悄悄谈了很久的话,最后依然握着拳头愤然而去。

乡长夫人送来了一份公文。

"这是给你的,汉卡!警察从办公厅送来的。"

"也许是关于安特克的!"汉卡不安地低声道,用围裙包着手接过了公文。

"是关于格热拉的。我的丈夫到县里去了,警察说上面写的是,格热拉好像已经死了……"

"耶稣马利亚!"尤什卡一听大叫起来。

马格达也立即跳了起来。

大家都被这纸公文吓得胆战心惊,但也只能无可奈何地把它翻来翻去。

"雅格娜,也许你能看懂它?"汉卡请求道。

大家围拢在雅格娜周围,个个都极其不安和恐惧。雅格娜虽然费了很大的功夫，但也不能把公文拼读出来，只好不情愿地说道：

"哎，它不是用我们的波兰文写的，我也无法读懂。"

"这也不是当着她的面写的。不过，她对有些事情倒是很精通的！"乡长夫人挑衅似的挖苦道。

"你滚到一边去，别来打扰我们，你身上的臭气远远就能闻到。"多米尼科娃反唇相讥道。

乡长夫人也想利用这一机会，将对方攻击一番。

"你倒很会责骂别人，为什么不好好管管你的女儿，让她不要去勾引别人的丈夫？"

"别说了，彼得罗娃！"汉卡预料到会有一场争吵，便出来劝解。但是乡长夫人反而越来越气愤了。

"不行，我今天必须把话都说出来，她做了多少伤害别人的事，给多少女人带来过痛苦？她给我的家庭造成了伤害，只要我活着，就绝不会放过她。"

"那你就叫吧，可是疯狗叫得比你还要更厉害哩！"多米尼科娃倒是很镇定地说。可是雅格娜却像甜菜头那样满脸通红。虽然她感到耻辱，但她心里却涌起了一种坚决的报复心态，她把头抬得越来越高，两眼紧盯住对方，嘴唇上却勾起了轻蔑的微笑。

乡长夫人受到这眼神、这讥笑的刺激，更加被激怒了，于是便疾言厉色地大骂起来，数落起雅格娜的种种放荡丑行。

"你这是在恶语伤人！怨恨使你神志错乱、胡说八道了。你的丈夫会为了我女儿的不幸而受到上帝的惩罚！"雅格娜的老母亲立即打断她的话，大声说道。

"不幸，真是不幸！他引诱的是一个天真无邪的少女，不错，是个少女！可是她在每一棵绿树下，都会和每个男人……"

"闭嘴！我是个瞎子，却也能摸索着揪住你的头发！"她紧紧握住一根木棍，用威胁的口气说道。

"那你就试试看吧！你敢动一下，动一下！"乡长夫人挑衅似的大声说道。

"哈哈！看看这个抢夺别人钱财养肥自己的人，现在竟敢这样来骚扰、欺压我们……像芒刺那样缠住我们不放。"

"我怎么欺压你了？我做过什么事情伤害你了？'"

"等你丈夫被关进了牢里，你就会知道了！"

乡长夫人挥舞着拳头跳上前来，幸亏被汉卡拉住了。汉卡厉声地对双方说道："太太们，看在上帝的分上，你们是把我这里当成了酒馆吗？"

她们一听，顿时便安静下来了，但都呼吸急速，不住地喘气。泪水从多米尼科娃缠着绷布的眼睛里面流了出来，流满了她那瘦削的脸孔。但是她首先冷静了下来，双手合十地在凳子上坐下，叹了口气说道："天主啊，请宽恕我这个罪人吧！"

乡长夫人怒气冲冲地冲了出去，但又折返回来，把脑袋伸进窗户，对汉卡大声说道："我给你说，快把这个荡妇从你家里赶出去，趁现在正是时候，免得后悔莫及！别把她留在你的家里，即使一个小时也不行，否则，这个地狱里的害人精会把你害得活不下去的！我告诉你，汉卡，要保护好自己，绝不能心慈手软！……她正等着诱惑你的安特克哩！难道你没有看出她正在为你设下地狱吗？"

她还向雅格娜挥动着拳头，用恶狠狠的语言叫道："等着吧！你这个地狱里的恶鬼！总有一天，你会被大家用棍棒驱逐出利普查村的，看不到这一天的来临，我会死不瞑目，也不会去做最后的神圣忏悔！你这条母狗，应该把你赶到军营去，军营才是你玩乐的地方，你这只猪猡！"

她跑开之后，屋里顿时变得像坟墓一样安静。

多米尼科娃气得浑身发抖，默默地流着眼泪。马格达在摇晃着孩子，汉卡望着炉子陷入了沉思。

而雅格娜呢？尽管她依然保持着刚才那种坚定的表情和轻蔑的微笑，可脸色却苍白得如同一块白布。乡长老婆最后的那几句话，深深地刺入了她的心脏，就像千刀万剐似的让她痛苦难忍、鲜血淋漓。一种令人无法忍受的痛苦折磨，迫使她想拼尽全力大喊大叫，甚至用头去撞墙。但是她还是让自己平静了一些，牵着母亲的衣袖，迫不及待地低声说道：

"妈妈，让我们逃离这个地方吧！妈妈，快点儿走！"

"好的，我已经虚弱不堪了。不过你一定要回到这里来，看守住你的那份财产。"

"我不愿待在这里，这里的一切，让我厌恶，我再也忍受不下去了！我要是再进这个家门，就让我的脚折断好了！"

"难道你和我们相处得这么糟糕吗？"汉卡平静地问道。

"比用铁链拴住的一条狗还要坏！地狱里的游魂和我相比，也没有我在这里所经受的苦难多！"

"这倒奇怪了，你怎么还能忍受这么久？这里并没有人把你拴住，你完全可以自由行走呀！不要怕，没有人会折断你的手脚，你要走我也不会请求你留下。"

"我是要走的。像你这样的人，但愿瘟疫把你害死！"

"别诅咒别人！否则的话，就别怪我当面说出不好听的话来！"

"为什么都反对我？你们大家，全村的人，为什么都和我过不去？"

"你要是活得安分守己、行为端正，就没人会说你一句闲话的！"

"别说了，雅格娜，别说了！汉卡也是一番好意！"

"就让她和别人吠叫吧！我就当是只狗在吠叫，我都已经听够了。我做了什么坏事，是抢了他们的东西，还是杀了谁？"

"你还有脸来问?"汉卡立即站在她的面前,神情恍惚地大声道,"你不要逼我把所有的事情都说出来!"

"你就说呀,叫呀,我才不在乎你说什么呢!"雅格娜大声嚷道。她怒火中烧,火冒三丈。她现在是破罐子破摔,做好了一切准备。

汉卡一想到安特克的背叛,泪水便立即涌了出来,往事重提,令她万分痛苦。所以,她好不容易才吞吞吐吐地说道:

"你和我的那口子都干了什么,你说!上帝会惩罚你的,你等着瞧吧!你缠着他不放……像条发情的母狗那样到处追着他……就像那……"她上气不接下气,无法再说下去了,便失声痛哭了起来。

雅格娜也跳了起来,她现在怒不可遏,像头久困山洞、陷于绝境的野狼,要把它遇到的一切生物都撕成碎片。她的愤怒达到了极点,张牙舞爪,几近疯狂,用最难听的言辞攻击对方,那些话像鞭子那样,无情地抽打在对方的身上。

"是我在追求你的丈夫,真是这样的吗?你像这条狗一样,是在撒谎!大家都知道,每次都是我把他赶走。他就像只小狗那样,老是在我的门口呜呜哀叫,要我!让他看到哪怕是一只鞋子也好。是他强暴我,是他迷惑我的,让我变成了个傻瓜,任凭他摆布。现在我要把真相都告诉你,你听了肯定会大大伤心的……他爱我,而且是爱得如此之深,你都无法用语言把它表达出来。他躲着你,甚至讨厌你,就像讨厌一块旧抹布。这个可怜的男人,一提到你的爱情他就要呕吐,你就像一块臭肉卡在他的喉咙里,一提起你他就恶心得要吐口水。为了不再见到你,哪怕自己受到伤害他也在所不惜。这就是真相,现在你知道了。另外,我还要告诉你,你可要记住,只需我的一句话,哪怕你跪在地上去吻他的脚,他也会把你一脚踢得远远的,追随我到天涯海角。你就好好掂量一下吧,你和我根本无法相比,你明白了吗?!"

她越说越刻薄尖锐,越来越无所顾忌、无所畏惧,而且比以往还要更美丽动人。甚至她的母亲都感到了惊讶,还夹杂着一种恐惧,让人感觉到站在面前的是一个陌生的女人:可怕、凶恶、危险,犹如那孕育着雷电的乌云。

她的这些话,把汉卡刺伤得痛不欲生、鲜血淋漓。这些话太残酷、太恶毒了,她那羸弱的身躯实在无法承受下来。她感到浑身无力,混混沌沌,像是一棵被雷电击倒的树木一样,失去了力气,失去了知觉。她嘴唇发白,呼吸困难,瘫倒在长凳上。她觉得痛苦已把她撕裂成碎片——啊,是把她碾成了小沙粒。尽管她的心里依然在不停地哭泣,但她那发灰的脸上的泪水,因经受不住这沉重的打击而殆然消失了。她恐惧地望着面前的一切,仿佛看到了一座洞开的深渊。她全身发抖,就像是被疾风刮动的麦穗一样。

雅格娜和她母亲早已回到另一边去了,马格达也回家去了,尤什卡到池塘那里去赶鸭子了,只有汉卡依旧坐在原地一动不动,像一只被夺去了雏鸟的母鸟。她既不能叫喊,也无法进行自卫,又不能飞走,只能不时地扑打几下翅膀,发出几声哀鸣。

多亏了天主的怜悯,给了她那痛苦的灵魂一些安慰,使她重新恢复了意识。她清醒过来后便立即跪在圣像前,放声号啕大哭起来,并许下誓言,如果事实证明,她所听到的这些事不过是一派谎言,那她就一定要到琴斯托霍瓦去还愿。

此时汉卡已不再对雅格娜生气了,但还是很怕她,若是偶尔听到了她的声音,汉卡就会像对待魔鬼那样在胸前画起十字来。

她终于能去干活儿了。她的那双经验丰富的手能应付自如,尽管她想的是很久的往事,甚至连孩子们是否被送到果园里去玩儿,她是否收拾过房间,她都记不起来了。最后,她把食物装进盒子里,让尤什卡赶快给在地里干活儿的人们送去。

现在家里只有她一人,她也平静下来了,于是便坐了下来,开始回忆和分析雅格娜说过的每句话。汉卡虽然是个聪明的女人，心地也很善良，但她对于自己所受到的屈辱，对于自尊心所受到的打击却一直耿耿于怀。一想起这些事情她便怒火中烧，无比痛苦，脑海里也涌现出了要进行血腥报复的念头。但最终，她还是释怀了，暗自说道："的确，要论长相，我确实无法和她相比，但我是他的结发妻子，是他的儿女们的母亲。"想到这里，她有了自信心，"尽管他一时受到她的诱惑，误入歧途，但他最终还是会回到我的身边来的。"她望着窗外，又自我安慰道，"无论怎么说，他是绝不能和她结婚的。"

现在中午刚过，太阳悬挂在池塘上空，天气变得更加炎热，热得像炉火一样炙人，人们纷纷从地里回到家里，白杨大道上被催赶的牲口掀起了一片尘土。这时候，汉卡突然做出了一个决定——她靠在墙上足足考虑了一刻钟，然后擦了擦眼睛，大步走过走廊，推开了雅格娜房间的房门，平静而坚决地对她说道："立即给我从这屋子里滚出去！"

雅格娜从凳子上站了起来，走上前去与之四目相对了一会儿。

汉卡朝门口后退了两步，用嘶哑的声音说道：

"马上给我滚出去！不然的话，我会叫长工把你的东西扔出去！马上给我滚！"她又毫不退让地加了一句。

多米尼科娃走上前来，又是说好话又是辩解着，但雅格娜只是耸了耸肩膀：

"用不着跟她解释，她不过是把可怜的墩布，我明白她要干什么。"

她从箱底掏出一张纸来。

"这就是你想要的那张赠送六垧地的签字文书，拿去吧，吃了它，让它撑死你！"她一边鄙夷地说道，一边把那张纸朝汉卡脸上扔了过去，"就让它噎死你吧！"

她不顾母亲的反对，急忙收拾起东西来，把它们搬出了屋。

汉卡感到眼花头晕，仿佛有人在她的眉心中间打了一棍似的。但是她还是捡起了那张契约，威胁道："快滚！否则我让狗咬你！"

汉卡甚感惊异，雅格娜竟然把六垧的地契当作破锅那样给扔掉了！怎么会这样？难道是她的脑子出了问题？她这样想着，用惊讶的眼光打量着雅格娜。

雅格娜根本不去理她，只是把挂在墙上的自己的照片取了下来。这时候，尤什卡大叫着跑了过来："你把珊瑚项链给我！那是我母亲留下的，那是我的……"

雅格娜正要把项链解下来，却又突然住手了。

"不，我不给！这是马捷伊送给我的，它已是我的了！"

尤什卡便大叫大闹了起来，汉卡不得不把她喝住，让一切又归于平静。雅格娜像个聋子那样，对这一切都置之不理。她把所有东西都搬出了屋之后，便去叫安德烈来。

此时的多米尼科娃不再表示反对，也不理睬汉卡的问题和尤什卡的哭闹。等所有的东西都装上车了，她才站了起来，挥动着拳头，威胁道："但愿你们都会落得最坏的下场！"

汉卡听到这句诅咒，非常气愤，但她故作镇定地对她们说道："等维特克把牲口赶回家后，便会把那头母牛送到你们家去，晚上再派个人来，把其余的东西都拿走。"

她们一声不响地走了，转到了大路上，沿着池塘的岸边缓缓走着，水面上映出了她们的倒影。

汉卡久久地望着，心中怀着某种恐惧和忧虑，但她却没有闲工夫去想心事了，因为雇工们都已经从地里回来了。她把那张契约放进箱里，用锁锁好，便立即去张罗午饭。整个下午她都萎靡不振，郁郁寡欢，一言不发，甚至连雅古斯丁卡的恭维话都不留心听了。

"你干得漂亮！你早该把她赶走。她做的那些坏事，人人都会指责的。但由于老太婆和神父的关系不错,她至今都没有在布道时受到谴责!"

"是的,不错!"汉卡说完之后,便挪了挪位置,不想再听她多说。等大家都回去工作后,汉卡便把尤什卡拉到亚麻地里去除草。田里的有些地方已经长出了黄色野花,远远望去一片金黄。

汉卡拼命地干活儿,想把多米尼科娃的诅咒之词忘掉,但还是做不到。她心中充满恐惧和不安,主要是担心安特克回来后会怎样看待这件事。

"我只要把赠予文书给他一看,他准会眉开眼笑的。嘿,真是傻瓜蛋,六坰地啊,能成为一个很不错的农户!"她暗忖道,双眼朝田地那边望了过去。

"啊,汉卡,我们把有关格热拉的那封信件完全给忘了!"

"啊,真的?尤什卡,暂时把手里的活儿放一放,我去找神父,请他给读一下。"

汉卡能和别人接触,也很高兴——她对别人的议论也很在乎。她立即回到家里,取出了那封公文,朝神父的住宅走去。但神父不在家里,此时正和雇工们在地里拔胡萝卜。她远远地就看见了他——他把法衣都脱下了。汉卡不敢走近,怕神父知道了她刚才的举动而当众斥责她。于是,她转身去找磨坊主,后者正和马特乌什一起在试验锯木机的运行情况。

"刚才我老婆告诉我,你把你的后母赶走了!噢,噢!你看上去像只鹌鸪,却有一副老鹰的利爪!"他一边笑着一边把那封文书拿了过来,他只看了一眼,便大叫道,"啊!真是可怕的消息!你家的格热拉还在复活节的时候就被淹死了,信里写道,你们可以到县警察局去领取他的遗物。"

"格热拉死了!我的上帝!他这么年轻,这么健壮,今年才满二十六岁。他本该在夏收之前回来的,怎么会淹死呢?!我的仁慈的天主啊!"她听到这个噩耗,便绞动着双手,十分悲伤地哽咽道。

"这一下你就轻松了,看来遗产都会落在你手上了。你只需把尤什卡赶走,整个家产都会是你和铁匠的了。"马特乌什满怀敌意地讥讽道。

"你想和你的老情人特蕾莎分手,打算又去追雅格娜了?!"她回敬了一句,马特乌什无言回答,只好专注在机器上。磨坊主却不禁大笑了起来。

"嘿!针刺对麦芒,她真是一个勇敢的小妇人!"磨坊主在她身后说道。

在回家的路上,汉卡顺路来到了马格达家,把格热拉溺死的消息告诉了她,马格达也放声大哭了起来,还说了许多伤心的话:"这是上帝的意旨,我的亲爱的!一个像橡树一样健壮的男子汉,全利普查村都很少有像他这样的人……唉,这就是人的命运,悲惨的命运!……今天还活得好好的,明天就没了!……明天米哈乌就会去警署把他的遗物取回家来。可怜的人,他是多么想回到家里来的!"

"一切都掌握在上帝的手里。他一贯都是和水相克的,你还记不记得,有一次他差点就在池塘里送了命,多亏了克温布把他救了起来。看来他命中注定是要死在水里的。"

她俩一起哀悼一起哭泣,然后便分开了,因为她们都有各自的许多事儿等着去做,特别是汉卡。

消息不胫而走,很快就传遍了全村。傍晚时分,人们纷纷从地里回来,大家就开始议论起格热拉和雅格娜的事来。对于格热拉之死,人们深感痛心。但对雅格娜的问题,村里却有不同的看法:女人们,尤其是年龄较大的那些女人,都坚定地站在汉卡一边,强烈指责雅格娜。男人们虽然态度不是很坚定,但多数倾向于雅格娜,为此甚至还发生了一些争吵。

黄昏时分，村里就像蜂房一样议论纷纷，人们相互走访，交换意见，有些人还在果园或围墙外大声叫喊，有的人在院子里挤牛奶时还向路人谈论着这些事情。傍晚来临后，空气显得清凉芬芳，天空被霞光映得金光灿灿。从田野那边传来了蚂蚱的吱吱声和鹌鹑的啼叫声，而在沟渠和沼泽地里，青蛙们发出令人昏昏欲睡的呱呱声。孩子们的嬉戏声、歌唱声，牲口的哞叫声，鹅群的嚷叫声，大车的车轮声响彻整个利普查村。而在各条大路上，池塘边上，无论谁和谁相遇，都要对这些事情发表自己的看法，那些去和地主商谈后回来的农民们也在讲述事情的结果。

马特乌什从锯木厂回家的途中，便听到人们的议论纷纷。不过他只是吐吐口水，低声咒骂一句。但当他走到普沃什卡家门前，听到她们的议论时，便禁不住地大声嚷叫道：

"汉卡没有权利赶走她的，她在那里有自己的财产，安特克的老婆这样做，会给自己带来麻烦的。"

身材肥胖，满脸通红的普沃什卡的老婆，对他厉声说道：

"大家都知道，汉卡并不否认雅格娜的土地所有权，而是另有原因——安特克快回来了，又有谁能防得了住在家里的贼呢？难道她要对他们的偷情睁一只眼闭一只眼吗？"

"真是胡说八道，你们这是在煽风点火，恶语伤人，绝不是为了主持公道，完全是出自纯粹的嫉妒。"

这一下他是用棍子捅了马蜂窝，所有的女人都向他冲了过来。

"你倒说说，我们嫉妒什么？她有什么可嫉妒的，难道是嫉妒她淫逸放荡、水性杨花吗？嫉妒她被你们一伙像狗似的追逐吗？嫉妒她和你们每个人上床吗？嫉妒她成了全村的耻辱和罪孽吗？难道我们会嫉妒这样的女人吗？"

"那可说不定。你们女人们的这些小心眼，连狗都摸不透的，你们就像把墩布，害怕见太阳！如果她长得像酒馆女招待马格达那样丑，即使她做了最丑恶的事，你们也会原谅她的。可雅格娜却是个最漂亮的人，盖过全村所有的女人，所以你们才恨不得要把她淹死，即使每个人只有一勺水也想要把她淹死！"

马特乌什的这一番话引起了众怒，他不得不赶忙逃走。

"臭娘们儿，但愿烂掉你们的舌头！"他一边走一边大声说道。

当他经过多米尼科娃的家时，从敞开的窗子往里探看了一番，屋里亮着灯，却不见雅格娜。他便不想进屋了，只是叹了口气，便不无遗憾地向他自己的家里走去，半路上遇见了微朗卡，她是要去见她妹妹汉卡的。

"我刚去过你家。斯达赫已把木料准备好了，地坑也挖好了，就等你把木头锯好。你什么时候能来？"

"什么时候？也许永远都不去了！这个村子让我恶心！也许有一天我会抛弃这块土地，远走高飞，去到我目力所及的地方。"他怒气冲冲地说道，随即便匆匆离开了。

"他一定是受到了什么刺激，可究竟是什么事呢？"她边想边朝波利那家走去。

汉卡已把晚饭准备好了，便把姐姐拉到一旁，把发生的事情一五一十地都告诉了她。微朗卡故意避开雅格娜的事情，只针对格热拉的死说道：

"他死了，就可以分了他的那份遗产。"

"你说得不错，但我从未想过这一点。"

"再加上地主为了森林而贴补的土地，你们家三人就可以多得差不多半个农庄了……想想看！就连死去的人也能给富裕人家带来好处。"微朗卡不无羡慕地说道。

"我对财产倒不那么在乎!"汉卡说道。可是当她躺在床上细细斟酌这件事时,不由得暗自窃笑起来。

后来,当她跪下做晚祷时,只好无可奈何地说道:

"他如今死了,那也是上帝的意志!"汉卡诚心为格热拉的灵魂祈祷。

第二天将近中午的时候,雅姆布罗兹来到了汉卡家里。

"你去谁家了?"汉卡边往炉子里添木柴边问道。

"我去了科兹沃娃家,她家有个孩子被烫死了,她叫我去,可是,除了一副小棺材和一堆泥土外,他什么也不需要了。"

"是哪一个?"

"春天她不是从华沙领回了两个孩子,死的是最小的那个,他是掉进了沸水桶里,差点儿都烫熟了。"

"看来她和这些孩子相处得并不怎么好。"

"是不怎么好。但她不会有什么损失,还会得到一笔安葬费的。不过,今天我是为了另一件事才来见你的。"

汉卡心神不安地望着他。

"你知不知道,多米尼科娃和雅格娜去过法院了,是去控告你把雅格娜赶出家门的!"

"让她去控告好了,我不在乎!"

"今天早上,她们做完忏悔后,还跟神父谈了很久。但她们说的那些话,我听到的还不到一半。不过神父听了她们的控诉,却气得挥动着拳头。"

"神父居然也把鼻子伸进别人的家务中来!"汉卡不由自主地脱口说道。这个消息让她整天不得安宁,她走来走去的,心中充满了不安和恐惧,不知如何是好。

傍晚时分，有一辆马车停在了她家的篱笆墙外。

汉卡惶恐不安地跑了出去，但见车上坐的只是乡长一人。他开口说道："格热拉的事你都知道了，真是不幸，也不用多说了。但我有个好消息要告诉你：今天，最迟明天，安特克就要回来了！"

"你不会是在骗我？"汉卡难以相信地说道。

"乡长说的话，你应该相信。是警察局里的人告诉我的。"

"他能回来真是太好了，回来得真是时候。"她淡淡地说道，脸上显露不出一点高兴的表情。

乡长想了一想，便用友好的口气对她说道："你和雅格娜是怎么搞的？这件事做得很糟糕。她已经把你告上了法院，闹不好你会因暴力和任性妄为而受到惩处。你无权把她逐出她的住屋。现在安特克就要回来了，难道你又想被关进牢里去？现在你要好好地听从我的友好劝告，让这件事缓和下来，和平解决最好。我也会劝说她们把状纸撤回，不过对于她们的损失，你得给予补偿。"

汉卡挺直了身子，站在乡长的面前，直言不讳地对他说道：

"你是在替我这个被告者说话呢，还是替你的小姘妇当辩护？"

乡长挥鞭驱马，马儿一溜烟地跑走了。

第四章

　　经受了如此痛苦的事件之后，汉卡这天夜里竟彻夜未眠。她还一直觉得有人在篱笆墙外，在大路上，甚至紧贴着墙壁在蹑手蹑脚地走动——她听见了他的脚步声。她侧耳倾听了良久，全家人都已沉沉入睡，连孩子们都已无声无息了。此时夜已深，万籁俱寂，夜色明朗，星星在窗外闪烁，树木轻轻摇曳，发出微弱沙沙声，因为从午夜开始，便时时送来阵阵轻风。

　　房间里非常闷热。圈养在床底下的小鸭子，发出令人难闻的臭味。但汉卡又不愿开窗，她的睡意完全消失了，因为被子和褥子都像烧铁一样烫人。她辗转反侧，越来越感到焦躁不安，种种古怪念头涌现在脑海中，把她吓得浑身大汗淋漓，使她再也控制不住惶恐不安的情绪。她便从床上跳了下来，只穿了件衬衣，光着脚，随手拿起一把斧子，朝院子里走去。

　　院子那边的一切都是敞开着的，但到处都非常安静。彼得躺在马厩的外面，打着呼噜，马儿正在嚼着草料，铁链在响。母牛晚上没有被关进棚里，它们有的在院子里随意走动，有的躺在地上反刍，嘴里流出一串串涎水，都向汉卡抬起了长着双角的大脑袋，转动着深不可测的黑眼球。

汉卡又回到床上躺下了,但两眼瞪得大大的。她侧耳倾听了起来,好像又听见了有人说话的声音和远处传来的脚步声。

"也许是邻居家的人睡不着了,在相互交谈呢!"她自言自语地解释道。当窗玻璃从黑色变成灰白色的时候,她又从床上爬了起来,披上安特克的羊皮袄,来到了房屋前面。

维特克的鹳鸟正在走廊里用一只脚站着睡觉,它把脑袋伸到了翅膀下面。而在围栏下面,有一群鹅挤在了一起,看上去白茫茫的。

在黑夜中树梢显得更加突出,露水洒满了枝叶和草地的表面,给夜晚带来一丝清凉。

低垂的灰白色雾霭拥抱着田野,只有最高的树梢伸展在雾霭之上,像是一根根浓黑的烟囱。

池塘在黑暗中反光闪耀,像是盲人的大眼睛。而在池塘四周沙沙作响的白杨树,恰似它的一圈眼睫毛。附近的一切,都沉浸在不透明的灰雾和寂静中,还在沉沉入睡。

汉卡正坐在围墙的基石上,背靠墙壁,打起了瞌睡,并且出乎意料地,竟迷糊了好大一会儿,等她清醒过来时,发现天色已经变亮了,东方已是红霞满天,像是远处的一片大火在燃烧。

"如果他们一早趁天凉的时候上路,过不了多久便能在路上看见他们了。"她心里想道,并向大路望去。她没有回到床上去睡,而是在这里假寐了一会儿,倒神清气爽多了。她利用太阳出来前的这段时光,拿起孩子们的衣服到池塘里去洗刷。

天色越来越亮,响起了公鸡的第一声啼叫,接着便是公鸡的群体响应,还有翅膀扇动声和啼叫声,一下子就响彻了全村。随后她便听见了云雀在歌唱,但还是单个的、断断续续的。过不了多久,白色的墙壁和被露水浸湿的空无人影的大路,便清晰可见了。

汉卡专心致志地洗着衣服时，从不远处传来的脚步声把她的注意力吸引过去了。她好奇地抬头朝四周张望，只见一个人影从巴尔切科娃家的院子里溜了出来，消失在了树丛中间。

"啊，那是个和马丽霞幽会的人，会是谁呢？"那个人影消失得太快，她一时认不出来。这样一个高傲的女孩子，这样一个以美丽而自豪的姑娘，竟会留情人过夜，有谁会想到这种事呢？

汉卡感到震惊。她又朝四周看了一看，只见磨坊的那个雇工正从村子的另一头悄悄溜回来。

"他一定是从酒馆的马格达那里回来的！这些男人啊，一到夜晚，便像野狼那样到处乱闯，干的都是什么好事呀！"她叹息道。这时却有一种焦躁情绪袭上心头，使她心神不安。不过，当她继续在凉水里洗衣服的时候，这种情绪便渐渐消失了，于是，她便情不自禁地用一种压低了的嗓音哼唱了起来，充满欢乐：

　　当清晨的霞光升起！

歌声从低矮的露珠上面滑过，同即将来临的黎明融为一体。

到了起床的时候了，全村都响起了家家户户的开窗声、木屐的嗒嗒声，以及人们的大呼小叫。

汉卡把洗好的衣服晾晒在了篱笆上，然后便跑去叫醒家里的人，可是他们睡得正酣，脑袋刚刚抬起便又落在了枕头上，再三喊叫也无动于衷。

让汉卡更加气愤的是，彼得还冲着她大喊大叫起来：

"他妈的！现在还这么早，我要睡到太阳出来！"他躺在床上一动不动。

孩子们哭了起来，尤什卡也在哀求：

"汉卡,求求你,让我再睡一会儿,我才刚刚躺下呢……"

她先让孩子们安静下来,把鸡群赶到院子里,又等了一会儿。这时已是红霞满天、即将喷薄欲出之际,天空高处犹如一片熊熊大火,池水也被曙光映得通红,她又重新去把他们叫醒。这一次她又是叫来又是骂,把这些贪睡的人闹得不得不起床。她见维特克还在原地揉着眼睛,把肩背贴着墙磨来蹭去的,便训斥他道:"看来得把你狠狠地揍一顿,你才会清醒过来!你这个小怪物,为什么昨天不把母牛关进牛棚里,难道你想让它们在夜里用角捅破肚子吗?"

维特克顶撞了她一下,见她怒气冲冲地冲了过来,便立即转身跑走了。

于是汉卡又来到了马厩,朝彼得呵斥道:"马儿正在啃空槽哩,你倒好,太阳都升起来了,还躺在床上不动!"

"你叽叽喳喳的,像下雨前的喜鹊那样叫个不停,全村都能听见你的叫声了!"他嘟哝道。

"就让大家听见好了!让全村的人都知道你是个怎样的懒鬼!你等着,男主人就要回来了,他会有办法管住你的,你就等着瞧吧!"

她对着院子的另一头大声叫道:"尤什卡!赶快去挤奶!克拉苏拉的乳房已经胀得硬邦邦的,你挤时要小心点,不要像上次那样只挤一半留一半的。你快点去挤,村里的牛都赶到草场上去了……维特克!把早餐拿去,赶快去放羊,你若是像昨天那样把羊丢掉了,看我怎样惩罚你!"

她就这样忙来忙去的,下命令,派任务,督促大家去劳动。她自己也像个陀螺那样不停地转着:把麦糊拿去喂鸡、给在房子附近嗷嗷叫的母猪喂食,还要给断奶的小牛喝奶糊,给那些小鸭子喂麦片,并把它们赶到池塘里去。维特克背上挨了一拳,也得了一袋早餐。连鹳鸟也没有被忘记,它的面前摆放了一个小锅,锅里有昨天煮的土豆,鹳鸟一边高兴地叫着一边把长嘴伸进锅里一口一口叼着吃起来。汉卡则到处走来走去的，事事留意，把一切都安排得井然有序。

看到维特克把牛羊都赶去放牧了，汉卡便来到彼得这里，见到他那种慵懒的样子，实在气不打一处来。

"去把牛棚里的牛粪收拾干净，别让母牛都沾上粪便，免得它们都像猪一样脏。"

这时候，太阳正在远方升起，以灼热的红眼睛望着他们。而那些女佃农们也来到了波利那家，因为租种了他家的亚麻地和土豆地，她们便用劳工来偿付租金。

汉卡打发尤什卡去削土豆，等她喂完婴儿奶之后，便裹上了头巾，叮嘱她道："对家里的一切你都要多加小心！如果安特克回来了，你就到洋白菜地里来告诉我。走吧，乡亲们，趁早上有露水，天气凉爽，我们先去给洋白菜培土。等吃过早饭后我们再接着去干昨天的那些活儿。"

她带着她们经过磨坊后面的低洼草场，那里洒满露水的草场显得青翠欲滴，却被蒙上了一层薄雾。脚踩在泥炭地上形成了一条轮带。有的地方还很黏脚，必须绕着走。而在一些深洼地里却积满了脏水，上面蒙上了一层绿毛。

洋白菜地里还无人劳作，只有几只田凫在空中盘旋，还有几只鹳鸟正伸着脑袋，小心翼翼地在沼泽地上走动。空气中弥漫着沼泽的气味，还混合着青苔藓和芦苇的芬芳——泥洼地的旧沟里就长满了这些野生植物。

"真是好天气，我看今天又会热得要命！"有个女人说道。

"不错。幸亏有一些凉风。"

"现在是早晨，可风比太阳还让大地干燥得快！"

"夏天这么干旱，我都记不得哪年有过的。"她们来到了洋白菜地里,一边工作,一边聊天。

"啊,长得真快,有的开始积成圆球了。"

"但愿不要出现虫害!天气越干越会出现害虫。"

"是的。沃拉村就被吃了个精光。"

"莫德利查村的作物都干死了,需要补种别的。"

她们用小铲挖起泥土,将它培植在洋白菜的根部。洋白菜长得不错,但是杂草长得更猛,蒲公英又高又大,水萍又浓又密,野蓟像树林一样稠密。

"真是怪事,人越是不需要的东西反而长得越茂盛!"有个女人拔出一丛杂草,边敲根上的泥土边说道。

"就像罪恶一样,谁也不会去播种罪恶,但罪恶却无处不在。"

"那是因为它的生命力强!"雅古斯丁卡以她特有的见解说道,"只要还有人活着,罪恶就必然少不了!有一句俗话说得好:缺少了罪恶,也就没有了欢笑。另一种说法是,要是没有罪孽,人早就死光了!所以世界上还是需要罪恶的,就像这些杂草一样,因为他们同为上帝所创造。"

"你是说天主创造了罪恶?不是的!我看是因为人像猪一样,乱拱一气,把所有的事情都弄糟了。"汉卡说道。

大家都沉默不语了。

这时候,太阳已完全升上了天空,雾也散尽了,村里的女人们纷纷来到了地里。

"伙计们,你们要等到露水干了才出来,是怕露水打湿了你们的双脚?"汉卡嘲笑她们道。

"并不是每个人都像你那样卖命干活儿的!"

"也不是每个人都像我这样被逼得非干活儿不可!"汉卡深深叹息道。

"你丈夫就要回来了,你也就可以休息了。"

"我发过誓,只要他回来了,我就要到琴斯托霍瓦去过圣母节。乡长告诉我,他今天就要回来了。"

"他是从警察局那里得到消息的,那就不会错。今年有不少人要去琴斯托霍瓦,风琴师的老婆也要去,据她说,神父还要带领大家一起去呢。"

"他也去,谁给他捧着他的大肚子?靠他自己是走不了这么远的路的,像往常一样,他不过是说说而已!"雅古斯丁卡嘲笑道。

"我倒和别人去过好几次,真希望每年都能去一次。"费利普卡说道。

"人人都想有一段休息闲逛的时光。"

"啊,我的天主!"她不在意别人的嘲笑,继续说了下去,"真是有趣得很,一路上都是有趣的事情,就像一个人飞往天空那样,既轻松又快活。一路上既见识了世界,还能听到许多趣事,又做了许多祷告……在这几个星期里,你可以完全抛开一切的烦恼和苦难,真像换了个人似的!"

"说得不错,这是得到了上帝的恩施!"好几个女人同声回应道。

这时候,在河边的小路上,有一个小姑娘穿行于芦苇和赤杨之间,急急忙忙地向她们跑了过来。汉卡把手放在额头上遮住阳光,放眼望去,认出那姑娘正是尤什卡。她挥动着双手,大声叫喊道:

"汉卡,汉卡!安特克回来了,安特克回来了!"

汉卡扔下了铁锹,立即站了起来,仿佛要像只鸟儿那样飞回家去,但又镇定了下来,放下了她卷起的裙子。尽管很激动,心跳得很厉害,几乎说不出话来,但她还是装出一副若无其事的样子,平静地对大家说道:"我去一下,你们继续干好了,过一会儿你们回家吃早饭。"

她一边缓慢地离开,一边向尤什卡打听所有的情况。

妇女们面面相觑，惊讶于她的镇定自若。

"她不过是表面镇静罢了，怕大家会笑她想丈夫想得快疯了。不过，像她这样不动声色，我是做不到的。"雅古斯丁卡说道。

"我也做不到。但愿天主保佑，安特克不再重犯错事。"

"现在雅格娜不在一起住了，也许安特克会改邪归正。"

"一个男人只要闻过女人裙子的气味，就会追随她到天涯海角。"

"啊，说得很对。野兽贪吃，都不及男人的贪色。为了这个，有的男人不惜犯下大错。"

她们聊得很起劲，倒把手上的活儿忘记了。汉卡也是慢悠悠地走着，和路上见到的人都要说几句话，至于她自己说过什么，对方又回答了什么，她一概不清楚。她脑海里只有一事，那就是：安特克回来了，正在家里等着她。

"他是和罗赫一起回来的吗？"她接二连三地问道。

"是和罗赫回来的，我都给你说过多遍了！"

"他怎么样了，还好吗？"

"我怎么对你说呢？他很好，一进门就问：汉卡呢？我告诉了他，并立即跑了出来告诉你。就这些！"

"啊！他还问起了我！愿天主……愿他……"她激动得连说话都结结巴巴了。

汉卡远远地就看见了安特克和罗赫坐在台阶上。他一看到她，便走到篱笆边来欢迎她。

她向他走去，步子越来越慢，她感到两条腿发软，只好扶着路边篱笆墙才没有摔倒。她泪流满面，感到透不过气来，觉得脑子空空的，只能说出这句话来："你回来了！你回来了！"欢乐之泪让她不能再说下去了。

"是的！汉卡，是我！"他紧紧把她搂在胸前，而且是充满了无限的柔情蜜意。她也以无法抑制的激情紧贴在他胸前,似乎忘记了一切。幸福的泪水沿着她那苍白的脸颊流了下来。她的嘴唇在发抖,她像个天真的孩子那样把整个身心都交给了他。

过了好久,她才能说出话来,但是此时此刻,她说什么、怎么说都无法表达出她的整个心情!她真想跪在他的身前,吻他脚上的尘土。偶尔从她嘴里蹦出来的一两个词,也不过是奉献给他的几朵鲜花。这鲜花带着幸福的芬芳,浸润着心血。她的眼里满是忠诚和奉献,洋溢着无限的情爱,她愿像一只无比忠诚的小狗那样匍匐在他的脚前,服从他的意志,获得他的垂爱。

"你瘦多了,我的汉卡!"他温柔地抚摸着她的脸蛋,轻声说道。

"是啊,我受了这么多的苦,等了这么久,哪能不瘦哩!"

"可怜的女人,她是劳累过度啊!"罗赫插了一句。

"哎呀呀,罗赫,你也在这里!看我,把你全忘了!"她立即走上前去,吻着他的双手。

他用开玩笑的口气对她说道:

"用不着奇怪。以前我曾向你承诺,一定要把他带回来。现在你看,他真的回来了……"

"是的,他回来了,他回来了!"她叫喊道,又立即站在安特克面前,用无限深情的目光望着他。他变得更白更文雅了,看起来那样英俊漂亮,那样仪表堂堂,好像成了另一个人,她都看得傻眼了。

"你这样看着我,难道是我变了?"

"没有变,但看起来又像是成了另一个人。"

"等我重新下地劳动后,便会恢复成老样子了。"

汉卡跑进了屋里,把小儿子抱了出来。

"你还没有见过他,"她把哭叫的婴儿举到他面前,"你看,多像你,完全是一个模子里出来的,就像两滴水一样。"

"多壮实的小家伙!"他用外套的下摆裹着他,高兴地摇晃起来。

"我给他取了个名字,叫罗赫。小彼得,快过来见你爹!"她把另一个孩子叫了过来,这孩子立即爬上安特克的腿上,说了些稚气的话。安特克慈爱地抱住这两个儿子。

"可爱的小宝贝,我亲爱的儿子!小彼得长得真快呀,已经会呀呀说话了。"

"他顶聪明的,也很懂事,只要给他一根小鞭子,他就会去赶鹅。"她跪倒在他们父子前面,"彼得,叫爸爸呀,快叫!"

他含含糊糊地确实叫出了"爸爸"这个词,还又呀呀地说了些别的话,同时用手去抓他父亲的头发。

"尤什卡,你干什么老是盯着我看,快过来呀!"他叫道。

"噢,我不敢!"她害羞地答道。

"快过来,傻丫头!快过来呀!"他以长兄的慈爱拥抱了她,"现在开始,你在一切事情上都要听我的话,就像你以前听父亲的话那样。我是不会对你很严厉的,也不会让你受委屈。"

一提起死去的父亲和哥哥,尤什卡便放声大哭了起来。

"当乡长把格热拉去世的消息告诉我时,我就像被人用粗木棍打了一下,顿时就惊得目瞪口呆。这样的一个小伙子,我最亲密的兄弟,竟会发生这样的事情。我脑子里都想好了,该怎样来分地的,我甚至想到了要给他娶个妻子!"他悲痛地说道。

为了转移话题,罗赫便站起身来,说道:"你们说的话倒是不错,可是我的肚子已经奏响进行曲了。"

"对不起,我都忘记了!尤什卡,去把那两只小黄公鸡抓来。喔喔,喔喔……快过来。你们先吃鸡蛋,好不好?要么先吃点新鲜面包和昨天才做好的黄油。先把头砍掉,再去毛,我很快就能把一切都做好的。我真昏头了,都忘记了做饭!"

"汉卡,把公鸡留到以后吧,现在给我来点家常饭菜就行了,城里的我都吃腻了,现在很想吃土豆和甜菜汤。不过你要给罗赫做些好吃的。"安特克笑着说道。

"上帝保佑,我的口味和你的一样!"

汉卡赶忙去准备,锅里就有煮好的土豆,她只需从储藏室取出香肠来做甜菜汤就可以了。

"这是特意给你留的,安特克,还是复活节前你吩咐我杀的那头猪的肉做的呢!"

"好大的一根香肠,不过上帝保佑,我们一定能把它吃完。哎,罗赫,礼物放在哪儿?"

老人把一个大袋子拉了出来,安特克便从袋里掏出各种东西来,分发给每一个人。

"汉卡,这是给你的,你以后外出可以用。"他把一条毛围巾递给汉卡,这围巾很软,和风琴师老婆的那条一模一样,黑黑的底色上是红绿相间的方格花纹。

"这是给我的?噢,安特克,你还想着我!"她感激万分地说道。

"嘿,是罗赫提醒我的,要不我都忘记了,是我们一起挑选的。"

他们买回了不少的礼物:给汉卡还买了一双皮鞋,一条天蓝色的丝头巾——上面还嵌有小黄花;给尤什卡买了一条同样的丝头巾,不过颜色是绿色的,还给她买了一块花边布和几串用缎带连成一串的念珠。给孩子们也买了姜糖和口琴,甚至还给铁匠老婆买了一包礼物,是用纸包着的。就连维特克和长工彼得,也都有一份。

他们兴高采烈地惊叫起来,都在欣赏这些新奇的礼物,高兴地试着大小。汉卡激动得泪水横流,脸色通红。尤什卡也惊讶得抱住了脑袋。

罗赫见状笑了起来,还搓着他的双手,安特克却一直在吹着口哨。

"这些礼物,你们都是受之无愧的。罗赫告诉我,你们把这个家料理得很不错。安静些,我不是来接受你们的道谢的。"他大声说道,因为他们都拥上前来拥抱他、吻他。

"我从来都没有想过能穿上这么漂亮的皮鞋。"这时,正在试穿皮鞋的汉卡激动不已地说道,"现在穿上有点紧,那是因为我打惯了赤脚。等到了冬天,穿上就会合脚了。"

罗赫这时向她问起了村里的情况,但她忙于给大家做饭,回答得杂乱无章。过了一会儿,她便端出了一大盆放了许多咸肉的水煮土豆和一大盆甜菜汤,汤里浮起了一根像车轮那样粗大的香肠。

于是他们就狼吞虎咽地吃起早餐来。

"这才是我想要吃的。"安特克高兴地大声道,"香肠味道浓,吃了它就会感到浑身有力气。在监狱里吃的东西,真他妈的见鬼去吧!"

"啊,可怜的人儿,你一定饿坏了!"

"说真的,到后来,我什么都不想吃了。"

"回来的人告诉我,监狱里给人吃的东西,也只有饿狗才能吃下去,是这样吗?"

"是的,是真的。但最糟糕的还是被关在了牢里。冬天寒冷,还能熬过去,可是当太阳照得暖洋洋的时候,我闻到了大地的气息,就火冒三丈,气得不得了,甚至想拉断窗上的铁栏杆,最后却被他们阻止了。"

"他们还打人,是真的吗?"她担心地问道。

"是的,他们打人。不过那里也确实有许多坏人,单从正义来说,他们天天挨打也不为过。但没有人敢动我一根手指,谁敢动我,我就会让他立即丧命,哼!"

"啊,你说得对,你是个巨人,谁还敢动你?!"她兴奋地说道,眼睛直盯着他看,感到无比自豪。

他们很快就吃完了早饭,想到谷仓去睡觉。汉卡早就把被褥和枕头准备好了。

"我的上帝,我们准会睡得死死的。"罗赫笑着说道。

汉卡什么话也没说,便给他们关上了谷仓大门。直到这时候,她才感到她的情绪难以自持,便到菜园的香菜地里去拔草。她不时向四周张望,放声大哭了起来——她是喜极而泣的。她哭,是因为太阳照在她的肩背上,是因为树枝在她头顶上摇曳不停,是因为群鸟在歌唱,百花在盛开。她觉得一切如此美好,她的心境如此平静、舒畅和幸福,仿佛就像刚做完忏悔那样——甚至比那时还要好。

"啊,天主!这一切都是你赐给我的!"她抬起泪眼仰望上天,喃喃地低声祷告,对于受到的大恩大惠,打心眼儿里感激。

"一切都变得出人预料!"汉卡欣喜欲狂,不由得感叹起来。在安特克他们熟睡的这段时间里,她几乎因高兴而失去了理智。她精心地守护着他们,就像母鸡守护着雏鸡一样。她把孩子们都带到了果园的深处,就是怕他们会吵醒正在睡觉的人。她还把所有的家畜家禽都赶到院子外面去,也不顾猪会去吃新挖出的土豆,鸡会去叼坏黄瓜的秧苗。

白天真是漫长,但人又无可奈何。早饭时间过去了,午饭时间也过去了,可是他们还在呼呼沉睡。她把所有的人都派出去干活儿,也不管他们趁她不在时会不会偷懒。她依然站在那里守望着,或是在房屋和谷仓之间走来走去。

她三番五次地把收到的礼物拿出来,比比画画,穿穿脱脱,高兴得真想大叫起来:"世界上找不到第二个像他这样体贴入微、善解人意的男人了!"

她终于按捺不住,跑到村子里去了,见到女人她就说:

"告诉你,我男人回来了,正在谷仓里睡觉。"

她容光焕发,眼里和脸上堆满了笑容,全身都呈现出幸福和欢乐,这让大家都深感惊讶。

"这个该上绞架的家伙到底给她灌了什么迷魂药?竟让她完全变傻了。"

"用不了多久,她就会变得趾高气扬起来,等着瞧吧!"

"只要安特克旧'病'复发,她就又会变得低声下气的。"她们在背后议论纷纷。

不过,这些议论汉卡一句也没有听到,便急忙跑回家去了,因为她要准备一顿丰盛的接风宴。当她听到池塘里有几只大鹅在叫,她就跑了出去,不停用石头砸它们,以制止叫闹。为了这事,差点儿和鹅的主人——风琴师老婆吵了起来。

她刚把午饭给在地里干活儿的人送去,两个男人便从谷仓出来了,她把午餐设在房前的阴凉处,还拿来了足够多的白酒和啤酒,甚至还有半筛子的红樱桃,那是从神父家的女管家那里弄来的。

"好丰盛的午餐,简直就像婚宴。"罗赫笑道。

"男主人回来,也算是一次小婚宴!"她也笑着回道,还站在他们旁边,忙着给他们添菜,她自己则没有一起吃。

刚吃完午饭,罗赫便要到村子里去,答应晚上回来。

这时,汉卡怯生生地问她丈夫:

"想不想去看看地里的庄稼?"

"好呀!我的节假已经过了,该立即投入到工作中去了!啊,我的上帝!真没想到,我这么快就要继承父亲的全部家产了!"

他叹了一口气,便跟着她走了。他们先去看了马厩,里面有三匹大马正在喷着鼻息,旁边还有一匹小马驹在走来走去。接着去了牛栏,那里的牛都被赶出去吃草了。他们又去了谷仓看了看今年新刈的干草,还去看了猪圈和工具棚,里面的工具都摆放得井然有序。

"那辆马车该拖到打谷场上去,这里太热,油漆容易脱落。"

"我不止一次地吩咐过彼得,可这家伙就是不听。"

她把小猪和鸡鸭都叫到跟前来,为它们的数量众多而自豪,等他看过之后,她便向他详细地讲起了田里的情况:种了什么,什么地块种的,预计收成如何等。讲完后,他便急于亲眼去察看一番,并在脑子里将整个情况算计了一遍,又问了她一些问题。最后他说:"我真难相信,你一个人竟把这一切做得这样好。"

"为了你,我甚至可以做得更多!"她听到丈夫的称赞甚感欣慰,便急忙小声答道。

"你真能干,汉卡,出乎我的预料!"

"情势所迫呀,我不能不这样干!"

他们又去看了果园,一大半的樱桃都已经熟红了。他又看了看菜园里的洋葱、香菜和洋白菜。

看完之后,他们便往家走,经过父亲生前住过的房间时,他从开着的窗子朝里张望了一下。

"雅格娜去哪儿了?"他看到房间是空的,便惊讶地问道。

"回她娘家去了!我把她赶走了!"她坚定地回答道,眼睛直盯着他看。

他皱了皱眉头,沉思了一会儿。之后,他点上一支烟,用平静和漫不经心的口吻说道:"多米尼科娃是只恶狗,她不打官司是不会放过我们的。"

"我听说,她们昨天就把状纸送到法院了。"

"从上诉到判决,还有很长的一段时间,不过,这件事我们要好好商量一下,免得遭到她们的算计。"

汉卡把这件事的发生和经过都告诉了安特克,其中也回避了一些细节。他从头到尾地听着,没有问她任何问题,只是皱着眉头,眼睛闪闪发亮。

当她把那张契约拿给他时,他却嘲讽地大笑道:

"这是废纸一张,只能糊糊墙用。"

"怎么会呢?这是你父亲亲自签字的契约呀。"

"断了的拐杖有什么用?她只有到公证人那里去公证,宣布它无效,那才有用,她现在把这张纸给你,只不过是对你的一种嘲笑罢了。"

他耸了耸肩膀,抱起小彼得,就向外面走去。

"我到地里去看看,马上就回来!"他回头对她说道。她听出了他话里的意思,虽然她很想和他一起去,但还是留了下来。

当他走过那个重新堆满干草的草垛时,从眼皮底下看了它一眼。

"那是马特乌什给堆好的,光是草垛顶,就用了三大车干草。"汉卡站在篱笆墙基上,朝他大声说道。

"好,好!"他对这些小事不感兴趣,便应付地说道。他走在田埂上,走过土豆地,一直朝前。

村子这边的田地都是清一色的秋播地,所以到这边来的人很少,偶尔碰到一两个人,他也是简单地打个招呼便继续往前走。后来,由于小彼得抱在手里很重,他的脚步便渐渐慢了下来,无风而又炎热的天气也让他难受,于是他停了下来,仔细观察起每一块地来。

"这些野草都快把亚麻憋死了!"他看到开着蓝花的亚麻地里,长有密密麻麻的黄花野草,便大声说道,"她买了混合的种子,没有经过筛选便种上了。"

随后他又来到大麦地里,地里长满了飞廉、甘菊和酸模,而且由于干旱缺水,麦苗长得又细又瘦,简直很难看见。

"他们种的时候,地太湿了。这地也耕种得像被猪拱过似的。把地整成这个样子,真该被扭断脖子,尽是狗尾巴草和茅草!"

他吐了口唾沫，便又来到了一大片黑麦地的跟前，麦穗在阳光的照射下，波浪起伏，沙沙作响。黑麦长得十分茂盛，麦秆粗壮，麦穗沉甸甸的，有如一根多节的长鞭子。他高兴得大声说道："长得像森林一样。这是父亲播种的……即使在地主家的地里，也找不出长得这么好的黑麦来！"

他扯下一颗麦穗，放在手里搓来搓去，麦粒结实饱满，但还柔软，再过两个星期就可以收割了，只要不受冰雹之害就行了。

不过，最让他赞赏不已、停留时间最长、观看最为仔细的，要数小麦田了。小麦长得虽然参差不齐——有的地方茂密繁盛，另一块地里的则稀稀拉拉，但麦穗都通体亮泽，颗粒浅黑，饱满而硕大。

"长得真不错，有些地方长得太密了。虽然是在坡地上，但没有因干旱而受损，我们收获的就是纯金啊！"

他越走越远，来到了一块平缓的高地，发现上面长满了像堵黑墙一样的森林。从这里望下去，村子就像屹立在洼地上一样，飘浮在果园上面。在房屋中间，池塘和受阳光照射的窗户也不时地闪闪发亮。

他看见许多人正在教堂墓地附近刈割苜蓿，镰刀在草地间闪耀，像是闪电的蓝光。有的地方是妇女们的衣裙在反射出红光，一群群白鹅在狭窄的休耕地上觅食。而在绿色的土豆地里，男人们正在忙碌着，像一群蚂蚁那样走来走去。在更高更远的目力所及的地方，依稀可见一个小小的村庄，那里只有几户人家，路边长有一些弯曲的树木，再过去就是一大片一大片的田地，放眼一看，就像融入了茫茫无际的蓝色海水之中。

四周一片空寂，灼热的空气在微微颤动，像是白热火焰化成的气息。而在这灰白色的光芒中，有只鹳鸟在走来走去，或者扇动着翅膀站立在那里。还有只乌鸦热得张开了嘴巴，疾飞而过。

有几只看不见的云雀在歌唱，高高的天空灼热明净，只有几朵白云翱翔于碧绿的田野上空,仿佛是一些迷途的山羊。

而在地面上,干燥的热风却在尽情地撒欢,时而像个醉汉东倒西歪着,时而呼啸而上直冲高空,时而又像群鸟惊恐而起,时而偃旗息鼓似的躲藏起来,时而又突然冒了出来,把麦田搅动得波涛起伏,涌起层层麦浪,随即它又销声匿迹,不知消失于何处。此时的麦田却在窃窃私语,抱怨风的粗暴。

安特克来到了森林边上属于他家的那块休耕地上,一看,气不打一处来。"还没有耕种,马却闲着,成堆成堆的粪肥放在那里,她却丝毫不关心!看我把你……"他边骂边沿着森林走去,来到了白杨大道边上的十字架前。

他有些累了,头也有些晕,喉咙里沾满尘土,于是便坐在了十字架旁的一棵白桦树阴下面。他把睡着了的小彼得放在他脱下的外衣上,然后擦了擦满头的汗水,望着四周的景色,陷入了沉思。

太阳斜照在森林上面,投下了第一道阴影,正从树下往麦田那边缓缓移动。被阳光照得红通通的树梢,正相互说着悄悄话呢。而长得非常稠密的榛树和白杨树,却像打摆子那样颤动着。啄木鸟不停地啄着,喜鹊在远处哇哇乱叫,偶尔会有一只金雀在长有苔藓的橡树中间掠过,活像一道飞翔的彩虹。

从阳光也照不进去的幽静森林深处,传来一阵凉风,但有时,它会被阳光的利爪所撕裂。

空气中还夹杂着蘑菇、松香和被烈日烤热的池水的气味。

突然,森林上空出现了一只老鹰,它在麦田上空盘旋,停留了一会儿,便向麦地俯冲了下去。

安特克想上前阻拦,但来不及了。一串羽毛从空中飘落,这强盗逃走了,只听到鹧鸪在痛苦地鸣叫,一只被吓坏了的野兔在乱窜乱跑,白色的短尾巴在上下摆动。

"动作快捷利索，这恶贼真是胆大！"他重新坐下之后低声说道，"哎，算了。老鹰也得活命，要找东西吃呀！这是天经地义的事，世界就是如此。"他暗自思忖道，还把外套盖住了小彼得，因为有多只野蜂和大黄蜂正围在他上面嗡嗡乱飞乱叫。

他回想起坐牢的这些日子，他是多么想回到这些土地上来，他的那种急迫心情真是难以言表！

"这些恶棍，把我折磨得够呛！"他咒骂了一句，便停在原地一动不动了。他看到有几只鹧鸪相互叫唤着，正胆怯地从黑麦地里伸出头来，可是又立即缩了回去，因为它们听到了附近的白桦树上有一群麻雀在叽叽喳喳地乱叫，还不时地扑动翅膀，飞到树下的沙地上……可是突然间，它们都安静下来了，躲在原地不动，因为老鹰又飞回这边来了，而且飞得那么低，它的黑影正从未耕地上掠过。

"叽叽喳喳的小东西，老鹰一来就把你们吓得不敢吱声了。人类也是一样，多少人只需吓唬他一下，就会立即闭上嘴巴默不作声的。"他心里这样想道。

几只黄雀飞到了路上，在他身边跳来跳去，他伸出手去一抓，它便飞到沟那边去了。

"真笨！我差点儿就给小彼得抓到一只了。"

这时候，一大群乌鸦相继从森林中飞了出来，它们见到什么都要啄一口，闻到人的气味，便小心翼翼地歪着脑袋望着他，一边叫着一边向他靠近，围着他跳来跳去，伸出贪婪可恶的嘴巴。

"我可不是你们的食物！"他朝它们扔去一块泥土，乌鸦便像强盗似的立即悄悄地飞走了。

后来，他好像麻木不仁地坐在那里，望着周围的景色，全神贯注地倾听着大自然的一切声音，这时候，所有的小动物都很大胆地向他靠近。蚂蚁爬到了他的背上，蝴蝶一再地停留在他的头发上，瓢虫在他脸上寻找什么东西,绿色毛毛虫在他的皮靴上探索着前行,林中小鸟在他的头顶上啁啾歌唱,松鼠也从树林中探出头来,棕色的尾巴翘得高高的,眼睛眨巴眨巴的,仿佛正在考虑要不要去接近他。可是他并不把这些放在心上,他的思绪沉浸在这片亲切土地的奇妙幻景中,心灵充满了难以言表的满足感。

此时此刻,他觉得自己就像是那吹拂麦田的和风,就像是青草上那柔和潮湿的光泽,就像是一道清泉,流过灼热的沙滩,穿过刚刚割过的草场。他觉得自己就像鸟儿一样,高高翱翔于天空之中,以生命的不可思议的巨大力量,向着太阳高声疾喊。他好像变成了麦田的簌簌响声、森林的唔唔声。好像变成了世间万物不断生长的动力和冲击力,好像拥有了在歌唱和欢乐中成长的、这片神圣的大地母亲的巨大神力。他也清楚地知道他自己,知道所有的这一切都已汇集于他一身,即他所看到的、所感觉到的,他所接触到的、能理解到的,以及他捉摸不透的那些东西。这些东西只有在他临死前的一刻才能看见和了解,而且只能朦胧地显现于人的灵魂里,再凝集成气,把灵魂抬高至未知的境界,他将流下满足的眼泪,而无法满足的欲望又像石头那样把它压了下去。

这些奇思怪想犹如浮云一样掠过他的脑海,头一个还没有弄明白,第二个又立即出现,而且更加新奇,更加难以理解。

他虽然很清醒,但眼里却有一种疲倦睡意,竟不知道怎么会进入神魂颠倒的境界,以至于到最后,他所感受到的,竟和在做弥撒最神圣时刻所感受到的一样。灵魂飞腾向上,飘向天使们居住的花园,进入天堂和充满幸福欢乐的地方。

安特克生性刚强,从不多愁善感,但是在这奇异神圣的时刻,他却乐意跪倒在地上,热情地去吻这大地母亲,把整个世界都拥抱在自己胸前。

"究竟是什么让我如此沉迷呢？一定是空气的变化。"他为自己辩解道，同时还揉了揉眼睛，皱了皱眉头。不过，确实有一种神奇的魔力控制着他，使他浑身上下都洋溢着一种无限的欢乐，使他觉得心旷神怡，难以克制。

他又回到土地上来了，回到他父亲、他祖先的土地上来了。他感到无比欣喜。因此，这毫不奇怪，他的灵魂、他的心跳，都在欢快地向世界大声疾呼："我又回来了！我会永远留在这里的！"

他振奋起精神，准备承担起新的生活，踏上他父亲和他祖先所走过的道路。像他们那样，担负起沉重的劳动，不知疲倦地把这副重担挑下去，直至小彼得接替他为止。

"是的，他就该这样！晚辈接替长辈，儿子继承父亲，一代接一代传下去，这是天主的旨意，这是人世间永恒不变的规律！"他严肃地思考着，自言自语道。

他双手捧住低垂的脑袋，百感交集，思绪万千。良心的责备又唤起他那伤心的回忆，好像有某种强烈的声音在他耳边响起，诉说着他所犯下的种种错误和罪孽——而这，也是他蒙受奇耻大辱、遭受痛苦的原因。

这种忏悔对他来说很难，而且也是很难说出口的。但是他征服了自己的固执，克服了自己的自尊心，战胜了自己的高傲，以严厉的眼光来回看自己过去的生活，以极其严格和公正的准则来评判和检验过去的一举一动。

"我过去就是个傻子，仅此而已！"他伤心地自言自语道，嘴边露出一丝苦笑，"世上的一切事情都有其遵循的规则，我父亲就很聪明地说过，如果所有的大车都朝一个方向疾驰，有人从车上掉了下来，那他就要遭殃了，会被后面的车子碾得粉身碎骨。马匹是不会避让行人的，每个人需要使用自己的智慧，才能体会到这一切，也需要付出很大的代价!"

这时候,从森林那边传来牛群的哞叫声,在掀起的尘土飞扬中,牧人们正赶着牛群往家里走去。

安特克抱起小彼得,沿着白杨大道的路边走去,避开了从牧场回来的牛群。

牲畜掀起了大片尘土,把白杨大道蒙上了一层尘雾,在晚霞映照的红色尘雾中,纷纷被赶回家的有:长角的牛群、低垂着脑袋的羊群、监守着牛羊不让它们到麦田去吃麦子的牧犬、打了好几下鞭子才把它们赶到一起的猪群,还有悲叫着寻找失踪母亲的小牛犊。牧人中有几个骑马,其他的却与牲畜一起步行,他们中有的挥动着鞭子,有的相互嬉戏打闹,有的谈笑风生。

安特克带着小彼得站在路边等牲畜过去,维特克看到他后,便立即走上前来吻他的手。

"真不错,我看你又长高了!"他和蔼地说道。

"是的,我长高了!去年秋天给我的长裤子,现在刚过膝盖。"

"你不用担心,女主人会给你一条新裤子的。草场上的草,够母牛吃吗?"

"不够,草都被晒得干枯了!若不是女主人天天给它们喂饲料,它们早就没奶了。把小彼得交给我,我让他骑马回去。"他请求道。

"嘿,他还坐不稳,会摔下来的!"

"摔不了,他常常骑我们的那匹小母马到处跑呢,我会扶着他的,而且他喜欢骑在马上大喊大叫。"维特克把他抱了过来,放在一匹正在低头缓步前行的老马背上。小彼得伸出小手抓住它的鬃毛,用他的光脚踢着马的肚子,高兴得大叫起来。

"多么好的小子,我亲爱的儿子!"安特克低声说道。他转身穿过田埂直向他家谷仓后面那条小路走去。

113

太阳刚刚落下,把天空染成一片金黄色。风停了,露水让麦穗垂下了沉重的头颅,村里传来了人们的谈笑声,远处则有歌唱声。

安特克缓步而行,好像是被许多回忆重压着似的。他首先想到的是雅格娜,一次又一次地看见她的蓝眼睛、闪亮的牙齿以及鲜红的嘴唇,感受到她的呼气和喘息声。他擦了擦眼睛,想抹去这个幻影,但却无法抹掉,她就像是走在他的身旁,像往昔那样和他一起散步,浑身都散发出一种惹人喜爱的光彩,让他热血沸腾。

"汉卡把她赶出家门,也许是件好事!雅格娜之于我,就像身上的一根大刺,一根让人很痛的大刺。不过,已经逝去的一切,不会复返了!"一种痛苦在撕裂他的心,他这样感叹地说道。

他严厉地责备了自己一番:这种放荡的欢乐该结束了!随即走进了家门。

院子里吵吵闹闹的,大家都在忙于傍晚时的活计,尤什卡正在牛棚前挤牛奶,还尖着嗓子在哼唱小曲,汉卡却在台阶上煮牛奶麦片。

安特克看了看正在喂马的彼得,便来到父亲住过的那个房间,汉卡也跟了过来。

"这里需要收拾一下,以后我们便搬过来住。家里有石灰吗?"

"有,我在集市上买的。明天去把斯达赫叫来,请他把这里粉刷一下。住在这边我们会更宽松一些。"

他一边察看着房里的各个角落,一边想着事情。

"你到地里去了?"她怯生生地问道。

"去了。一切都干得不错,汉卡,我自己都很难做到这样好。"

听到他的称赞,她高兴得脸都红了。

"不过,该派彼得去放猪,不能让他去种地,这个蠢货!"

"我也把他看透了。我现在正在物色一个新长工。"

"唔,由我来对付他,如果他不听话,就滚蛋!"

她本想再说些什么，但这时听见了孩子们的喊叫声，便飞跑过去。安特克来到院子里，察看着每一样东西，虽然久不在家，但他依然对这一切了如指掌。

他表情严厉，虽然话不多，但也吓得彼得胆战心惊。维特克更不敢靠近，站得远远的，眼睛也不敢去看他。只有正在给第三头母牛挤奶的尤什卡，欢唱的声音越来越大：

别动，西乌拉，别动！
让我把牛奶挤满桶。

"你哇哇乱叫，好像有人在剥你皮似的！"安特克对他妹妹吼叫道。

尤什卡突然停了下来，但她是个大胆而又顽强的姑娘，过了一会儿，又唱了起来，只是声音放低了一些：

是我妈妈在向你请求，
要你能挤出更多牛奶，
别动，西乌拉，别动！

"能不能闭上你的嘴，主人在这儿呢！"汉卡责备她道，提了一桶水去喂猪，"他会听见的。"

安特克把她的桶接了过来，放在母牛面前，然后笑着说道：

"拼命喊吧，尤什卡，拼命喊吧！准会把屋里的老鼠全吓跑！"

"我高兴怎么样就怎么样做！"她气鼓鼓地说道，很想和哥哥吵闹一番。但他们两人都走开了，她也只好静了下来，只是斜着眼睛望着他，鼻子里哼了一声。

汉卡正在忙着喂猪，提着一桶桶很重的热饲料，安特克看在眼里，便说道："让小伙子来提吧！对你说来太重了！你等着，我要给你找个女佣。雅古斯丁卡帮不了你什么大忙，只会像狗那样汪汪叫，她今天去哪儿啦？"

"回儿女家去了，要去跟他们和好。如果能雇个女佣，那就再好不过了，不过花费太多了。我一个人也能应付得了。当然，还是照你的意思办好。"她的感激之情溢于言表，但她没有去吻她丈夫的手，倒让人感到奇怪。她欣喜异常地补充道："到那时候，我就可以多养一些鹅，多养一头猪留着卖了。"

他经过一番考虑之后，便又说道："现在我们是有家有业了，今后的一言一行，就得按有家业的身份去做，就得遵从祖先的规矩办事。"

吃罢晚饭，安特克便来到了院子里，去迎接那些前来祝贺他回家的熟人和朋友。来的人有：马特乌什和乡长的弟弟格热拉、斯达赫·普沃什卡、克温布父子、堂兄弟亚当和其他一些人。

"我们一直在盼着你回来，就像久旱盼下雨那样！"格热拉说道。

"哎，那些恶狼把我关得牢牢的，我根本无法逃走！"

大家都坐在屋前的阴影里，只有罗赫坐在窗外的一束光柱中，这束光柱一直照射到果园里。

夜晚很平静、闷热，天上繁星闪耀，家家户户灯火通明，池塘的水闪闪发亮，偶尔传出些声音，村里的人都聚集在墙下，享受着晚上的清凉。

安特克问了许多问题，罗赫打断他说："你们知不知道，县里长官要在两个星期后前来利普查开会，决定筹资建立一所学校。"

"这关我们屁事，让老一辈的人去管好了！"普沃什卡嚷叫道。

不过，格热拉则坚决反驳他说："把责任都推给老一辈，我们自己则躺下睡懒觉，这倒是一件轻而易举的事。村里弄得这样糟糕，和我们年轻人的不作为有很大关系！"

"只要把土地给我，我就能承担一切责任！"

他们开始了一场激烈的争论，直到安特克插嘴说道："我们利普查村当然需要有一所学校，但若是官府长官要求建立的那种学校，我们就半个戈比也不给。"

罗赫支持安特克的意见，怂恿大家起来抵制，他说道："你们投票决定交一个兹罗提，到最后却要交一个卢布……那次给法院建房子的事，又是怎么样呢？他们把你们捐的钱都给吞了，才会养得这么肥肥的。"

"我坚决反对这样的决定！"格热拉低声说完后，便坐在罗赫的身边。罗赫把他拉到一旁，给了他一本小书和几张公文，还悄悄给他说了些什么。

其他的人则议论了一些别的事情，但都谈兴不高，就连马特乌什也很忧郁，说话不多，只是一双眼睛紧紧盯住安特克。

正当大家要散去的时候，铁匠跑来了，说他是从地主家里来的。随后，便大骂起利普查村和村民们来。

"什么事让你发这样大的火？"汉卡从窗口探出头来问道。

"什么事？我都不好意思说出来。我们村里的农民都是些傻蛋，地主把他们当男人对待，当有田有地的农户对待，可是他们自己呢，所作所为还不如一个放鹅娃。本来都已和地主达成了协议，取得了一致的意见，只等签字就好了。可是就在这关键时刻，有个人还搔搔头皮地追着我问：我是签字呢……还是不签字。还有一个对我说：还要回去跟老婆再商量一下。第三个更可气，大吵大闹地要求地主把那块紧挨他田地的草场拨给他。真拿他们没办法。地主老爷特别生气，再也不想谈什么协议了，甚至不准许村里的牲口到他的林中牧场去放牧，谁要是敢去，就要被罚一大笔钱。"

听到这意外的消息，大家都感到惊恐不安，咒骂起那些多事的人来。他们议论纷纷，争来争去，都想不出什么好办法来。

马特乌什伤心地说道："这一切都是因为我们缺少一个领头的人，我们就像一群迷途的羔羊。"

"难道铁匠米哈乌做的还少吗？没有给我们解释清楚吗？"

"米哈乌算什么？他是哪儿有油水，便往哪里钻的人。他和地主的关系太密切了，因此没有人相信他。大家会听他说话，但不会跟他行动。"

铁匠一听，便站立起来，一再发誓说，他关心的是全村的利益，还会继续努力，促成协议的签订。

"即使你在教堂里发了誓，他们也不会相信你的！"马特乌什嘟哝道。

"哼，哼！那就让别人去试试，看看他能搞出什么名堂来。"铁匠反驳道。

"说得不错，是该找个人出来试一试。"

"找谁呢？找神父，还是找磨坊主？"有几个人用嘲讽的口气问道。

"找谁？当然是安特克·波利那！如果他都不能领导全村走上正道，那么我们大家就只好死了这条心了。"

"我？找我？有谁还会听我的？不行！"安特克心慌地说道。

"你有头脑、能干，是村里首屈一指的人物，大家都会听你的话的！"

"说得对，就是你！你是最合适的一个，我们都愿意跟你走！"大家一致叫喊着。

只有铁匠不太高兴，扭动着身子，捋着胡子，一副冷笑的模样。

这时候，安特克表态道："好吧，好吧！那就只好拿驴子当马骑，我勉强应承下来,过两天我们再商量商量。"

他们陆续离开了,有几个人在告别时,还私下劝说安特克不要担心,他们一定会听从他的命令的。

克温布对他说道:"必须要有个能领导我们的人,这个人不仅智慧过人、孔武有力,还要公正可靠!"

"还要有指挥的才能,必要时还要会使用棍子!"马特乌什笑着说道。

大家都回家去了,窗边只留下了安特克和铁匠,罗赫已跪在台阶上做起了祷告。

他们在悄悄地交谈着,而且谈了很长的时间。汉卡正在屋内屋外收拾着:她打了打被褥上的灰尘,换了干净的枕套,而且还像去参加什么节日似的洗了澡。随后,她来到窗前,一边梳理着头发,一边望着窗外的两个人,心里越来越焦躁不安。她竖起耳朵,仔细听着他们的谈话。铁匠正在小声地劝告安特克,不要担负起这个重任,因为一来他无法统领这些农民,二来地主对他充满敌意。

"那不是真的,地主本人就表示过,他会在法庭上担保你的!"汉卡在窗前大声道。

"你既然知道得一清二楚,那我们就用不着多谈了!"铁匠气急败坏地说道,像条恶狗。

安特克无精打采地站了起来。

"最后,我还是要奉劝你一句,你现在还处在审判前的保释时期,连以后的结果会怎样都不知道,怎么还要去管别人的事情?"

安特克又坐了下来,陷入了沉思中。铁匠不等他回答,便回家去了。

汉卡在窗前走来走去,一次次地探头出去看安特克,但是他却没

有注意到她。到后来,汉卡只好用怯生生的、几乎是恳求的声音说道:

"来吧,安特克,是该睡觉的时候了……你今天一定累坏了。"

"来了,汉卡,我来了!"他怀着沉重的心绪站了起来,说道。

汉卡一边迅速地脱着衣服,一边用颤动的嘴唇念起了晚祷。

"要是他们把我流放到西伯利亚,那可怎么办?"他心事重重地走进了房间,心里想道。

第五章

"彼得,快去拿柴火来!"汉卡在房前大声叫道。她此时正在烤制面包,身上沾满了不少面粉,显得非常邋遢。

烤面包的烤炉里此时的炉火烧得正旺,汉卡一次又一次地拨动着炉火,随即又赶去揉面团。她把揉成面包的坯子放在台阶的木板上去晒太阳,以便更快发酵。她来来回回不停地忙着,因为用被子焐暖的醒面桶里,膨胀的面团已经快要溢出来了。

"尤什卡,给炉里加木柴,炉里有的架子还是黑的!"

可是尤什卡不在这里,彼得也没有及时按照她的要求去做,因为他正在往大车上装粪肥。他一边在压紧粪堆,以免路上撒了下来,一边和一个正在谷仓外编草绳的盲乞丐交谈。

下午的太阳更加炎热,烤得墙壁都渗出树脂般的液汁来。大地灼热,空气就像从火炉中冒出来的一样炙人,人们稍微动一动便会感到难受。成百上千只苍蝇嗡嗡叫着,聚集在大车上面。马儿为了躲避苍蝇的叮咬,用力拉动着缰绳。它没有拉断缰绳,也没有把脚折断,真是大出人们的意料。

院子里更是热得要命,而且还飘浮着一股粪肥的刺鼻臭味。就连果园里的鸟儿都不再啼叫了，母鸡躺在篱笆下面一动不动的，好像死了一般。小猪们也在水井旁边的泥水地里打滚儿。这时候，盲乞丐突然打出一串喷嚏来，因为从牛栏里冒出一股非常强烈的臭气。

"祝你健康，老人家！"

"我知道这不是香炉里的香气。对于臭味我也习惯了，可是这臭气实在太呛人了，比鼻烟还辛辣。"

"什么事情只要习惯了，就会好受些。"

"你这个笨蛋，你以为我在这个世界上只闻过粪的臭味吗？"

"我这样说，是我在军队里受了教官的殴打，把爷爷对我说的话重复了一下。"

"哈，哈！……那么，你已经习惯挨打了吗？"

"嘿，哪里！我可受不了这样的训练！有一天，我便在一个偏僻的角落里，狠狠地教训了教官一顿，把他的脸打得像个南瓜那样，从此之后，他就不敢再打我了。"

"你服役了多长时间？"

"整整五年！我没钱去买通长官，只好扛枪把子。最初，我啥也不懂，他们都欺侮我，吃的也特差。后来伙伴们教会了我，我需要什么就去搞什么，有一个姑娘，是个厨房女佣，我许诺同她结婚，她就弄东西给我吃！那些俄国大兵还给我乱起外号，嘲笑我的说话和祈祷方式。"

"这些可恨的异教徒，竟敢嘲笑我们的祈祷！"

"后来我挨个儿打断了他们的肋骨，他们就不敢再嘲笑了。"

"嘿，你还是个大力士呀！"

"是不是大力士我不敢说，但我一个人能对付他们三个。"他自夸地笑着说道。

"你参加过战争吗？"

"当然，参加过！那时候正和土耳其人作战，我们把他们打得落花流水，一败涂地。"

"彼得，你拿来的柴火呢？"汉卡又喊道。

"在老地方。"他嘟哝了一句，声音低得听不见。

"女主人在叫你呢。"老乞丐提醒他道。

"让她叫好了，难道还要我替她洗盘子吗？"

"你聋了，还是怎么的？"汉卡跑到屋外来叫喊道。

"我可不会去烧炉灶的，这不是我分内的事！"他也大声回应道。

她气得痛骂起来。

彼得也毫不示弱，根本不听她的吩咐，还和她对骂。她便用一些更难听的话来骂他。他则把木叉往粪肥上一扔，愤愤大叫道："我可不是雅格娜，你休想把我骂走！"

"你等着瞧吧，看我怎么对付你，叫你永远也忘不了！"

她怒气冲天，一面继续骂着这个长工，一面忙着做面包。她在把面粉和成团的过程中，整个房间都充满了粉尘，甚至飘出了窗外。又把面盆搬到门廊里，将木柴扔进炉灶里，还得去照料一下孩子们。由于炉火旺盛，过道和房间热上加热，再加上四周墙壁上都爬满了苍蝇，还不停地嗡嗡叫着，她更忍无可忍。用树枝赶走它们时，她气得差点儿哭了起来。她汗流浃背，心烦意乱，越来越不耐烦，动作越来越慢。

这时候，正好最后一块点心烤好了，彼得赶着大车准备走出大院。

"你等一下，我给你把下午的茶点拿来！"

"咳咳！我正想吃一点呢。尽管刚吃过午饭不久，可我的肚子还在咕咕叫呢！"

"难道午餐太少，不够你吃吗？"

"伙食太差了，吃到肚子里，就像水流在筛子上一样，什么也没剩下。"

"你看看他,还说伙食差,难道天天都要吃肉吗?我自己都不会躲在角落里偷吃香肠,在这个青黄不接的季节里,能吃到这样的东西就很不错了,你去看看那些雇农们是怎么生活的。"

汉卡把一盘酸奶和一个面包放在台阶上。

于是彼得坐了下来,狼吞虎咽地吃着这些食物。他还时不时地撕下一小块面包扔给鹳鸟吃,这只鹳鸟已从果园飞了回来,正在像条狗似的望着他吃东西。

"太淡了,没味!就像撇去了乳酪的牛奶。"他吃饱了还抱怨道。

"看来,你是想要吃奶油的了,那就等着好了!"

当他吃得撑撑的,拿起鞭子要走时,汉卡便挖苦地说道:

"那你就去给雅格娜干活儿好了,她会把你养得肥肥胖胖的。"

"那是一定的!她是这里的女主人时,家里就没有人饿过肚子。"他用鞭子抽打了一下马儿,还用肩膀推了一下大车,大车就朝前迈进了。

他的话击中了她的要害,可她还来不及回答,他就走开了。

燕子在屋檐下叽叽喳喳地叫着,一群鸽子在台阶上边叫边走动着,她把它们都赶跑了。这时候,果园里又传来猪叫声,她怕猪到洋葱地里去乱拱,便赶忙跑了过去,幸好是邻居家的母猪在篱笆那边又拱又叫的。

"你就在那边叫吧!只要你把猪鼻子伸到篱笆这边来,我就会狠狠收拾你。"

当她回来开始工作时,那只鹳鸟又跑到过道里来,悄悄地跳来跳去,先用右眼后用左眼,对一块很大的面团瞧来瞧去,然后便大口大口地啄吃起来。

汉卡朝它大喝一声,直扑过去。

鹳鸟赶紧把面团吞了下去,随即便张着嘴巴逃开了。当她用木棍追赶它时，它便飞到谷仓的屋顶上，在那里停留了很久，一面叫着，一面把黏在嘴喙上的面团在茅屋顶上擦掉。

"等着，你这个小贼！只要给我抓住了，看我不把你打得死去活来。"她一面吓唬着鹳鸟，一面又把面团上被它啄出的窟窿补好。

就在这时候，尤什卡跑了进来，汉卡便把一肚子的火气都发泄到她的身上。

"你又跑到哪里去了，你这个疯丫头，整天在外面跑来跑去，就像尾巴上绑了个气囊的猫一样。我一定要告诉安特克，你干活儿吊儿郎当！快去把炉膛的灰清理出来，快点！"

"我只是到普沃什卡去陪卡霞了。大家都到地里干活儿去了，这个可怜虫连喝口水都没人给她倒。"

"她怎么啦，病了？"

"大概是得了天花，脸色血红，浑身滚烫。"

"你若染上了这病，我得送你去医院。"

"不会的！我不止在一个病人身边待过，也没出什么事呀！你坐月子的那段时间，都是我照顾的。"她照例唠唠叨叨的，一面驱赶着糕点上的苍蝇，一面准备清除炉灰。

"现在该给干活儿的人送下午茶点了。"汉卡打断她道。

"我马上就去，要不要给安特克煎几个鸡蛋去？"

"可以，但要少放油。"

"怎么？难道你还舍不得油吗？"

"不是的。油放多了，会对安特克的身体不利。"

尤什卡喜欢出去，于是她很快就把活儿干完了。还没等汉卡关上炉灶门，她就把三罐酸奶和烤好的面包用围巾包好，急忙跑出去了。

"顺路去看一下晾晒的亚麻布有没有干，回来时再浸一下水，太阳下山后它就会晾干的。"汉卡从窗口朝外喊道。可是这时的尤什卡已经跑出了院外，汉卡只能听到她身后传来的歌声，还能看见她用亚麻布包着的脑袋在黑麦之间飘动着。

在靠近森林的那块地里，雇工们正在把彼得运来的粪肥撒了开来，安特克则用犁把粪肥翻埋到地下。

泥土很结实，虽然不久前刚犁过，但一旦晒干，便硬得像石头那样。马儿要拼命使劲——连挽具都快挣断了，才能把犁拉动。

安特克全部心思都贯注在犁地上，把全部精力都用在策马扶犁上。他有时会挥动一下鞭子打在马的屁股上，不过多数时间他只是嘴上发出哟嗬的叫声来催马前行。这种工作确实非常繁重，要用有力的手去握住犁把，才能在这宽广的田野上，犁出一条条的笔直的垄沟——小麦都是在这样的地里耕耘播种的。

乌鸦在新犁出的垄沟里蹦蹦跳跳，寻找蚯蚓吃。原先在田埂上吃草的小马驹，也常常跑到母马的身边，急于吃奶。

"都长这么大了还要吃奶，真是个贪吃的家伙！"安特克低声说道，用鞭子抽打小马驹的后腿，它便撅着尾巴逃走了。接着他又细心地犁起田来，偶尔和女人们交谈几句，才打破了这里的沉静。他感到又累又闷热，这时彼得恰好来到，他便火冒三丈地嚷道：

"女人们都在等着你呢，可是你却姗姗来迟，像个捡破烂的人。"

"路难走，马都挪不动腿了！"

"你为什么在森林边上耽搁了那么久？我都看见了！"

"要不你自己去看看就知道了，沙地难走。"

"你这个饶舌鬼！喔，老家伙，喔！"

马常常停下来，它已经累得口吐白沫，安特克也热得只穿了一件衬衣和白短裤了，他满脸是汗，双手也累得有点麻木了。这时他看见了尤什卡，便高兴得大叫起来：

"你来得正是时候，我们都饿极了！"

安特克直把这一垄犁到了尽头才歇了下来,又把马儿身上的缰绳卸了下来,让它到森林边的草地上去吃草。随后,他也在森林边上坐下来,饿狼似的吃起点心来。

这时候,尤什卡开始在他耳边唠唠叨叨,让他十分厌烦:"你给我住嘴吧!我不要听你的什么消息!"他怒气冲冲地说道。尤什卡又嘟哝了两句,便跑进树林里去采浆果了。

森林里一片寂静,暖洋洋的,还散发出芳香。人若是在烈日照射下沉沉入睡,只能看见一小片的绿色。可是从森林深处吹来的阵阵凉风,却带来了一股强烈的松脂的清香,以及鸟群婉转动听的啁啾声。

安特克四肢伸开地躺在那里,还点上了一支烟。他透过越来越浓的雾霭,看见了地主正骑着马在波德列斯的田地上行走,后面跟着几个拿着标杆的男人。

树干呈青铜色的高大松树,巍然屹立在他的头顶上,投下了摇曳不停的催人入睡的阴影。安特克差点儿就要睡着了,却忽然听到车轮的辚辚声。

"是风琴师家的长工在向磨坊运送木材。"安特克暗自想道。他抬起了头,又躺了下来,但没有睡,听见一声"赞美基督"的问候声。

有几个女佃农从森林里面走了出来,背上都背着一大捆木柴,正要往家里走去。走在最后面的是雅古斯丁卡,沉重的木柴把她压得脑袋都快要触到地面了。

"在这里歇歇吧!你看看你的眼珠子都要凸出来了。"

她在他的对面坐下,把柴火靠在一棵大树上,差点儿都透不过气来。

"这样重的活儿,不该你来干呀!"他同情地说道。

"是啊,我现在觉得身体完全垮了。"

"彼得,把肥堆撒密些,撒密些!"他朝长工喊道,又转向雅古斯丁卡,"你为什么不叫他们去拾柴火呢?"

她低垂着脸,而且还把那双痛苦发红的眼睛转了过去。

"你现在变得温和多了,我差点儿都认不出你来了。"

"石头在铁锤的敲打下也会粉碎的,苦难会让人衰老,就像铁锈会腐蚀钢铁那样。"她低下了头,抽泣着说道。

"这个夏天,即使是富裕农民,日子也不好过。"

"谁家有野菜煮麦麸子吃,就不必哭了。"

"上帝保佑!你今天傍晚就到我家来,也许还能给你一两袋土豆,等到秋收的时候,你再做工来补偿。"

她号啕大哭起来,连一句感谢的话都说不出来。

"除此之外,也许汉卡还会有别的东西给你。"他还好心地加了一句。

"要是没有汉卡,我们早就饿死了。"她泪流满脸地说道,"好的,你们什么时候需要,只要叫一声,我就会来。愿上帝保佑你们!我不是为了自己,我早就饿习惯了,是为了我的那些可怜的小家伙,他们哭叫着:'奶奶!我饿,我要吃的!'可是我拿什么东西去喂饱这些饥饿的肚子呢?告诉你吧,为了能填饱他们的肚子,哪怕剁了我的双手,我也会去偷祭坛上的东西,拿到犹太人那里去换吃的。"

"你又和孩子们住在一起了?"

"我是他们的'母亲'呀!在这样穷困的时候,我不能丢下他们不管呀!今年他们真倒霉,母牛死了,土豆都冻坏了,连土豆种都得去买!大风又把谷仓掀倒了。我的儿媳妇打从生完这个小儿子,就一直病病歪歪的,现在家里的一切都只好听天由命了。"

"你知道为什么会这样?那是因为你儿子一天到晚都喝得醉醺醺的,心里只惦念着酒馆。"

"如果他有时喝多了,那也是命运逼的,他是在借酒浇愁。他只要有活儿干,就从来不去犹太人的酒馆。"她替儿子辩护道,"不过,只要是穷人,哪怕只喝了一杯,也被认为是一种罪过!老天爷对穷人太不公平了,老是盯着那些又穷又笨的农民不放。为什么会这样?难道他做了什么坏事?"她喃喃地说道,抬眼望着天空,露出一副严峻的、迎接挑战的眼神。

"你以前不是常常责骂他们的吗?"他加重了语气。

"嘿!天主是不会听见这些胡言乱语的。"她又不安地继续道,"母亲就是咒骂儿女,也不是真心希望他们倒霉。怒火会让人乱嚼舌头,而且……"

"你儿子把草场抵押出去了吗?"

"磨坊主愿意出一千兹罗提,可是我不答应。东西一旦落进恶狼的口里,就连魔鬼也难从它口里掏出来。也许能找到用现金交易的人。"

"那可是一片好草场,一年能刈两次草。如果我手里有这样一笔现金就好了!"他叹息着,像猫喝牛奶那样舔着嘴唇。

"你父亲马捷伊早就想把它买下的,因为草场离雅格娜的田地很近。"

一听到这个名字,安特克的身子不免一抖,但又很快平静下来。他装出一副若无其事的样子,眼睛望着远方的田野,随口问道:"多米尼科娃家里的情况怎么样?"

雅古斯丁卡朝他看了一眼,露出了笑容,两眼闪闪发亮,靠近前来,慢慢说道:

"还能怎样,简直就是一座地狱!人人愁眉苦脸,个个心灰意懒,家里一片沉闷凄凉的景象。她们哭得眼睛都肿了,只有期待上帝的慈悲,特别是雅格娜……"

于是,她便把雅格娜的悲痛、遭受的苦难,以及被人嘲笑遗弃的种种,再加上她添油加醋编排出的一些生动情节,细细地向安特克叙述着，就是想套出他的心思来。但是安特克却一言不发，尽管他心里突然涌起一股强烈的思念之情，让他浑身发抖。

幸好尤什卡回来了，从森林里提回了半篮子樱桃。她把捡来的草莓放在他的帽子里，然后便拿起了空奶瓶，蹦蹦跳跳地跑回家去了。

雅古斯丁卡没有等到安特克的回答，便背起柴火想离开。

"等一下。彼得，你用大车送她回去！"安特克吩咐道。他自己又重新抓起了犁把手，耐心地犁起那又硬又干的土地来，像套着挽具的公牛那样弯着腰，全身心地贯注在犁地上。然而，他始终无法熄灭胸中涌起的欲望之火。

这一天过得真慢，他时不时地抬头望着太阳的高度，焦急地看着应犁的田地，测量着。还有相当大的一块地等着犁呢，他越来越烦躁，便不停地用鞭子催赶着马儿，还对妇女们大喊大叫，责怪她们动作太慢，要她们加快进度。他内心也很激动，各种各样的想法在脑海里翻腾，几乎快蒙蔽了他的眼睛，让他的双手把握不住犁头，老是歪到石头上。到了森林边上，犁头终于深深插入了树根下面，把犁头犁断了。

他没有办法再犁下去了，于是把犁头放在一块滑板上，套上一匹马便回家去换新的了。

家里空无一人，房间里的所有东西都是乱七八糟的，而且都沾有面粉，汉卡正在果园里和邻居吵架。

"这个女人呀！倒是有工夫去吵架。"他抱怨了一声便走进了院子，可那里更让他生气，他从木棚里拿出来的第二把犁头，也是坏的，也不能用。他摆弄了很久，越来越不耐烦，听见汉卡还在吵架，而且声音达到了尖锐刺耳的程度：

"你赔我损失，我才会把母猪放回去，不答应，我就把你告上法庭。你得赔偿春天在漂白场上被它撕碎的白布，赔偿它刚刚吃掉的土豆，所有这一切我都有证据！你多么聪明呀，想损失我的利益来养肥你的母猪，我是绝不会允许的！若是再让我遇到，我一定会打断母猪和你的腿脚！"

汉卡就这样大骂着，她的邻居也以同样恶毒的语言进行反击，两人越吵越凶，甚至还挥动着拳头隔着篱笆相对。

"汉卡！"安特克把铁犁头扛上了肩头，大声喊道。

她立即跑了过来，气喘吁吁，披头散发，就像一只发怒的母鸡。

"你这样大吵大闹，全村的人都听见了！"

"我在保护自家的东西！我绝不容许别人家的猪在我们的菜园里乱刨乱拱！糟蹋成这样，难道要我不闻不管，装聋作哑吗？我绝不允许！"她大叫道。

"快去梳理打扮一下，让自己像个人一样！"

"用不着，我现在是在劳动，又不是去教堂。"

他轻蔑地望了她一眼，发现她看起来就像是谁刚把她从床上拉起来似的，他耸了耸肩膀便走出去了。

铁匠正在工作，当当的铁锤声老远就听见了，炉火熊熊，风箱被拉得呼呼直响，铁匠铺里非常闷热。米哈乌和他的学徒工正在锻打一根粗大的铁棒，脸上全是汗水，黑得像个黑人那样，但是他们依然在卖命地锤打着。

"你给谁做的这么大的车轴？"

"给普沃什卡的大车做的，他要给锯木厂运木材。"

安特克在门槛上坐了下来，卷了一支烟。

铁锤又猛烈地敲打起来，一锤又一锤的，有节奏地打在烧红了的铁棒上，震动着整个铁匠铺。

"你不想运木材吗？"米哈乌边说边把铁棒放进火炉里，拉动着风箱。

"我想，但磨坊主是不会答应的。听说他是和风琴师合办的，而且还和犹太人有关系。"

"你有马，就有了一切。而且你家的彼得闲得没事干，整天在院子里闲逛，他们给的报酬还不少。"

"能在夏收之前挣点外快当然是件好事，但是为了这事，我是不会去求磨坊主的。"

"直接去找木材商人就够了。"

"可我不认识他们呀，你能不能给我去说说？"

"既然你求我，我就去说说，今天就去。"

安特克急忙离开了铁匠铺，因为这时候，铁锤的响声震耳欲聋，火星又向四面八方飞溅开来。

"过会儿我就回来，去看看他们运送的是什么木材。"

锯木厂里像蜂房一样热闹非凡，锯木工人忙个不停，木屑伴随着锯木机散落一地。流水在水轮下面被倾泻到河里，哗啦作响，冒出泡沫，沿着狭窄的排水渠急速而下。还没有削掉枝枝丫丫的松树原木，被从运货车上轰然一声卸到了地上。六个工人削去树丫，砍去树节，随后将它们抬到机器上锯成木板，另外一些人将锯好的木板搬到太阳底下去晒干。

马特乌什掌管着整个锯木场，常常出现在各个场地，除了努力工作之外，还统管着所有的工作，给人以技术指导。

他们友好地相互问候。

"哎，巴尔特克怎么样了？"安特克朝人群望了一望，问道。

"利普查村让他厌烦了，风把他带走了！"

"有些人就爱到外面去闯荡一番。这里砍下的树木真不少，看来你还能干很长的一段时间。"

"也许能干上一年或者更长时间，只要地主和我们签订协议，他就会把半座森林都砍掉出售的。"

"难怪他们今天又在波德列斯丈量土地。"

"是的，每天总有一两个人单独去签订协议！这些蠢家伙，他们就是不听你的。要是大伙儿一起去跟地主签订协议，或许还能多得点实惠。"

"有的人就像驴子一样，你要是让它往前走，就得拉住它的尾巴。真是一帮蠢蛋。当然，他们单独去签订合同，地主也会给予他们一点小恩小惠。"

"你已经得到遗产了吗？"

"还没有，现在还处于父亲的丧期，我们不能马上分地，不过我已经把全部土地都查看过了。"

就在这时候，河对岸的赤杨树林中间出现了一张人脸。他觉得那是雅格娜，虽然还想和马特乌什继续谈下去，但他却越来越不安，两只眼睛一直在对岸的树林中间转来转去。

"天气这么热，我得去河里洗个澡。"安特克一说完，便朝下面的河床走去，假装要选个合适的地点。可一走到树木遮住的地方，他就加大步子跑了起来。

那正是她，雅格娜，拿了把锄头要到洋白菜地里去干活儿。

"雅格娜！"安特克走到和她并行时叫了一声。

她小心地看了一看，听见了他的声音，拨开菖蒲丛看见了他的脸孔，她突然停了下来，不知说什么才好，惊恐不安，满脸通红。

"你不认识我了，还是怎么的？"他急切地说道，想渡过河到她那一边去，可是这一段的河水太深了，尽管只有几步宽，但也无法跳过去。

"怎么会不认识你呢？"她轻声答道，同时胆怯地朝身后的洋白菜地望去，只见远处有几个女人闪现出红色的衣裙。

"你怎么躲起来了，我都无法见到你？"

"怎么会呢？你老婆把我赶出了家门，我现在和母亲住在一起……"

"我正想和你谈谈这件事情，雅格娜，今天晚上你到教堂的墓地来，我有话要和你说，你一定要来啊！"他热切地说道。

"可是，要是让人看见我们又在一起，那可不得了！过去的一切，我已经受够了。"她坚决地说道。但他还是苦苦地请求她，令她的心有些软了，开始心疼起他来。

"你还有什么新的话要和我说？你为什么又要叫我出来？"

"雅格娜！难道我们现在完全成了陌生人吗？"

"你不是陌生人，但也不是我的亲人！我再也不想那些事情了。"

"你就来吧，不会让你失望的！你是怕墓地吗？那你就到神父的果园去，你不会忘了那个地方吧？雅格娜？"

她满脸羞红，把头转了过去。

"别乱说一气了，叫我很难为情。"她心慌意乱地说道。

"你一定要来，雅格娜！我会等你的，一直等到半夜！"

"那你就等去吧！"她掉转头就朝洋白菜地里跑去了。

他贪婪地望着她的背影，心中充满欲望，血管里热血沸腾，他真想跑过去，当着大家的面把她紧紧搂抱在胸前……但他总算控制住了自己。

"啊，不！这是炎热造成的，把我烧得头昏脑涨了。"他这样想道，一边迅速地脱去衣服，跳进水里去洗澡了。

凉水使人冷静，他开始沉思了起来：

"我这个人衰弱得就像亚麻皮一样，一点小事就会激动得如此厉害。"

他感到羞惭，向四处打量，看有没有人看到他和雅格娜在一起。接着，他把他听到的咒骂雅格娜的种种恶言恶语归纳起来，进行了一番认真分析。

"你竟是这样的一个女人,这样的女人!"他暗自想道,鄙夷之中又不乏伤感。当他站在一棵大树下面的时候,她的影像便出现在他的面前,如此生动鲜明,如此美艳惊人,令他禁不住大叫起来:"走遍全世界,也难找出第二个这样的美女!"他非常渴望能再次看见她,能再次搂住她的肩膀,将她紧抱在自己的胸前,尽情地亲吻她的红唇,陶醉地吸吮她那甘甜的蜜汁,直至吮尽她最后的甜蜜……

"啊,雅格娜,这是最后的一次!最后的一次!"他像是在求她似的低声道。随后他擦了擦眼睛,朝前方的树木凝视了良久。沉思了一会儿之后,他才朝铁匠铺走去,铺子里只有铁匠一人,正在修理安特克的犁头。

"你的车能拉这么重的木材吗?"安特克问。

"有多少就能拉多少……"

"既然我说过了,你就有木材可拉了……"

安特克用粉笔在门上计算起来。

"夏收之前,我大概能赚到三百兹罗提!"他高兴地说道。

"这笔钱对于你的那件案子也许能有所帮助。"铁匠随意地说道。

安特克突然阴沉下来,眼里现出忧郁。

"这件事就是我的一场噩梦,一想起它我就心凉了,甚至都不想活了。"

"这并不奇怪,你的心情我能理解,但你也该想想办法来自救呀。"

"我能有什么办法呢?"

"应该有所行动,难道你要像头牛那样,伸长脖子任由屠夫来宰杀吗?"

"我是不会用脑袋去撞墙的!"他悲愤地说道。

米哈乌又全神贯注地锤打起来,安特克则坐在那里,心里想着那些可怕的令人不安的事情——随着思想的变化,脸色和眼神都在不停变着。他突然跳了起来，惶恐不安地朝外面望去。他的这个姐夫只是偷偷地望着他，任由他苦恼了好一阵子，最后才低声说道：

"莫德利查的卡其密什能想出办法来。"

"你是说逃到美国的那一位吗？"

"正是他。他是个聪明的家伙，大胆，鼻子也很灵敏，能嗅出道道来。有证据说，是他杀死那个警卫的。"

"他没有等到他们查出证据来就逃走了。他不是傻瓜，才不愿在牢里烂掉呢！"

"他很容易做到，他是个光棍。"

"一个人总是要想办法来救自己的命。我并不是在劝你怎么做，只是把别人做过的告诉你。我是想告诉你，在遇到特别情况时还有另一条活路。伏利查的加伊达，在监狱里待了十年，正好是在复活节期间释放回来。嘿，反正不是终身监禁，总是可以坚持下来的。"

"噢，十年！我的老天爷！"安特克揪住自己的头发，哀叹道。

"是啊，这十年里还得做苦役，时间真是不短啊！"

"我什么都能忍受，就是坐牢不行。我的耶稣，在牢里只待了这么三个月，我就差点要发疯了。"

"只需要三个星期，你就能漂洋过海了。你若不信，可以去问杨介尔。"

"太远了！我怎能丢下这一切——房屋、孩子、土地、故乡——逃到这么远的地方去呢，而且是一去不复还呢？"他喃喃说道，感到极度惊恐。

"不过，还是有许多人巴不得要到那边去的，没想过要再回到我们这方'乐土'上来。"

"这种事，我就是想一想都觉得可怕。"

"话是不错，但你只要去看看沃伊特克，听听他在监牢里的感受，你就会更胆战心惊了。他还不满四十岁，就已经头发全白，背驼腰弯了，他吐血，甚至连站都站不稳，谁都看得出来，他将不久于人世了。我何必对你说这些呢，你是个聪明有头脑的人，自己的事自己定！"

铁匠适时把话打住了，他知道，他已经把不安的种子撒在了安特克的心田里，其他的一切只需交付给时间了。他暗中期待着它的发芽生长，等着收获。把犁头做好后，他便高兴地说道：

"我现在就去见商人，你明天就把车准备好，等着去运木材吧。案件的事你就不要多想了，不要自寻烦恼，该怎么样就怎么样，天主是仁慈的。晚上我去看你。"

但是安特克却无法忘却他的那一席话，吞下了这友谊诱饵，被钩住了喉咙，就像一条鱼被鱼钩死死地钩住了那样。他感觉很疼痛，但又摆脱不了这许多折磨他的事情。

"十年啊十年！"他不时地念叨着，心中充满恐惧。

时已黄昏，人们从地里回到家里，安特克回到家里时，门廊里一片忙乱，因为维特克正在把牲畜赶回家来，女人们也在忙于挤奶和做着晚祷。整个村庄都响起了晚间的谈话声，以及孩子们在池塘里洗澡的嬉笑声。

安特克把板车拉到谷仓后面，准备明天早晨使用，这时候，他感到特别疲劳，只好大声叫唤正在井边饮马的彼得："你给车轴上点油，好好收拾一下，明天要去给锯木厂拉木头。"

彼得嘟哝了几句，他很不喜欢这种繁重的工作。

安特克说："闭上你的嘴，按照我吩咐的去做！汉卡，明天要给马喂三升燕麦饲料。彼得，你去地里割些苜蓿来，要把马喂得饱饱的。"

对于汉卡的问话，他支吾着应付了两句，便走出大门去找马特乌什了，他们两个人现在已成了好友。

马特乌什也是刚刚下班回到家里，坐在墙边喝着酸奶解暑热。

这时候，他听见果园那边有人在呜呜咽咽地哭泣，便问道：

"是谁在那边哭呀？"

"是纳斯特卡！我真为她的婚姻大事伤透了脑筋。他们在结婚预告中公布，下星期天就要举行婚礼。可是多米尼科娃昨天让乡长捎来口信，说是全部田产都归她所有，她是全部财产的女主人。她不会给西蒙一寸土地，而且也不会让他住在家里，这老太婆很固执，说到做到，我很了解这个老太婆。"

"那么西蒙呢，他怎么说？"

"他呀？从早晨开始，就一直坐在果园里，到现在就像一根木桩那样坐在那里不动，连纳斯特卡的问话都不回答，我甚至担心他是不是神志不清了。"

"西蒙！你快过来，安特克来看我们了，也许他能给你出点好主意。"他朝果园那边喊道。

过了一会儿，西蒙过来了，在篱笆墙边坐下，却不跟他们俩打一声招呼。他看起来神情憔悴，身体瘦得像块白杨木板，只有双眼还炯炯有神，那瘦削的脸上显示出一种不顾一切的坚定决心。

"你打算怎么办呢？"马特乌什温和地问道。

"我要拿把斧头来，像宰狗一样宰了她！"

"你这个傻瓜！这样的疯话，你还是拿到酒馆去说吧！"

"老天在上，我一定要杀了她。除了杀她，我没有别的办法了。我什么都没有了，怎么办？父亲留下的土地不给我，房屋不让我住，钱也不给我用。我就像个孤儿，什么也没有，我能怎么办呢？我亲生的母亲竟会这样虐待我！"他用袖子擦着眼泪哭诉道，突然站了起来，喊叫道，"他妈的！我绝不会善罢甘休，哪怕要去坐牢，我也不会放弃！"

大家劝他冷静一些。他坐了下来，不再说话，神情忧郁，连纳斯特卡和他悄悄说话他也不理睬。其他的人也在商量如何来帮助他们，但多米尼科娃固执专横，他们也无计可施。最后，还是纳斯特卡把她哥哥拉到了一旁，说出了她的一个想法。

纳斯特卡的哥哥回来后，兴高采烈地对大家说："我妹妹想出了一个极妙的主意——用现金向地主购买波德列斯的六垧土地！怎么样，不错吧？这根本不需要老婆子的允许，她再发火也没用。"

"这个主意倒是不错，可是钱从哪里来？"

"纳斯特卡有一千兹罗提，正好用得上。"

"可是，还有房子、牲口、工具和种子这些，又怎么办呢？"

"怎么办？就靠这个！就在这里！"西蒙突然跳将起来，大声说道，同时挥动着捏紧的拳头。

"说起来容易，可是你能做到吗？"安特克怀疑地问道。

"只要有了土地，你们就等着瞧吧！只要有了土地……"西蒙坚定有力地答道。

"这倒不成问题，我们去跟地主谈谈，把地买下来就是了！"

"等一下，安特克，让我们再好好考虑一下，把各方面都安排得周全一些。"

"你们不用再考虑了，只要看看我干活儿的能力就够了。我母亲的土地是谁耕种的，又是谁播撒种子和收割庄稼的？全是我一个人！你们说说，我干得好不好？难道我是个懒鬼吗？可以让全村的人都来评一评，就连我那个母亲也可以证明！……啊，只要我有了土地……我最亲爱的兄弟们，请你们帮我把土地弄到手吧！我至死也不会忘记感激你们的。请帮帮我们吧，我的亲人们，帮帮我们吧！"他大声说道，一会儿哭一会儿笑，好像是被美好的希望弄得如醉如痴了。

等他稍平静下来后，他们又开始商量起来，仔细地算计了一下，要办好这件事还需哪些措施。

"要是地主能答应分期付款就好了。"纳斯特卡叹口气地说道。

"只要是我和马特乌什两人出面担保,地主一定会答应分期付款的。"安特克说。

纳斯特卡对他的好意十分感激,想上前去吻他的手。

"我自己就受过许多苦,能体会到别人受苦的滋味。"他又轻声说道,站起身来要走。此时此刻,地面已经黑了,但天空还很明亮,西边仍是红霞一片。

安特克在池塘边站了一会儿,正在考虑该往什么地方去;最后还是决定朝家里的方向走去。

他走得很慢,好像是被迫朝前走的,不时地和熟人打着招呼,因为路上的人很多,还有一些打闹的孩子。篱笆墙内传出的歌声、受到催赶的鹅群发出的嘎嘎声、正在磨坊下游洗澡的男青年们的嬉闹声,以及巴尔切莱克家门口的吵闹声、尖锐刺耳的笛子声,都会合成了一片热闹的喧嚣。

尽管安特克不急于回家,很乐意在路上逗留,但却找不到能够说话的人,最终他还是走到了自己的家门口。窗户敞开,灯光明亮,孩子们正在墙边哭泣,院子里,汉卡在提高嗓门儿训斥人,尤什卡则寸步不让地进行反驳。

安特克还在犹豫不决时,瓦帕高兴地吠叫着直朝他的身上扑了过来,引得后者生气地踢了它一脚,便转身往村里走去了。他沿着那条通往神父果园的小路走去,悄无声息地经过风琴师家的房子,连狗都没有惊动,便到了神父家的果园边。随即,他走到了分隔开克温布家和神父家的田地的那条大田埂上,掩藏在枝繁叶茂的树木的深沉阴影里。

形如镰刀的明月高高悬挂在幽暗的天空中,闪闪发光的星星却越来越多。夜晚虽很炎热,露水却已降落到大地上,是个真正的夏天之夜。鹌鹑从庄稼地里飞出,从远处飞来的甲虫嗡嗡叫着掠过田野,而笼罩在田野上空的寂静和芳香，使人头脑发涨，昏昏欲睡。

但是，雅格娜却没有来。

然而，在他站立的百米开外，神父穿着白袍，正在田埂上来回走动。他光着脑袋，念着祈祷文。也许是太专心致志了，根本没有注意到他的两匹马，原先在自家的草地上吃草，现在却越过了田埂，来到了克温布家的苜蓿地里。苜蓿长得又高又黑，像树林那样，而且开有许多小花。

神父边走边念祈祷文，时而仰望星星，时而驻足倾听。每当他听到从村里传来的说话声时，就会装出一副对马儿大发脾气的姿态来。

"老灰，你跑到哪里去了？！谁叫你去克温布家的苜蓿地里的？看看，你这个混蛋，喜欢吃人家的东西，看我不用鞭子抽你！真要让我这样做呀？咳！"他的说话声听起来很严厉。

然而，马儿却吃得津津有味。虽然它们把苜蓿地搞得一团糟，但要把它们赶走，他又于心不忍。于是，他一面朝四周张望，一面又找理由来说服自己："可怜的马儿，多吃几口吧！我已经替克温布的灵魂做了祈祷，足以弥补他苜蓿地里的损失。"

神父重又在田埂上来回走动，一面念着祈祷文，一面紧盯着周围的动静。他万万没有想到，安特克早就盯上他了，并且在焦急地等待着雅格娜的到来。

这样没过一会儿，安特克突然决定向神父说出他的所有事情来。

"神父这么有学问，一定能给我想出好办法来。"他这么一想，便溜到谷仓的阴影下，绕过屋角来到了田埂上，还大声咳嗽了一下。

神父一听有人来了，急忙向马儿大声叫道：

"你们这些捣蛋的穷家伙，只要我一时没有盯住，你们就跑到别人的地里去了。快滚开，维希达，卡什坦！"他拉起长袍的下摆，赶忙把马儿赶出了苜蓿地。

"啊，是波利那，你好吗？"等安特克走近了，他才认出了来人，便说道。

"我是来求教神父的，我去过你的家里。"

"我是出来做祷告的，同时也来照看马儿，因为瓦列克到地主家去了。这些调皮蛋，真拿它们没办法，我都应付不了。你瞧，克温布家的苜蓿长得像树林一样茂盛。他下的种子和我的一样，只是我的受了霜冻，整个地里苜蓿不长，长的尽是野菊和飞廉。"他唉声叹气地说道，在一块石头上坐了下来，"来，你也坐下，我们好好谈谈。天气不错，再过三个星期就要敲响开镰节的钟声了。咳，我敢肯定……"

安特克在他旁边坐了下来，开始慢慢地向他倾诉起自己的烦心事来。

神父听得很仔细，时不时地呵斥马儿，虽然吸着鼻烟，打着喷嚏：

"上哪儿去呀?！你们瞎了眼呀，那是别人的田地！你们这些不听话的家伙！"

安特克说得很慢，结结巴巴，颠三倒四的，有时又离题太远。

"我知道你现在的处境很难，你就好好跟我说一说，不要有什么顾虑，说出来，你的心情会舒畅一些。有事，不跟神父说，你跟谁说去呀？"神父摸了摸安特克的头，还让他吸鼻烟。受到鼓励的安特克，终于一五一十地把自己的烦心事都说了出来。

神父细心听完他的话，考虑了一会儿，然后长叹一声，终于说道："你杀死了护林员，若是由我来审判，我只判你违犯教规，只需苦行赎罪罢了。因为你是为保护你的父亲而打死护林员的，那个护林员却是个大坏蛋，是个不信教的路德派，死了也没什么大的损失！可是法院却不同了，至少会判你四年徒刑。有什么办法呢？我的上帝！逃到美国去，有的人也能在那里生活下去，也有人在服刑坐牢之后还能回到家里来。但是，要在逃走和留下这两种苦难之间做出选择，的确是件难事。"

他一会儿赞成安特克明天就逃走,一会儿又劝说安特克留下来等坐牢,最后只好说:"但有一点必须做到,那就是遵从上帝的旨意,期待天主的慈悲。"

"可是他们会把我关进牢里,把我流放到西伯利亚去。"

"不是有许多人都回来了?我知道的就不止一个。"

"就是回来了,过了那么多年,我的家会变成什么样子呢?我的老婆一个人怎么有能力管好这个家呢?到那时候,这个家就会变得一塌糊涂了!"安特克无助地说道。

"从内心深处来说,我十分想帮助你,可是我能有什么办法呢……你等等看,我会在这个基督受刑台上为你做一次弥撒。好啦,你去把我的两匹马赶到马厩里去。我告诉你,现在已经很晚了,该回去睡觉了!"

安特克心烦意乱,从神父家出来之后,才想起雅格娜来,便急忙赶去找她。

她正在谷仓旁边等着他来。

"我等呀、等呀,等了你很久!"

她受了露水的影响,声音有点嘶哑。

"我无法从神父身边脱身。"他说着,便想去抱她,但被她推开了。

"我哪有心情和你寻欢作乐。"

"现在我都不认识你了,你变化太大了。"他感到被她伤了心。

"我没有变,和你离开时一模一样。"

"变成了另一个人似的……"他朝她走过去。

"你冷落了我这么久,不变才奇怪呢。"

"我从来都没有冷落过你,难道我能从监牢里飞来见你吗?你说说?"

"我孤单单的一个人,心中充满忧伤,还陪着一具活尸!"她打了一个冷战说道。

"你脑子里就没有想过要来看我,你想的全是别的事情!"

"你等过我吗?你想过要我去吗?安特克?"她不敢相信地说道。

"你说呢?我像个傻瓜蛋那样天天守着铁栏边,朝外望着,盼望你来看我,我天天都在等呀!"悲痛让他突然发抖,话也说不出来了。

"我的老天爷!可你忘了你在草堆下面对我的那些咒骂!你忘了你以前对我的仇恨!当他们把你抓走时,你连看我一眼都不看,也不跟我说一句话。我看到,你对大家都是好言告别,甚至对你家的那条老狗也是如此,就是对我不理不睬!一想起这些,我就恨得发狂!"

"我并不恨你,雅格娜!当一个人的灵魂处在痛苦之中时,便会把自己、把别人,甚至世上的一切,都忘得一干二净……"

他们俩都默不作声地站在那里,肩并着肩,臀挨着臀,皓洁的月光照射在他们的脸上。他们呼吸沉重,都被回忆折磨得心绪不宁,因痛苦和烦恼潸然泪下。

"你以前可不是这样来欢迎我的。"他伤心地说道。

她突然像小孩子似的大哭起来。

"你要我怎样来欢迎你?你毁了我的一生,把我糟蹋成这个样子,大家对待我就像对待母狗一样!"

"是我把你糟蹋成这样吗,是我吗?"他生气地说道。

"就是你!你的那个臭婆娘,那个贱货!就是因为你,她才把我赶出了家门,就是因为你,我才成了全村的笑柄!"

"这么说,你和乡长、和其他男人就没有什么关系了,是吗?"他凶狠地说道。

"所有这一切都是因为你!"她越来越伤心,"你为什么要像条狗那样追求我?你不是有自己的老婆吗?我太傻了,受了你的蒙骗,害得我只看见你而看不到天主的世界！你为什么后来又抛弃了我，让我成了其他男人的玩物？"

他被激怒得跳将起来，咬牙切齿地说道："难道是我强迫你成为我的继母吗？难道是我要求你成为所有喜欢你的男人的玩物吗？"

"我倒要问问，你既然这样喜欢我，为什么不来阻止？为什么让我随心所欲？为什么像别的男人那样无动于衷呢？"她的悔恨那样痛心疾首，她的抱怨这般悲凄，她的诉说又这样诚恳，让安特克找不到任何的辩解之词，他以往的痛苦和怨恨也随之消失，心中又萌生出了强烈的爱情之火。

"别说了，雅格娜，别说了，我的小宝贝？"他温柔地喃喃道。

"我受到了这么多的屈辱，你却和别的男人一样来指责我！你，你……"她把头靠在谷仓上大哭起来。

他把她拉到身边，坐在田埂上，并把她搂抱在自己的怀里，热情地爱抚着她，抚摸她丝一般的头发。他擦干她脸上的泪水，热吻她那颤抖的嘴唇，还不停地吻她那双饱含泪水的眼睛——那双如此可爱而又充满忧郁的眼睛。他的柔情蜜意，他的热情爱抚，他的百般安慰，使她渐渐平静了下来。她也紧贴在他身上，以无限信任的态度双手搂住了他的脖子，她那低垂的脑袋紧靠在他的胸前，如同靠在慈母的胸上一样，仿佛把她过去所受的一切悲伤和痛苦都哭掉了。

此时的安特克已热血沸腾。他感受到了她身上的爱意，于是亲吻越来越狂热，拥抱也越来越紧、越来越有力，仿佛要把她的骨头都压碎了似的。

雅格娜最初还意识不到自己的所作所为，也不明白内心的变化，直到她感受到了她不由自主地落入了他的拥抱之中，重新体验到他爱抚的力量的时候，她才想要竭力挣脱他的拥抱。她几乎要哭了起来，胆战心惊地哀求他道："放开我，安特克！放开我，我的老天爷！求求你了！我可要喊了！"

挣脱恶龙的缠绕是不可能的，他抱得这么紧，她连呼吸都很困难，完全被热情和颤抖包围住了。

"最后一次，允许我，最后一次！"他气喘吁吁地说出了这几个字。

他们俩都感到天旋地转，都在情不自禁中掉进了这沸腾的旋涡中。他抱住她，就像以前那样，热烈地、忘情地，用爱的全部力量。他也像从前那样感受到了纵情相爱的力度，他如醉如痴，头晕目眩，欲仙欲死。

啊！就像过去那样，我的天主！就像从前那样！就像回到了过去！

夜晚星光灿烂，明月高悬于半空之中，温暖的空气从沉浸在寂静中的田野那边飘来，使整个世界都处在无限满足和甜蜜抚爱之中。

他们俩忘记了一切——除了把他们席卷而去的热情风暴，除了永远不能满足的欲望——把所有的一切都抛诸脑后了。他们有如干枯的树碰上了雷电，在天空中闪闪发亮，又随着欢乐的歌声而消失了。他们坠入了情欲的风暴中，迸发出最后一道亮丽火焰，转瞬之间销魂的激情便会逝去，留下的仅是最后一次的欢乐。

最后，他们又紧紧地挨着坐在了一起，心中阴沉沉的，好像害怕什么似的，只敢偷偷地望着对方，彼此都在躲避对方那羞愧和悲伤的眼神。

他那渴望亲吻的嘴唇在寻找她的嘴唇，但徒劳无功，她嫌恶地把头转了过去。

他想尽办法，深情地在她的耳边用各种爱称来呼唤她，但也徒劳无益。她概不作答，一双眼睛只是仰望着夜空中的一弯明月。她的这种态度让他很不满，一腔激情都被她的冷漠浇灭了，他心中顿时涌现出了一种烦躁不安的情绪。

他们坐在那儿不知说什么好，都在等着对方先离开。

雅格娜心中的那股爱情之火彻底地熄灭了，只留下了灰烬。她竭力压制住心中的怨恨，开口说道："实际上是你像土匪那样，用蛮力把我占有了，不是吗？"

"雅格娜，难道你不是我的人吗？我的？"他想去拥抱她，却被她用力推开了。

"我既不是你的，也不是别人的，你明白吗？我谁的也不是！"

她又哭了起来，这次安特克却没有理睬她，安慰她。过了一会儿，他用严肃的口气对她说道："雅格娜，你愿意和我一起逃到国外去吗？"

"到哪里去？"她抬起她的泪眼，望着他问道。

"去美国！雅格娜，愿和我一起去吗？"

"你老婆怎么办？"

他立即跳了起来，好像有人用鞭子抽打了他一样。

"你是在说，要把她毒死吗？"

他拦腰抱住雅格娜，疯狂似的吻起她的整个脸来，再三恳求她和他一起，去到世界的某个地方，永远和他在一起，长相厮守。他侃侃而谈，把他的想法和希望全部托出，说了很长时间。他像个醉汉那样扶着篱笆墙才能站稳，说起话来也像个醉汉，兴奋又狂热，不能自持。

她听他说完后，却用轻蔑的语气对他说道："你曾经让我犯罪，就以为我傻到底了，会听信你的胡说八道？"

尽管他指天画地地发誓，说自己说的全是实话，但她什么话也不想听了，尽力想从他的手里挣脱出来，说道：

"我从来就没有想过要和你一起逃走。为什么要逃走？我一个人在这里过得并不坏，为什么要离开？"她把围巾裹在头上，紧张地望了望四周，"太晚了，我该走了！"

"何必这么匆忙呢，难道你家里会有人出来找你吗？"

"你也该回去了！汉卡早就铺好了床，等着你去亲热一番呢！"

这句话把安特克激怒了，他像条狗似的大声吼道：

"我忘了告诉你，酒馆那里有人在等着你哩！"

"我也要让你知道，不止一个男人在酒馆里等我，而且他们会一直等到太阳出来。你太过自信了，以为我会成为你独一无二的情人，做梦去吧！"她用满是鄙夷的口气对他说道。

"那你就跑呀，跑到犹太人那里去好了！"他讥讽地说道。

雅格娜并没有离开，他们两个人还是站在一起，一声不吭，双双都喘着粗气，用憎恨的眼神望着对方，心里都在寻思默想，要用最难听的话让对方心痛不已。

"你还有什么话要说的，就快给我说，我以后再也不见你了！"

"别担心，我也不会再求你什么了！"

"即使你跪在我的面前哀求，我也不会理你了！"

"是呀，你夜夜都要和那么多男人幽会，忙不过来呀！"

听到这句话，雅格娜顿时火冒三丈，叫道："让你像这条恶狗那样不得好死！"说完她便越过篱笆，朝田野奔去。

安特克既没有跑去追她，也没有向她叫喊。他看到她像个影子似的跑过田野，跑到了果园里。他只是擦了擦眼睛，像是要让自己清醒点，最后才叹息了一声，说道："我真是傻到了极点！我的主啊，一个娘们儿怎么能把一个男人弄到这个地步呢？"

他感到羞愧难当。回到家里后，他也无法原谅自己的所作所为，对这些事情的悔恨及其所带来的痛苦，一直在折磨着他。

果园里已经有人给他铺好了一张床，正等着他来睡，因为房间里非常闷热，苍蝇又多，让人无法入睡。

但他怎么也睡不着，只好仰望着夜空中闪闪发亮的星星，倾听着深夜的轻微脚步声，思考起有关雅格娜的种种事情。

"和她在一起也好，不在一块也好，我都会活得很难。"他小声地咒骂她，接着又不断地唉声叹气，躺在床上翻来翻去，无法入眠，于是他掀开毯子，把脚踩在沾有露水的草地上，让双脚凉快些。他依然没有一丝睡意，也无法不去想她。

屋子里传来小孩的大哭声和汉卡的细语声，他抬头望了过去，没过多久四周又归于寂静了。他又陷入了往事回忆之中，过去的那些欢乐时刻，让他如沐春风，芬芳的景象浮现在他面前。但是他并没有被这些旧事束缚住，相反，他的头脑很清醒，能抵御住它们的诱惑而加以缜密镇静的思考，并做出自己的判断。到最后，他像忏悔时做出庄严承诺那样坚决说道："必须要立即结束这一切，绝不能再发展下去了！这是耻辱和罪孽！人们会怎样来议论我呢？我已经是孩子们的父亲了，是有田有地的农夫！这一切都必须结束！"

要实现这个决定，的确很困难，而且还有一种难以表述的痛苦。

"一个人一旦犯了错误，那他就很容易犯罪，甚至到死都难以改正过来。"他这样伤心地说道。

这时已经是黎明了，整个天空就像是披上了一层灰暗的布幔。安特克依然难以入睡，曙光初照，汉卡便跑来叫醒他。他抬头望着她的那张有些憔悴的脸孔，表现出一种令人难以置信的温柔关切。汉卡把昨晚铁匠来说的话转告给他，他也亲热地用手抚摸她那蓬乱未梳的头发。

"只要运木材赚了钱，我就会在集市上给你买点东西回来。"

她为他这样的垂爱而心花怒放，于是向他提出买一个带玻璃的餐具柜，就像风琴师家的那个一样。

"过不了多久，你连地主家的那种沙发都会想要哩！"他大笑着说道，而且还答应了她的要求。说完，他赶紧起来，因为有许多工作在等着他，他需要重新担负起劳动的重任，每天都不能松懈。

他和铁匠又谈了一会儿，接着吃完了早饭，吩咐彼得继续往地里送粪肥,他自己则驾上两匹马到森林里去拉木材了。

林中的砍伐区里,正干得热火朝天,许多人都忙着加工冬天砍下来的树木。于是,斧头的砍伐声、锯子的吱吱声在不停地响着,这样的情景不禁令人想起整天都在啄树的啄木鸟。利普查村的牲畜正在林中空地上吃着茂盛鲜嫩的青草,燃烧木材的烟雾袅袅升入空中。

回想起这里不久前发生过的打斗事件,再看看如今的情景——利普查村人同热普基村的贵族以及其他村庄的人和睦相处,共同劳动——安特克不免点头称赞。

"苦难让人们恢复了理智,这是大家所需要的,是不是?"他对雅古斯丁卡的儿子菲利普说道,后者正在削砍松树的树枝。

"谁该负罪责?还不是地主和那些有田有地的农民!"菲利普嘟哝道,他没有停下手上的活儿。

"这倒不如说,是由于愚蠢的怨恨和敌对心理。"

安特克来到他以前杀死护林员的那个地方,站在那里,愤怒之情又在心里翻滚,便低声诅咒起来:

"狗杂种!若不是他,我怎么会落到这样的下场?如果可能,我还会狠狠地揍他一顿。"他吐了口唾沫便去干活儿了。

他整天都在替锯木场运送木头,干得那样卖力,即使累得要死也在所不惜。但即使是这样,他也没有忘记雅格娜的倩影和他那件不幸的案件。

有一天,马特乌什告诉他,他们买了波德列斯的地了,地主答应他们分期付款,还会给他们提供建房的木材和其他木头。这样一来,纳斯特卡的婚礼便推迟了,要等到西蒙把新家都准备好了才举行。

别人的事情,安特克现在已经没有兴趣了,他自己的烦心事还少吗?再加上铁匠几乎天天都来,想尽各种方法来恐吓,把他未来的处境说得非常悲惨,一再鼓动他逃亡国外,还答应给他一笔钱,如果他手头拮据的话。

这个时候,安特克的确有一种抛弃一切远逃国外的冲动,但当他看到自己的村庄,想到自己要抛弃这里的一切而远走他乡,永远离开故土,便感到十分惊恐不安,所以他宁愿坐牢,宁愿经受最坏的一切,也不愿逃亡。

不过,他一想到坐牢,就会产生一种绝望的情绪。

这场和自己内心的斗争把他压垮了,让他更加憔悴瘦削,脾气更加暴躁,对待家人也更粗暴、不可理喻了。究竟是什么原因呢?汉卡想方设法想探出他的口风来,但都毫无结果。她曾怀疑他是不是又和雅格娜勾搭上了,但她不断地追踪观察、雅古斯丁卡的秘密监视,以及其他村民的证实都表明,他们最近都没有联系,没有幽会了。汉卡对这方面倒是放心了,但是,无论她多么顺从地为他服务,定时给他准备最好的菜肴,把家里收拾得整整齐齐,家务也都做得完美无缺,总是徒劳。他总是阴沉沉的,板着脸,闷闷不乐。他会为了一点小事对她大吵大骂,再也没有夸奖她一句半句的。

最令人难受的是,他在家里总是默默无言地踱来踱去,像秋日夜晚一样阴沉悲凉,既不发火,也不发脾气骂人,只是唉声叹气。他还常常和一些朋友在酒馆里喝酒,彻夜不归。

汉卡没有勇气当面向他询问。罗赫对她说,他也无法探听出什么真实的情况来,因为老人只有在晚上才会来到他们家。白天他总是带着他的一些小书到周围的村庄,去教农民向耶稣的圣心祈祷,而沙俄政府是禁止波兰人在教堂内做这种祈祷仪式的。

直到有一天夜晚,大家都在房间里吃晚饭,外面刮起了西风,突然从池塘那边传来狗的急促吠叫声,罗赫立即放下了勺子侧耳倾听起来。

"来的是陌生人,我出去瞧瞧。"

他刚出去便转身回来了,脸色煞白,急忙说道:

"我看到路上军刀在闪闪发亮。如果有人问起我的下落,就说我在村子里。"

他一说完便跳进果园消失不见了。

安特克的脸色也变得特别苍白,他也立即跳起来。狗在篱笆墙外叫得很凶,过道里便传来沉重的脚步声。

"也许是来抓我的?"他害怕得话都说不清楚了。

警察出现在房门口,大家都被吓得愣住了。

安特克不敢移动一步,只是望着敞开的窗户和房间。幸亏汉卡还能保持镇静,她邀请他们到屋里坐下,给他们端上了咖啡。

他们很客气地向大家打着招呼,暗示要在这里吃晚饭,汉卡只好给他们煎了些鸡蛋。

"都这么晚了,你们还要到哪儿去呀?"安特克壮着胆子问道。

"我们是来执行任务的,你们这里的问题还真不少!"警察局长朝房间里的所有人扫了一眼,说道。

"一定是去抓强盗的吧?"安特克又问了一句,胆子也更大了一些,还从储藏室里拿出了一瓶烧酒。

"既抓强盗,也抓其他人!和我们来干一杯,户主!"

安特克陪着他们喝了一杯。之后,他们便吃起煎鸡蛋来,只听得勺子在响。

大家坐在那里都默不作声,像是被吓坏了的兔子。

警察们把菜肴吃了个精光,还喝了些烧酒,警察队长捋了捋胡子,用严肃的口气问道:"你从监狱里出来许久了吗?"

"队长大人,这事你是很清楚的呀!"

警察队长突然晃动了一下身子,问道:"罗赫在哪儿?"

安特克立即明白了,放下心来,反问道:"哪个罗赫呀?"

"就是住在你这里的那个罗赫!"

"队长阁下,你是说的那个老乞丐呀,他常常在村里走来走去的。啊,真的,是有这么个人,大家都叫他罗赫!"

警察队长显出不耐烦的样子,用威胁的口气对安特克说道:"别跟我开什么玩笑!大家都知道,他是住在你家里的!"

"是的。他常常住在我这里,有时也住在别人家里,走到谁家就住在谁那里,经常如此。他很随便,只要有块地方供躺下就行,他有时睡在屋子里,有时睡在牛棚或马厩里,甚至有时还睡在篱笆墙下面。你们有事要找他吗?"

"倒没有什么事的,只是随便问问。"

"他是个好人,从不做那些搅浑水的事情。"汉卡插了一句。

"嗯,我们知道他是什么样的人,我们知道……"队长喃喃说道,之后,他想尽办法来向他们套出有关罗赫的去向,甚至还让安特克吸鼻烟。但是他们一直在兜圈子,回答得很巧妙。

警察们终于一无所获,队长便生气地站了起来,大声说道:"我知道他就住在你们家里!"

"难道他会藏在我的口袋里吗?"安特克冲口而出。

"波利那,你放明白点,我是为公务而来的!"队长威胁道。不过他们走的时候,态度缓和了不少,因为汉卡送给了他们一打鸡蛋和一大块奶酪。

维特克一步步地跟踪着他们,回来后跟大家说,警察们曾去乡长家里,还曾伸长脑袋朝村里没有灭灯的窗子张望。但由于狗叫得太凶了,他们无法再进一步去偷视,只好像来时那样空手回去了。

这件意外的事情让安特克的精神特别紧张,当房间里只剩下他和汉卡时,他便把自己的苦恼和忧虑一股脑儿地告诉了妻子。

汉卡专心致志地听着,心跳得很快,但没有打断他的任何一句话。

直到他说到自己已无路可走，只有卖掉家里的一切，逃到别的地方，甚至逃到美国去，这时，她才站在他的面前，脸色白得像墙壁一样，大声嚷道："我是不会走的，也不会让孩子走！绝不会！如果你要强迫我离开，我就会用斧子砍掉孩子们的脑袋，然后就跳井自杀！我说的是真话，上帝会帮助我的！你要记住这点！"她跪在圣像面前大声说道，就像人们在庄严宣誓时那样。

"小声点，别嚷嚷！亲爱的，我不过是说说而已，不一定要走！"

她深深地喘了一口气，艰难地止住了泪水，才又轻声说道：

"你就去服刑好了，刑满你就回来。你放心好了，我会把家里的一切都料理好的，绝不会失去一寸土地的，你还不知道我吗……不会失去的，谁也不可能从我的手中夺走一寸土地！上帝会保佑我，让我承担起这次命运的打击！"她抽泣着说道。

他沉默了很久，最后才说道：

"听天由命好了，我就在这里等候案件的审判！"

这样一来，铁匠的阴谋诡计便完全落空了。

第六章

"安静地睡一边去，别来打扰我！"马特乌什大声嚷道，说完生气地转身睡到了另一边。

西蒙安静了下来，可是马特乌什却打起鼾来了。于是西蒙便悄悄地从睡觉的谷仓溜了出来——他以为天上已经露出灰蒙蒙的第一道晨曦了。

西蒙在黑暗中摸来摸去的，想摸到昨天晚上就挑选好的工具。他心里着急，老是有东西从他手里掉落下去，发出当当的响声，引起马特乌什的一声大骂。

黑暗依然笼罩着整个大地，只有星星还闪烁着点点白光，而东方的天空中开始显现出晨曦来了，公鸡扑动着翅膀发出了第一遍啼叫声。

西蒙把所有的东西都装进了他唯一的一辆小推车，小心翼翼地从房屋旁边走过去，来到了池塘边上的大路上。

整个村庄还在沉沉入睡，甚至连狗都不叫一声。在这万籁俱寂中，只能听到流水穿过磨坊打开的闸门所发出的哗哗声。

大路被果园的树影所笼罩，黑魆魆的，白墙都只能依稀可见，而池塘也只能通过池水上的星光反映才能辨认出来。

走到母亲的房屋前面时,西蒙放慢了脚步,仔细地听了起来,好像篱笆墙内有人在走动,还不停地在喃喃自语。

"是谁在那里?"母亲在说话。

他立即站住了,屏息静气,一动不动。老母亲没有听到答话,便又自言自语地走动起来。

他透过树荫看见了她的人影——她手持拐杖在那里踯躅着,嘴里还在喃喃地念着祷文。

"她在夜里不停地徘徊,如地狱中的马列克那样!"他这样想道,叹了口气后,便又偷偷地朝前走去,"她这样虐待我,此刻正在受到良心的啃咬哩!"他又高兴地重复了一下,"受到啃咬哩!"于是他来到了磨坊后面的那条宽广大道上。大道虽然坎坷不平,但他还是奋力向前,仿佛有人在撵他似的,再也顾不上什么车辙和坑坑洼洼了。

西蒙一口气跑到了十字架前才停了下来,那是一处通往波德列斯的岔路口。天色太黑,还无法劳动,他便在圣像下面坐了下来喘喘气,等待天明。

"这是个强盗活动的时辰,连田地和森林都很难分清楚。"他朝四周望了一望,低声说道,放眼望去,周围依然是一片漆黑,只有天空上面露出几缕金色的亮光。

他觉得时间过得很慢,便开始做起晨祷来。可是当手触摸到露水润湿的土地时,他便高兴得连祈祷词都忘记了,心思全都放在土地上了——如今他有了自己的土地,自己的农场了!

"我把你弄到手了,就绝不会把你抛弃!"他满怀激情地说道。这种对土地的热爱也激发起了他的无比勇气、豪情万丈和无限决心。他满怀深情地眺望着林边的那片他向地主买的六垧土地——它们正等待着他去耕种哩!

"亲爱的孤儿呀,我会紧紧把你抱住,只要我活着,就绝不会抛弃你!"他一边嘟哝着,一边把破羊皮袄从肩膀上拉到胸前裹紧,因为他感到身体有点凉。他背靠着十字架坐下,等待着黎明的到来。没过多久,他就鼾声大作,酣然入睡了。

当他醒了站起来时,田地变得灰暗了,仿佛是一片宽广的水面,依然难以分辨。而被露水染成浅蓝色的庄稼,饱满的谷穗正在向他点头致敬。

"白天来了,该去劳动了!"他伸了伸懒腰,轻声说道。他跪在十字架下做起了晨祷,但这一次并不像往常那样出于一种习惯,希望快快完事,而是抱着对上帝的满腔虔诚和热爱来做祷告的,期望得到上帝的保佑。他热诚地抱住十字架上的耶稣的双脚,深情地凝视着耶稣那张饱受苦难的神圣脸孔,苦苦地哀求着。

"大慈大悲的耶稣,恳请你帮助我!我那亲生的母亲狠毒地虐待我,让我像个无依无靠的孤儿。我把整个身心都献给了你,求你多多保佑我吧,我知道我罪孽深沉,请你宽恕我吧。仁慈的上帝!我会向你做一次,啊,不,做两次大弥撒,还要向教堂捐些蜡烛。如果我事业成功,我会给你做一顶宝盖。"他一再哀求和许愿,热诚地吻着十字架。他双膝跪地绕着十字架走了一圈,还满怀敬意地亲吻着土地。等他站起来时,已觉得自己神清气爽,充满了信心。

他感到满身是劲,准备大干一场,于是又拉起了他的那辆沉重的推车,轻松地推向前。他回头望了望下面的利普查村,它完全被雾霭掩盖住了,只有高高的教堂钟塔依稀可见,还有那金色的十字架在晨曦中闪闪发亮。

"你们来瞧瞧,瞧瞧我的新土地!"他一踏入自己新购的土地,便高兴得大叫起来。他的这块土地一边靠近森林,另一边则和利普查村的土地接壤。可是,我的上帝,这是块什么样的土地呀?一块不毛之地!遍地都是烧窑挖土留下的坑坑洼洼,上面长满了野草,还有大大小小的土堆,土堆上生长着各种各样的小树,密密麻麻,相互缠绕。有的还长有一些松树、赤杨和杜松。地势低洼的地方还长满了芦苇和香蒲,其茂盛程度堪与树林相比。一句话,这样的土地——俗话说得好——连狗都要对它大声哭叫,地主本人都劝说过西蒙不要买这块地,可是西蒙却坚决要把它买下。

"这块地正适合我,我会把它变成好地的。"

马特乌什看到这样一块荒芜之地,深感惊讶,他也劝西蒙别买,说这样的土地,只能建个狗窝来举行婚礼。但是西蒙却毫无放弃之意,而且很坚决地说道:"我告诉你们,土地没有不好的,就看你手勤快不勤快!"

他把这块地买下来了,地主出价很便宜,一垧地才六十个卢布,还答应向他提供建房的木头和其他材料。

"嘿,我一定要说到做到!"他大声说道。之后,欣喜地朝四周环视了一番,把推车在田埂上放好,又去巡视了一番他的这块田地,在四周插上了树枝作为地界的标记。

他走得很慢,充满了无限的喜悦,而且心跳得很快。他边走边在脑子里盘算着耕种的计划——该种些什么,又该怎样开始。他不仅是在为自己劳动,也是在为纳斯特卡工作、为未来的帕切斯家族工作。一想到这些他就感到浑身是劲,有使不完的力气。他迫不及待地要投入到工作中去,就像一只抓住山羊要喝其血啖其肉的饿狼那样。

他把整个地块都察看了一遍之后,便开始认真考虑其新建房屋的选址问题。

"最好是把房子建在和村子遥相对应的地方,一边要靠近森林,这样,一来它能挡住暴风雪,二来容易得到木材,冬天也要好过些。"他这样思量着,并在四个屋角各放上一块石头。随后,他便脱了羊皮袄,向掌心吐了口唾沫,便开始平整起土地来,把挖去树根留下的树坑重新用土填平。

白天开始,太阳冉冉上升,金光灿烂,村里传来了把牲畜赶往草场的吆喝声,还有水井上桔槔的吱呀声、人们出来劳动的喧闹声,以及车子在路上行驶的车轮声。风让各种各样的声音飘拂过麦田,传播到远方。

但是西蒙对这一切都不关心,只是全身心地在埋头苦干,偶尔会抬起头来伸展一下身子,擦擦渗入了汗水的眼睛,随即又全神贯注地干起活儿来。他那种紧紧贴在地上卖命劳动的劲儿,完全和水蛭一样。而且他还按照自己的习惯,把每样东西都看成是活生生的物体,和它们谈起话来。

这时候,他在地里挖到了一块大石头,于是他便对石头说道:

"你在这里躺着休息很久了,现在正好给我的新房子当基石了。"

当他砍去一丛荆棘时,便会冷笑着说道:

"反抗也没有用,蠢家伙,你以为你能抵抗得了我吗?!咳,难道还能让你再撕破我的裤子吗?"

看到多年的野梨树,他这样说道:

"你们长得太密了,不得不移开,你们倒是做牛棚地板的好材料,就像波利那家的那样。"

偶尔他会停下来舒展一下筋骨,用挚爱的目光望着他的这块土地,低声地、动情地说道:

"你是我的了,我的了!谁也不能把你抢走!"

这块贫瘠的、杂草丛生的、从未有过收成的土地,别人根本不会要的,他却情有独钟,像对待孩子一样,对它关怀备至、精心照拂着。

"我的土地啊,你耐心地等着,要不了多久,我就会把你耕种好,给你施肥、播种,让你和别的土地一样开花结果。你放心,我说到做到。"

太阳已升到田地的上空，阳光直射到他的眼睛里。

"感谢上帝！"他眨了眨眼睛大声说道，"看来还会干热一阵子。"因为正在冉冉升起的太阳非常鲜红。

过了一会儿，晨祷的钟声从村里传来，利普查村的烟囱里升起了一股股羽毛似的蓝色烟柱。

"现在你该吃饭了，是不是，农民？"他紧了紧腰带，叹了口气又说道，"可惜母亲不会给你送早饭来了，不会了！"

在波德列斯这片土地上，已经有许多人在工作了，他们都像他那样，在新购的土地上辛勤地劳动着。他看到斯达赫·普沃什卡正用两匹健马犁着地。

"我的天主呀，如果我有一匹这样的马就好了。"他暗自想道。

约瑟夫·瓦赫尼克正在用车子运石头，供建房打墙基用；克温布和他的儿子们正在自己的地里挖沟渠；乡长的弟弟格热拉正在大路上靠近十字架的地方，用一根木杆测量什么，测了很久。

"在那儿盖家酒馆，倒是不错。"西蒙暗忖道。

格热拉把木桩打进地里，量好了他的广场之后，便前来向西蒙打招呼。"啊，啊！你这样卖力地干活儿，一个人能顶十个人！"他很惊讶地说道。

"有什么办法呢？我除了一条裤子和一双空手外，什么都没有！"他喃喃答道，并没有停下手里的工作。

格热拉对他说了几点建议后，便走回自己的地里去了。这之后，又来了一些人，有的是来给他鼓励的，有的是来和他闲聊的，有的来给他一支烟，嘻嘻哈哈了几句便走了。

西蒙只是焦急地应付了一下，到最后，当普里切克来到时他便发脾气了，对后者大声说："你还是去干你自己的活儿吧，别来打扰别人！干活儿的时间你来玩，真是不像话。"

于是大家都不去西蒙的荒地了，留下他独自一人。

太阳升得越来越高，已经悬挂在教堂的上空了。天气炎热，没有风，庄稼都处在滚烫的热浪中。

"你也休想把我赶跑！"他面对太阳说道。一看见纳斯特卡给他送早饭来，他赶紧迎上前去，贪婪地捧起那个瓷盆来。

纳斯特卡围着土地走了一圈，不怎么高兴。

"这样的荒地真能种好庄稼吗？"

"一切都能长得好好的，你就等着瞧吧！连你做面包糕点的小麦都能长出来！"

"咳！到时候，野狼也只有吃木马了！"

"不会的，纳斯特卡，我们有自己的土地了，日子也就好过了，我们可是有六垧地呀！"他一面说着一面狼吞虎咽着早饭。

"是的，我们有泥土可啃了，可冬天怎么度过呢？"

"都在我脑子里，你就不用费心了。我把所有的问题都考虑好了，会有办法解决的。"他兴奋地大声说道，"我们的房子就建在这里！"

"我们的房子？是用泥巴做的吗，像燕子窝那样？"

"是用木头和树枝、泥和沙，用我们所能得到的一切材料，先建一座能住一两年的房子，等我们发财了再建一座更好的房子。"

"这么说来，你都想好了，要建一栋地主庄院那样的房子？"她有点不高兴地说道。

"我宁愿住自己的狗窝，也不愿寄人篱下。"

"普沃什科娃给我说，为了能让我们过好冬天，她愿意让出一间房子来给我们住，她是诚心实意想帮我们的。"

"诚心实意？她一定是想气气我的母亲，她跟我母亲是死对头，她们像狗似的老是叫骂不停。纳斯特卡，我们不需要她的善心。你不用担心，我会给你建起一座有窗户、有烟囱，样样俱全的房子。你等着吧，就像祷告时结尾有'阿门'那样，三个星期内我一定会给你建好一座房子，哪怕我的双手累得不能动弹，也会把房子建好。"

"这么说来，你是要单干这个了？"

"马特乌什答应来帮我。"

"你的母亲会不会给你一点什么帮助呢？"她结结巴巴地问道。

"我宁愿饿死也不会去求她！"他大叫道。但他一看到她一副要哭的样子，又立即感到对不住她，便和她一起在麦田的田埂上坐下，向她轻声解释道："我怎么好去求她呢？纳斯特卡，她把我赶了出来，还把你大骂了一顿。"

"我的上帝！若是她能给我们一头母牛就好了。我们就像那些乞丐一样一无所有，想想都觉得可怕。"

"母牛会有的，纳斯特卡，会有的，我都盘算好了。"

"现在我们既没有房子，也没有牲口，什么也没有呀！"她说着便哭了起来，紧靠在他的身上。

他给她擦了擦泪水，还亲切地抚摸着她的脑袋。他自个儿虽然一直都感到很伤心，但没有掉下一滴眼泪，连他自己都深感奇怪。突然，他站了起来，拿起铁锹，假装生气地厉声道："上帝保佑，你这个娘们儿，一大堆工作在等着我们，你却在这里哭哭啼啼！"

她也站了起来，心中却充满了担心和忧愁。

"即使我们不会被饿死，在这么荒野的地方，那也会被野狼吃掉的！"

他听了特别生气，一边干着活儿，一边严厉地责骂道："你在这里唠唠叨叨、唉声叹气的，还不如回家去待着！"

她想上前去抱住他，让他消消气，却被他推开了。

"现在不是谈情说爱的时候！"他不喜欢纳斯特卡的唠叨，但还是摸了一下她的脑袋。于是她平静地，甚至是高高兴兴地离开了。

"我的上帝！的确，女人也是人，却没有男人的智慧，只会哭泣和抱怨。可是，财富不会从天而降，要靠双手干活儿去争取。可是她们却像孩子那样，只会哭哭笑笑，打打闹闹，抱怨唠叨。我的老天爷！"

他就这样嘀咕了一会儿，后来被手里的活儿完全吸引住了，竟对外界的一切都不闻不问了。

他就这样忘我地日复一日地劳动着。他早出晚归，曙光初露就起床干活儿去了，晚上很晚才回到家里，两头不见光，常常是一天都不和别人说一句话。如今是特蕾莎或者别人给他送饭来，纳斯特卡在神父的土豆地里打短工。

常常有人来看他是怎样工作的，但都不会去和他说话，他们只是远远地看着他，为他不知疲倦的辛勤劳动深感惊讶和佩服。

"他这样坚韧不拔，谁也没有想到！"克温布轻声说道。

"他难道不是多米尼科娃养的种吗？"有人开玩笑似的说了一句。

从西蒙开荒的第一天就很关注他的格热拉，此时也说道："的确，他干起活儿来真像头公牛，我们也该帮帮他，免得他累坏了身子。"

大家表示赞同，都觉得他值得帮助，可是谁也不愿开这个先例，都等着西蒙来求他们。

但是西蒙却不想去求别人，他的脑子里也从未想过要去求人。可是有一天早上，他看到有一辆大车直往他地里驶来，甚感惊讶。

来人是他弟弟安德烈，远远地就高兴地大喊道：

"我来了！是我呀！告诉我该犁哪块地？"

西蒙呆呆地站在那里，好一会儿都不敢相信自己的眼睛。

"胆子真大，你这个瘦家伙！你不怕她会打你？"

"我才不怕哩！她要是打我，我就跑到你这儿来，再也不回去！"

"是你自己想要来帮我的呀？"

"是我自己！本来我早就想来的，但是她把我看得很紧，雅格娜也叫我别来。"安德烈一边准备犁地,一边向他讲述详细的经过。他们兄弟俩合力犁了一整天的地,安德烈离开时还答应明天再来。

第二天太阳刚出来,安德烈便来了。西蒙看到他脸上有青紫的痕迹,但直到晚上休工时才问他:

"她把你打得很厉害吗?"

"她眼睛都要瞎了,哪能那么容易逮着我。当然,我也不会把自己送到她的嘴里去的。"他有些难过地答道。

"雅格娜有没有告发你?"

"雅格娜是不会背叛我们的!"

"一个女人,她脑子里到底想些什么,我们是很难弄明白的。"他不无感叹地说道,他要弟弟明天不要再来了,"现在我一个人也能对付得了,播种的时候你再来帮助我吧!"

这样一来,西蒙又是独自一人了,他不知劳累地像马拉打谷机那样转个不停。

现在天气比以前更热了,地干裂,水干枯,草枯黄,庄稼被烤得枯萎了,大地就像地狱那样,成了一个大火炉。现在几乎没有人在地里干活儿了,因为天上好像倾泻了熊熊的火焰一样,太阳高高悬挂在浑浊的空中。既没有微风的吹拂、树木的摇曳,也没有小鸟的歌唱、人们的喧闹声,只有每天的太阳从东到西播撒着无情的炎热和干旱。

可是西蒙每天还是一如既往地在地里干活儿,甚至夜里都不回家,就睡在田野里过夜。这样一来,他就能节约走路的时间,醒来之后便能立即投入工作。马特乌什一再劝说,但也毫无效果,他只是简短地回了一句:"我星期天休息!"

等到星期六晚上回到家里时,他已是筋疲力尽、劳累不堪,晚饭还没有吃完便睡着了。第二天,他几乎睡了整整一个白天,直到黄昏时分才从草铺的床上起来,换上节日的衣服,坐在盛满菜肴的餐桌前。

家里的女人们都围着他走来走去，像服侍大人物那样仔细留意他的眼色，不时地给他添酒加菜。他吃得肚子都装不下了，得到了极大的满足。最后，他松了松腰带，伸了个懒腰，兴高采烈地大声嚷道："上帝保佑！谢谢大娘！现在我们要出去乐一乐了！"

他和纳斯特卡到酒馆去了，马特乌什和特蕾莎也一起去了。

酒馆老板犹太人躬身欢迎他们，主动把伏特加酒放到了桌上，还称他为老板。这让西蒙感到无比骄傲。他喝了大量的酒后，便来到那些头面人物的中间，参与他们对各种事物的讨论，还说出了自己的意见。

酒馆里挤满了客人，乐队已经奏起了乐曲，但还没有人跳舞。就像通常在酒馆的时候一样，大家都在碰杯喝酒，高谈阔论，抱怨起天灾人祸来。

波利那一家和铁匠一家也都来了，他们占据了一个单间，在里面开怀畅饮，犹太人则不停地给他们送去烧酒和啤酒。

"今天，安特克看着他的老婆就像狗看着骨头那样，你都无法认出他来了。"雅姆布罗兹忧郁地说道。他的眼睛一直盯着单间，因为里面传来了杯盏交错、欢言笑语的声音。

"那是因为他喜欢穿自己的木屐，而不愿意穿人人都可穿的皮鞋。"雅古斯丁卡笑道。

"不过，皮鞋穿起来不会使人脚痛呀！"有人插了一句，却引起了哄笑，因为大家都想到了雅格娜。

只有西蒙一人没有笑，他喝得有些醉了，正双手抱住安德烈的脖子，说道："你应该记住我是你的什么人，你要听我的话，服从我！"

"我知道，我明白……可是，母亲吩咐……"安德烈呜咽答道。

"不用听母亲的，我才是一家之主，你要听我的！"

乐队高声奏起了舞曲，乐声震天，人们开始踢踏着地板，成双成对地翩翩起舞的时候，西蒙也搂住了纳斯特卡的细腰，把外套的纽扣解开，让帽子歪向一边，"嗒、嗒那"地叫着，站到了前面。他越叫越响，尽力地踢踏着地板，不停地旋转着，转得眼花目眩。大家都一样，跳得高兴、欢畅、激情奔放，像是汹涌奔腾的急流。

西蒙跳完两三支舞曲之后，便被女人们带出了酒馆，回到了纳斯特卡的家中，人很快就清醒过来了。雅古斯丁卡陪着他在屋子前面坐下，两人进行了一番长谈。后来夜深了，西蒙应该回去了，但他拖拖拉拉地不想走，缠着纳斯特卡不放，呼吸像风箱一样呼呼直响。

她母亲就说："你就在谷仓里睡一晚，这么晚了不要走了！"

"我已经在那里铺好垫子啦！"纳斯特卡说道。

"纳斯特卡，你应把他拉到你的羽绒被下去睡！"雅古斯丁卡提醒她道。

"你脑子里在想什么呀，怎么说出这样的话来了？"纳斯特卡有些慌张地说道。

"他不是你的老公吗？在婚礼前几天同房，在神父祝福之下，那也不是什么罪过。你的男人像头公牛那样苦苦干活儿，你应该奖赏他一下！"

"是啊，是啊！纳斯特卡！纳斯特卡！"他像只饿狼那样跳到姑娘身边，在果园里追上了她，把她紧紧地抱在胸前，热烈地吻起来，还一再恳求道，"啊！纳斯特卡，我的宝贝，难道你还要把我撵走吗？在这样的深夜里，还要让我离开吗？"

她妈妈因事进了前厅，雅古斯丁卡也借机离开，边走边说："纳斯特卡，不要拒绝他！世界上好人不多，找到他，就像一只瞎母鸡找到一粒谷子那样难得，别把幸福放走，错失机会呀！"

她在院子里碰上了马特乌什，马特乌什也猜出了她的意思，便透过窗户对房间里的西蒙大声说道："我若是处在你的位置上，我早就干了!"

他一说完便吹起了口哨,跑到村里去寻欢作乐了。

第二天一早,西蒙又在拼命干活儿了,却没有显示出丝毫的倦意。等到纳斯特卡给他送来早餐时,他热切渴求的不是麦片粥,而是纳斯特卡那殷红的嘴唇。

"你若是背叛我,我会把你的头砍下!"她威胁地说道,可脑袋却依偎在他的胸前。

"啊,纳斯特卡,你已经是我的了,我是绝不会离开你的!"他急切地说道,还盯住她的眼睛,悄悄说道,"头胎要生个男孩!"

"你这个傻瓜,是谁把这样的胡思乱想塞到你的脑子里的?"她推开了他,满脸通红地跑了。在不远的地方,雅切克先生抽着烟斗,腋下夹着一把小提琴,打过招呼后又问了西蒙许多事情。西蒙对自己已经完成的工作深感满意,但他突然停了下来,呆呆地站在那里,不知所措,因为这时的雅切克先生脱掉了外套、放下了小提琴,拿起铲子便干起活儿来,正在打碎一块大的泥土。西蒙惊得手上的铲子掉了下来,嘴巴也动弹不得。

"有什么好奇怪的?"

"真的吗?雅切克先生要和我一起干活儿吗?"

"不错,我还要帮你把房子建起来。你以为我是个无所事事的人,办不到吗?你等着瞧好了。"

他们两个便一起干了起来,老人虽然力气不大,也不习惯劳动,但他自有一种良好的办法能使工作进展得更快更好。西蒙对他佩服之至,事事都按照他的意志去做,嘴里还喃喃说道:"我的上帝,世界上还没有谁见过地主和……"

雅切克先生笑了一笑,和他聊起了天,把世界上出现的各种奇闻逸事都讲给他听,听得他五体投地,就差没有跪倒在雅切克的面前了。

晚上回到家里,他便迫不及待地把这一切都告诉了纳斯特卡。

"大家都说他傻里傻气的,可是他和神父一样,都是最聪明的人!"他结束时说道。

"有的人说话聪明,做事却很笨。他若不傻,怎么会来帮你干活儿呢?怎么会照看微朗卡的母牛呢?"

"你说得不错,真有点让人捉摸不透!"

"这没什么,就是脑子不好使了!"

"不过,你真的很难在这个世界上找到第二个这样的好人了。"

对于雅切克先生的好心善意,西蒙是感激不尽的。但是,他们天天在一起劳动,在一个锅盆里吃饭,在一件皮外衣上睡觉,却没有建立起那种充分信任彼此的深厚友谊。

"他永远都是地主那一类的人。"西蒙自言自语道,但他对雅切克先生却是怀着深深的敬意和无比感激之情的。由于雅切克的帮助,房子就像发的酵母一样快速变化着。再加上马特乌什的鼎力相助和克温布的儿子亚当从森林里运来的大小木料,没过多久,从利普查村就能清清楚楚地看到这座房子的雏形了。马特乌什夜以继日地工作了差不多一个星期,还催促别人卖命干活儿,到了星期六下午,大功终于告成,房屋建好了,他在烟囱顶上摆放了一束绿叶之后,便跑回家去干自己的活儿了。

西蒙把屋子粉刷了一遍,显得更加白净,还把刨花和垃圾都打扫干净。这时候,雅切克先生腋下夹着把小提琴来了,微笑着说道:"窝做好了,就等母鸡来了!"

"明天晚祷之后,我们就举行婚礼!"他扑上前去向雅切克表示感谢。

"我这可不是白干的,如果有一天我被利普查村赶了出去,我就会到你这里来租房子住。"雅切克点上烟斗,朝森林那边信步走去。

虽然房子已经建成，一切都已安排得井然有序，但西蒙还是不放心地东走走西看看，伸展伸展筋骨，喜出望外地望着他的新房子。

"我的，这是我的房子！"他喃喃说着，不敢相信自己的眼睛，伸手去摸了摸墙壁。他又绕着房子转了一圈，还从窗口朝屋里张望了一番，特别高兴地闻了闻石灰和泥土的刺鼻气味。直到傍晚，他才回到家里，以准备明天的婚礼。

西蒙要举行婚礼的消息不胫而走，全村的人都知道了，甚至有人将之透露给了多米尼科娃，但是她故作镇静，毫不理会。

第二天是星期天，从一大早开始，雅格娜便三番五次地从母亲的屋子里溜出来，拿着一包包东西从菜园里穿过，送到纳斯特卡的手里。虽然老妇人知道雅格娜在做的事情，却不加阻拦，只是沉默不语，神色阴沉。

安德烈直到做过晨祷之后，才敢小心翼翼地走到她的前面，远远地对着她小声说道：

"妈妈，我要出去了！"

"你最好把马赶到苜蓿地里去！"

"今天是西蒙结婚的日子，难道你不知道吗？"

"赞美天主！那又不是你的！"她讥讽地说道，"那你就去吧，可不许喝醉了，若是喝醉了，小心我打你！"

老太婆一边威胁着一边缓步朝邻居家走去。安德烈则赶紧换上一套节日穿的漂亮衣衫。

"我就要喝醉！为了气气你，我也要喝醉！"他边唠叨边往马特乌什家跑去，正好赶上他们全体都要到教堂去。没有歌声，没有大声叫喊，没有音乐，教堂里一片寂静，缺少喜气洋洋的气氛。婚礼仪式上也只有一对蜡烛。纳斯特卡默默地流着眼泪，西蒙心中也不是滋味，便把愤怒的目光投向寥寥无几的宾客和空旷的教堂。幸好婚礼结束时，风琴师奏起了欢快的乐曲，使教堂洋溢出了喜庆欢乐。

婚礼一结束，雅格娜便回到母亲那里去了，不过有时还到这边来探望一下。马特乌什拉小提琴，波利那家的彼得吹着长笛，还有人在用力敲着鼓，大家便在这间小屋里开始跳起舞来了。有些人在房子外面跳，围着摆有喜宴的桌子转来转去，还有人在吃菜喝酒，也有人在悄声细语地交谈着。因为这时还是大白天，还没有人喝得酩酊大醉，也没有人大吵大闹。

西蒙一直在缠着他的新娘，把她拉到一个角落里，拼命地吻她。

客人们都以善意的态度来取笑他，只有雅姆布罗兹阴郁地说道："可怜的人，今天你就好好高兴一番吧，明天你就得去还债了。"他说话的时候，一直在追逐着那个传递的酒杯。

的确，舞会并不是很热闹，大家对玩乐的兴趣也不高，因此不能指望他们在这里尽情地欢闹。有的人仅仅出于礼貌，在这里坐上一会儿，吃了点东西喝了口酒，当红霞满天时，许多人便告辞回家去了。只有马特乌什这位开心果，在这里又是拉又是唱的，还强拉着姑娘们同他跳舞。雅格娜进来后，他就一直陪伴着她，对她大献殷勤，抛媚眼、说悄悄话，完全不顾泪眼汪汪的特蕾莎。

其实雅格娜对他若即若离的，既不拒绝，也不亲密相待，只是耐心地听他说话，眼睛还注意着是否有波利那家的人来——她不愿见到他们。幸好他们没有人来。

村里的一些富裕人家也没有来，尽管他们都没有谢绝主人的邀请。他们只是按照惯例，送来了结婚的礼物，并没有人来吃喜酒。有人提起这件事情，雅古斯丁卡便按照自己的方式作了回答："如果有香气扑鼻的菜肴，有浓郁甘醇的美酒佳酿，有钱的客人便会纷纷前来，你就是用棍子来赶他们也赶不走的。可是，若是吃不饱肚子，喝不上一口好酒，谁还会来参加这种喜宴呀？！"

她已经喝得有些醉了，所以说起话来更无顾忌。她看到颠三倒四的雅谢克坐在角落里，伤心地唉声叹气，擦着鼻子，眼睛直盯着纳斯特卡，于是便把他叫了过来，好取笑一番。

"你去和她跳舞吧，能占多少便宜就占多少便宜，尽管你母亲禁止你和结了婚的女人接近，但是你只要多向她献殷勤，结了婚的女人也不会在乎多一两个男人的。"

接着，她又大喊大叫，唠唠叨叨，闹得大家的耳朵都受不了。雅姆布罗兹也喝得醉醺醺的，管不住自己的嘴巴。这一男一女便唱起双簧来，弄得大家捧腹大笑。

终于，这场婚宴在欢乐和玩笑之中结束了，夏夜苦短啊！

转瞬之间，大家都走了，只有雅姆布罗兹还留在那里，要把最后一滴酒喝干。新婚夫妇决定立即住进他们的新居去。马特乌什希望他们再留一段时间，但西蒙坚持要走，因为他已经向克温布借好了马和马车，把柜子、木箱、被褥和其他用品都装了上去。西蒙把纳斯特卡抱进车里坐好后，便跪在丈母娘面前接受她的祝福。然后他和内兄吻别，向大家深深地鞠了一躬，画了个十字后，便挥鞭催马前行，两旁都是送行的一家人。

他们默默地前行。太阳还没有西沉，大地上面霞光万丈，鸟儿在啼啭歌唱，麦穗低垂晃动，处处洋溢着一种欢乐祥和的气氛。

当走到磨坊附近时，有一对鹳鸟在他们头上盘旋飞翔，丈母娘见状便拍手称快道：

"好兆头，好兆头！大吉大利，子孙满堂！"

纳斯特卡顿时满脸羞红，西蒙则一副扬扬得意的样子，还吹起了口哨来，一双眼睛东瞧瞧西看看，显得无比喜悦。

终于只有他们两个人了，纳斯特卡打量了一下她的新家，伤心地哭了起来，西蒙便大声嚷道：

"哭什么，傻女人！别人还不如你呢！他们都很羡慕你呢！"

西蒙疲惫极了，再加上喝了不少酒，便躺倒在角落里的一堆杂草上，立即打起鼾来。纳斯特卡则在墙边坐下，望着远处利普查村的白色墙壁，又泫然泪下。

但是，她并没有因贫穷哭太久，因为全村的人好像都约好了似的纷纷来帮助他们。最早来的是克温布太太，她一手拿着一只母鸡，一手提着一个篮子，篮子里装有一窝小鸡。这是一个良好的示范。之后，每天都有主妇去看望她，而且都不是空着手来的。

"亲爱的大娘大嫂们，你们对我这么好，叫我怎么回报你们呀！"纳斯特卡激动地说道。

"一句道谢的话就够了！"希科拉太太送来了一块麻布，这样说道。

"等你以后变富裕了，就可以转送给更贫穷的人。"普沃什科娃补充了一句，从围裙下面拿出了一块不小的咸猪肉来。

村民们送来的东西，足够他们维持一段时间了。有一天傍晚，颠三倒四的雅谢克把他的小狗克鲁切克牵了过来，在屋子前面把它拴好之后，便立即跑掉了，好像有什么坏东西在追赶着他似的。

有人把这件事讲给纳斯特卡听，大家都大笑不已。雅古斯丁卡刚从森林里回来，听了却不屑一顾地说道："纳斯特卡，其实，中午的时候，他给你采了不少的草莓，却给他母亲没收了。"

第七章

雅古斯丁卡来到波利那家，她采的一篮子草莓，是送给尤什卡的。正好汉卡在房前挤牛奶，她便在篱笆墙基上坐下，把大家给纳斯特卡送礼的事情细细说了一遍。

"她们这样送东西，不过是要气气多米尼科娃。"她这样总结道。

"这也是在帮助纳斯特卡。我也应该给她送点东西去。"汉卡说道。

"刚好我要过去，顺便给你捎过去吧！"雅古斯丁卡对她说道。

这时候，房间里传来尤什卡的微弱声音，她在请求汉卡：

"汉卡，请你把我的那头小母猪给她吧，反正我也活不长了。纳斯特卡会替我的灵魂祈祷的。"

这也正好符合汉卡的意思。于是，她立即吩咐维特克把那头小猪抓住，送到纳斯特卡家里去——她自己是不想去的。

"维特克，你告诉纳斯特卡，小母猪是我送的，让她马上来看我，我现在走不动了。"尤什卡伤心地喊叫道。

这个可怜的女孩已经卧床一个星期了。她在发烧，身上长有皮痂和鳞片般的东西。一开始，由于她的坚决要求，她被安置在果园里的树下，可是病没有好转，反而越来越严重。

173

这种情形下，雅古斯丁卡便禁止她待在空气清新的地方，称："你必须躺在黑暗的地方，阳光会把体内发出来的痘疹又逼回体内去的。"

于是，尤什卡一个人躺在黑暗的房间里，哼哼唧唧的，只有虚弱无力的抱怨：无论是小孩子们，还是她的好朋友，一个也不来看她。这是因为雅古斯丁卡成了尤什卡的监护人，只要有人来看望，她就用棍子把他们赶走。

现在，雅古斯丁卡跟汉卡说完了话，便把草莓送到尤什卡那里去。她还准备了一种膏药，是用纯净的荞麦面粉，加上新鲜的未放盐的奶油，和鸡蛋黄搅拌而成的。她给尤什卡的脸上和脖子上都抹了一层厚厚药膏，上面还盖上一块湿布。

小姑娘很听话地接受治疗，只是有点担心地问道："我的脸上会不会留下麻点？"

"只要你不去搔它，什么麻点也不会留下，就像纳斯特卡那样。"

"可是它太痒了，我的老天爷！你还是把我的手捆起来吧，我真受不了啦！"尤什卡一再恳求，而且真会忍不住撕破脸皮的。老婆念起了咒语，还点上干燥的石莲来熏她，最后找来带子把她的双手缚在身体两侧，便出去工作了。

尤什卡静静地躺着，听着苍蝇的叫声，还听到了另一种奇怪的声音。它们老是在脑子里嗡嗡作响，让她仿佛在梦里一样。她也时常听到家里人会蹑手蹑脚地来看望她，又一声不响地离开了。随后她又会幻见到许多苹果树枝，结了许多苹果，沉重地低垂在她的脑袋上面，她试图坐起来伸出手去摘它，却怎么也够不着。她又听见一群羊挤在她周围咩咩乱叫……这时候，维特克正好来到了屋里，她立即听出了是他的声音："你把我的小母猪送到了吗？纳斯特卡说了什么？"

"她高兴得不得了，抱起小猪就吻它尾巴。"

"你这小坏蛋，不许你拿她来开玩笑！"

"我说的是实话。她要我告诉你,她明天一定来看你。"

突然间,尤什卡晃动起身体来,还惊惶地大叫:"把它们赶走……它们就要踩到我了……巴希!巴希!"

她又突然停止叫喊了,一动不动地躺着。维特克出了房间,但时不时会进来看一眼。有一次,她焦急地问道:"现在是下午了吗?"

"已经快午夜了,大家都睡着了!"

"啊,真的,难怪这么黑呀!你把这些麻雀都拿走,它们像是没长毛的小麻雀,叽叽喳喳吵死人了!"

他正在讲鸟巢的时候,她又突然大叫大喊地坐了起来:"西乌拉小狗去哪里啦?维特克,别让它乱跑,要不我爸爸又会用鞭打你了。"

有一次,她叫维特克坐得近一些,对着他的耳朵悄悄说道:"汉卡不让我去参加纳斯特卡的婚礼,但我偏要去,就是要气气她!我要穿上蓝色衬裙和狂欢节才穿过的那条裙子,大家都会盯着我看。维特克,你去给我摘几个苹果来,但不要被汉卡抓住。我要和那些男孩子跳舞!"

她又突然闭口不说话了,好像又睡着了似的。

维特克在她身边一坐就是好几个小时,用树枝给她驱赶苍蝇,给她喂水喝,像只孵蛋的母鸡那样照看着她。汉卡特意把他留在了家里,至于家里的牲口,则由克温布的小儿子马秋斯放牧的同时,也顺便照看一下。

呼吸不到森林里的清新空气和过不上自由自在的生活,的确让维特克很苦恼。但是,尤什卡的病却牵动着他的心,因为他愿为她赴汤蹈火。他时时刻刻都在想,怎样才能让她高兴起来,能笑一笑。

有一天,他给她掏来了一窝小鹡鸰。

"尤什卡,你摸摸它们!摸摸它们!它们就会对你叽叽欢叫起来,快摸摸它们吧!"

"你叫我怎么摸它们?"她抬起了头,说道。

等他把她的双手解开之后,她便用那双虚弱无力的手,捧起了那些毛茸茸的小鸟,将它们贴在自己的脸上和眼睛上。

"它们的心跳得可厉害了,可怜的小东西,都吓坏了,你把它们放了吧!"

"是我亲手逮到的,难道要我放走它们?"他反驳道,但最终还是放走了它们。

又有一次,他给她送来了一只小野兔,他提着它的耳朵,把它放在她盖的羽绒被上。

"亲爱的小兔子,可怜的小兔子,他把你从妈妈身边捉来了,你没有妈妈了,成了孤儿。"

她把它抱在自己的怀里,像抱婴儿一样,还轻轻地抚摸着它。小兔却一直在挣扎着,突然从她手上挣脱,蹿向走廊里的鸡群,吓得鸡咯咯大叫起来,随即消失在果园里了。突然惊醒的老狗瓦帕立即冲了过去,维特克也叫喊着冲了出来。闹声太大了,连汉卡也从院子里跑过来了,直让尤什卡差点笑痛了肚子。

"狗会把它抓住吗?会不会?"尤什卡着急地问道。

"怎么可能呢?瓦帕只看见了它的尾巴,兔子跑进麦地里,就像石头沉入大海一样。兔子是飞毛腿,根本就追不上。尤什卡,别难过,我一定给你再抓一只来。"

不管维特克弄到了什么东西,都会给尤什卡送来。比如说,金色斑点的鹌鹑呀,刺猬呀,还有经过驯服的松鼠呀。这松鼠在房间里上蹿下跳的,十分有趣,逗人发笑。有一次他送来一窝雏燕,它们叽叽喳喳地叫得好伤心,引得它们的父母也都叫着飞进了房间,尤什卡只好叫他放回窝里去了。此外,维特克还拿来过一些稀奇古怪的小玩意儿。至于他瞒着大人给她带来的苹果和梨,后来他们都不想再吃了。

最后，她对什么都没兴趣了，于是她背转身去，对周围的一切都不理不睬。

"我不想要这些了，你能不能给我弄点什么新玩意儿来。"她嘟哝道。她连鹳鸟都不想看了，把脸转了过去——鹳鸟这时候正在房间里大摇大摆地走来走去，还把它的长嘴伸到所有的锅和盘子里。它还躲在门背后，想给进门的瓦帕一次意外袭击。

有一次，维特克给她送来一只色彩鲜艳的食蜂鸟儿，她终于喜形于色："多么漂亮的小鸟儿，看起来好像是画上去的！"

"你可得小心，别让它啄你的鼻子，它是只不好对付的恶鸟。"

"可它并不想逃走呀！难道它已经被驯服了？"

"它的翅膀和脚都被绑住了，我还给它的眼睛涂上了一层油。"

这鸟儿让他们高兴了一段时间，但它一动不动地蹲在那儿，又不肯吃东西，便日益憔悴，不久便死掉了，令全家人都很伤心。

他们的日子就这样一天天地过去了。

外面的气候异常炎热，越接近夏收越是烤得人难受。白天几乎不能下地干活儿了，晚上也不凉快，依然非常闷热和炙人。人们就像生活在火炉里一样，即使在户外和果园里，也热得无法入睡。干旱和炎热给村里造成了巨大的损失，草场上的青草已经干枯得牲口都无法吃了，牛儿只好饿着肚子返回，在牛棚里饿得哞哞直叫。土豆在地里长得像栗子那么大，就不再长了。有些地里的燕麦长得只有几寸高。大麦的叶子枯了，黑麦也过早地干枯了，空瘪瘪的麦穗成了白茫茫的一片。人们陷入了深深的忧虑之中，因此每当夕阳西下时，人们都抱着满腔的希望，抬头望着天空，寻找着天空中出现的哪怕一丝一毫的变化。但是天空中连一块浮云都没有，就像一块亮晶晶的玻璃，太阳毫无瑕疵地西落，连一点下雨的迹象都没有。

有些人在天主圣像前焚香祈祷，痛哭哀求，但丝毫也不起作用——田地越来越干旱，庄稼枯萎，果实还没有成熟就纷纷掉落下来，池塘里的水少了，井里的水也不够用了。溪河里的水也越来越少，磨坊和锯木厂只好停工歇业，处处寂静而凄凉。全村的人都陷入绝望之中，于是大家一致决定，共同筹资举办一次求雨救灾的盛大弥撒。

他们的祈祷是那么虔诚、那样真心实意，就连石头也会感动。天主也对他们施予了仁慈。尽管第二天天气依然非常闷热，人人汗流浃背，鸟儿被烤得昏昏沉沉，母牛在牧场上哀声哞叫，马儿都不愿走出马厩，人们都无精打采的，个个都畏缩在干枯的果园里，不愿离开树荫一步。可是到了中午，当万物在这白热化的大熔炉里奄奄一息的时候，却突然出现了奇迹——天空中腾起一片浓雾，遮住了太阳，使其黯然失色，仿佛往太阳这个盘子上撒上了一层浓厚的灰烬。过了一会儿，就听见了一种奇怪的声音，仿佛是一大群鸟儿扑动翅膀的响声。接着，铅灰色的云层迅速聚集在一起，越聚越厚，越来越阴沉，翻滚起伏，遮天蔽日，狰狞可怖。

此时此刻，人们惊恐不安，沉寂的万物也都在瑟瑟发抖。

远处传来了轰隆的雷声，接着便是狂风大作，道路上的尘土螺旋般地直冲云霄。太阳散发出一种黄色的光芒，黄得就像沙子那样。天空立即黑了下来，一条条耀眼的闪电像火舞银蛇那样在空中呼啸而过。接着，一声惊雷在近旁炸响，大雨倾盆而下，人们纷纷跑出了屋。

整个大地上忙乱不堪，太阳完全被淹没了，天空一片黑暗，狂风乱作，雷电大兴，一道道密集的雨帘把光亮都遮住了，让人看不清外面的事物，狂风让树木发出凄厉的响声。霹雳一个接一个地打下来，强烈的闪光让人睁不开眼睛，滂沱的大雨中还夹杂着不少的冰雹。

暴风雨持续了一个小时左右，麦子倒伏了，道路变成了浑浊而又泡沫涌现的河流。不久雨势渐小了，天空也放晴了，变得明亮起来。但是没过多久，雷声又轰隆地响起，仿佛有几百辆大车在冰冻的地面上疾驰而过。大雨再一次倾盆而泻。

村民们都惊恐不安地向屋外的世界张望,有些人家点起了神台上的油灯,念起了《在你的保佑下》的祈祷词,有的还把圣像供奉在篱笆墙基上,以求天主保佑不要带来更大的不幸。终于,多亏了上帝的庇佑,雨渐渐变小了。暴风雨没有造成更大的灾难,然而,就在大雨即将停息的时候,从飘荡在村子上空的一片乌云里,突然响起一声巨雷,一团火花正好击中乡长家的谷仓。

火光和浓烟立即从谷仓里蹿了出来,转瞬之间,整个谷仓便烧了起来。大家都惊慌地叫喊着朝出事地跑去,但是要救谷仓是不可能的了,大火就像燃烧一堆干木柴那样把它整个吞噬了。但是,安特克、马特乌什和其他村民依然在拼命地救火,这样才保住了科兹沃娃家的房子和其他建筑物。这时候,有好几家的茅草屋顶已经在冒烟了,因为火星又密又快地向四周迸射出去,落在了别家的房屋上,多亏了道路上积水成河,可以及时取用,才挽救了这些房屋。

乡长这时正好不在家,他一早就到县里去了。不过他的老婆在家,面对这样的事故,她也是一筹莫展,急得就像抱窝的母鸡那样咯咯乱跑乱叫。危险过去之后,大家都回家去了,科兹沃娃朝她走了过去,两手叉腰,用一种幸灾乐祸的口气大声说道:"你看到了吗?乡长太太!你欺侮了我,天主就惩罚了你,这是报应呀!"

乡长太太立即张牙舞爪地冲了过来,多亏了安特克从中劝阻,才避免了一场斗殴。安特克顺便也向科兹沃娃说了几句狠话,她才像条被痛打的母狗那样汪汪叫着走回了家,说:"乡长太太,你别神气!我会加倍要回来的。"

但是她的话谁也没有听见。谷仓彻底烧毁了,只有废墟还在冒烟,大家都分散回家去了,乡长太太便向还留在这里的安特克诉起苦来。他开始还耐心地听着,到最后也只好搓搓手,离开了。

179

这时候，暴风雨已经转到森林那边去了，太阳又出来了。蓝色天空中飘动着朵朵白云，鸟儿又重新歌唱了，空气清新而又凉爽，人们走出屋子开始弥补暴风雨造成的损失，开口放水，填埋雨水冲坏的地方。

安特克快走到自己的家门口时，意外地碰见了雅格娜，她手里拿着锄头和篮子。他很客气地向她问候致意，她却用一种野狼似的眼神瞧了瞧他，一声不响地走过去了。

"哼！还这样目中无人！"他气愤地嘟噜了一句。之后，他看见尤什卡待在院子里，便凶狠狠地责骂了她一番，说她不该跑到外面这样潮湿的地方来。

小姑娘的病确实好多了，他们准许她整天躺在果园里了，她的天花痘疤已经脱落，没有留下疤痕。雅古斯丁卡还在偷偷地给她敷膏药，尽管汉卡抱怨黄油和鸡蛋用得太多了。

尤什卡的病日益见好，但是她每天只能独自一人躺在那里，维特克现在又被派去放母牛了，偶尔会有个好朋友来和她聊聊天，罗赫有时也会来坐一会儿。老阿加塔也会常常到这儿来，但她每次来，话题只有一个，那就是夏收时节，她一定会死在克温布家，而且会死得像个主妇那样体体面面的。但最常跟尤什卡做伴的是老狗瓦帕，它终日守护在她身边，寸步不离，还有那只一叫就到的鹳鸟，以及其他常常飞到她身边来吃面包屑的小鸟儿。

有一天，家里没人的时候，雅格娜前来看望她，还给她带来一包奶糖块，尤什卡还没有来得及感谢，雅格娜好像听到汉卡的声音，便一溜烟地拔腿跑掉了。

"但愿这奶糖有助你恢复健康！"雅格娜在篱笆外叫道。随即她便跑到她哥哥家里去了，也给他捎去了一点东西。

纳斯特卡正站在一头母牛的旁边，照顾着它喝木桶里的水。西蒙则在房子旁边搭建一个棚子,还使劲地吹着口哨。

"你们有了母牛啦?"她无比惊讶地问道。

"是的,我们有了!你看,漂亮不漂亮呀?"纳斯特卡扬扬得意地说道。

"真漂亮!一定是地主家的品种。你们什么时候买的?"

"这牛不是我们买的,但归我们所有了。我现在把一切都告诉你,你肯定不会相信。昨天一大早,我就觉得有什么东西在摩擦我家房子的墙角,而且震动不小。原先还以为是从牧场上偷跑过来的猪,来蹭掉身上的污泥,于是我又躺下了,还没有睡着,又听见模模糊糊的牛叫声,于是我爬起床来,走出门外一看,只见一头母牛被绳子拴在门外,脚边还有一把苜蓿。母牛的乳房鼓鼓的,很丰满,它抬头望着我。我擦了擦眼睛,还以为自己在做梦呢。但这不是梦,站在我身边的确确实实是一头活母牛,它还哞哞叫着舔我的手指。于是我断定它是走失的,西蒙当时也说道:'过不了多久,肯定会有人找来的。'但有一点很蹊跷,让我想不明白——为什么它是拴着的。它不可能自己拴自己的。到了中午都还没有人找来,于是我给它挤了奶,因为它的奶水胀得都流到地上来了。傍晚到了,之后黑夜也来临了,仍没有人找来。我问遍了全村的人,对于母牛走失的事,他们谁也不知道。老克温布说,这很可能是盗贼设下的圈套,要我送到官府去。我不同意,可也没有别的办法,直到第二天中午罗赫来了,他说:'你很正派,又很穷,所以天主才赏赐给你一头母牛。'"

"母牛是从天上掉下来的?再傻的人也不会相信!"

"他大笑了起来,离开时说:'牛是你的了!你不用担心,谁也不能从你手中夺走。'"

"听他这么一说,我以为牛是他送给我们的,于是就跪在他的面前向他表示感谢,但他却后退拒绝了,还微笑着说道:'你要是见到雅切克先生，千万不要因为母牛的事对他表示感谢，你若是感谢了，他反而会生气的，甚至还会拿棍子打人，因为他从不接受别人的感谢。'"

"这么说来，是雅切克先生送给你们的了！"

"世界上对穷人这样慈善的人，你很难找到第二个！"

"说得不错。他还给斯达赫送去建房子的木料，其他方面的帮助也有！"

"他简直就是个圣人！我一定要天天为他祈祷！"

"你要小心！一定要提防别人把母牛偷走！"

"什么？要偷我的母牛！我的天啊，哪怕我跑遍全世界，也会把牛找回来，也要把偷牛贼的眼睛挖出来。天主绝不会让这种罪行发生的，在西蒙把牛棚建好之前，每天晚上我就让母牛和我们待在一起，睡在屋子里。雅谢克送来的克鲁切克也会看好母牛的！啊，我亲爱的宝贝，啊！我的欢乐和欣慰！"纳斯特卡轻轻说道，抱住了它的脖子，亲吻它的嘴唇。母牛也哞哞欢叫起来，使小狗不住地欢跳吠叫。鸡也吃惊地乱叫一气。而西蒙的口哨也吹得更带劲了。

"显而易见，你们得到了天主的保佑！"雅格娜说道。她凝视着他们俩一会儿，发出了一声感伤的叹息。现在，他们两个人，尤其是西蒙，变得都让人认不出来了。过去大家都把西蒙看成是个窝囊废，是个替罪羊，谁都敢踹他一脚揍他一拳，在家里也是个受气包。可是现在呢，完全成了另一个人，他能说会道，坚毅苦干，而且仪表堂堂。

"哪块地是你们的？"雅格娜沉思了一会儿才问道。

纳斯特卡指给她看了，而且还告诉她他们准备种什么，在哪块地上种。

"你们的种子怎么办？"

"西蒙说过，我们会弄到种子的。他说了，就一定会有，他是不会说瞎话的。"

"他是我哥哥,我当然了解。你这种口气,好像是在对陌生人说话。"

"他是这样正直、聪明、勤劳,这世上很难找出第二个人来的!"纳斯特卡热情地说道。

"那是一定的!"雅格娜表示同意,又问,"这块用土堆标明地界的地是谁家的?"

"是安特克·波利那的。现在之所以没有耕种,是因为马捷伊死后他们在等着分家。"

"这块地差不多有半个村子大,好大的一份产业啊!"

"他们待我们不错,愿天主十倍地保佑他们。安特克还在地主面前替我们担保土地的分期付款——他帮我们的事还不止这一桩。"

"安特克?他帮西蒙?"雅格娜非常惊讶地说道。

"汉卡也不比他差,送了我一头小母猪,而且还是头名种。虽然现在它还小,但它长大后,会给我们带来回报的。"

"你告诉我的这件事倒是件奇闻,汉卡给了你一头小母猪,真是不敢相信。"

她们回到了屋里,雅格娜从手巾包里拿出了十个卢布,递到了纳斯特卡的手里。

"这是点小意思,拿好。我之前没有早点送来,是因为犹太人没有把买鹅的钱付给我。"

他们都很感谢她,临走时,雅格娜又说道:

"再过一阵子,等老娘的气消了,会把家产分给你们的。"

"我不需要!她这样虐待我,让她把这种罪孽带到棺材里去吧!"西蒙突然勃然大怒道,而且气势汹汹的。

雅格娜再没说什么就走了。她朝家里走去,心情十分郁闷、沮丧,一副无精打采的样子。

"我算什么呢?!只是一根没人要的干根枯茎。"她叹息道。

半路上,她碰上了马特乌什,他本来是要到他妹妹那里去的,现在转过身来陪着她往回走,注意听她讲述西蒙的事情。

"并不是所有人都过得那么好。"他阴郁地答道。

他们的谈话并不顺他的心意,他有满肚子的话想对她倾诉,但又不知道从何说起,而雅格娜的眼睛却在凝望着处在夕阳霞光之中的利普查村。

"嘿,这个世界如此狭小,让人觉得沉闷憋气!"他像是在自言自语。

她用疑问的眼神望着马特乌什。

"你怎么啦?一脸的苦相,你有什么可苦恼的?"

于是他便向她诉说起来,他是多么厌恶现在的生活,厌恶村里的一切,他决定要离开这里,远走高飞,到外面世界去闯荡一番。

"你要想有所改变,那就结婚好了。"她开玩笑地说道。

"要是我想要的人能够嫁给我就好了!"他一边说着一边注视着她的眼睛。

她不由自主地把脑袋掉转过去,显得有些慌乱。

"那你就去问问她呀。谁都会愿意嫁给你的,不少姑娘盼着你派媒人去提亲哩!"

"若是遭到拒绝该怎么办……多么丢脸,又多么痛苦。"

"那就派人到另一家去提。"

"我可不是那样的人,我喜欢上了一个人,就不会再去向别人提亲。"

"对于男人来说,所有姑娘都一样香,他们乐意和每个姑娘交往。"

他没有反驳,而是采取了另一种进攻的方式。

"雅格娜,你要知道,等你服丧期一满,就会有不少的小伙子让媒人带着伏特加来向你求婚!"

"让他们自己去喝吧,我谁也不嫁!"她说得很坚决,让对方也不由得要好好思考一番。

她又说出了内心话:现在除了雅西,她再也没有喜欢的男人了!但是雅西……一想起雅西,她就止不住叹息起来。她无限深情地谈起雅西,令马特乌什非常尴尬。话不投机,他又立即转身朝他妹妹家走去。

这时的雅格娜,眼神恍惚不安,望着周围的世界,沉浸在思念中,自言自语道:"他现在在做什么呢?在做什么呢?"

突然她大吃一惊,因为有人从后面把她紧紧抱住了。她拼命挣扎。

"你现在该补偿我了!"乡长热情却轻声说道。

雅格娜勃然大怒,从他的紧抱中挣脱出来。

"你要是再敢碰我,我就把你的眼珠子挖出来,还要让全村的人都对你恨之入骨。"

"别嚷嚷,雅格娜,小声点!我给你带来件礼物。"他把一串珊瑚项链放到她的手里。

"把它拿走!你给的一切礼物,在我看来只不过是一堆垃圾而已。"她怒气冲冲地说道。

"雅格娜,你这是什么意思?"乡长给弄糊涂了,结结巴巴地问道。

"意思就是说,你是头猪,以后别再来纠缠我了!"

她怒火中烧,三脚两步地跑回家里去了。母亲正在削土豆,安德烈在院子里挤牛奶。她也开始做起傍晚的家务来,但怒气未消,心情难以平复下来。这时天已黑了,她又要出去闲逛了。出门时,她对母亲说了一句:"我到风琴师家去走走。"

她最近常常到风琴师家去,还帮他们做各种事情——她这样做只是为了能听到雅西的消息。她紧赶慢赶地,就是想今天能听到有关雅西的新消息。

很快，她就看见了雅西房间内的灯光在黑暗中闪闪发亮。米哈乌正在屋里的吊灯下面写着什么，风琴师夫妇双双坐在房子的外面，享受着夜晚的清凉。

"雅西明天下午回来!"风琴师老婆用雅西的新消息来欢迎她。听到这个消息，雅格娜喜不自胜，感到双腿发软，差点就要倒下来了。她的心也跳得特厉害，几乎都喘不过气来，浑身发热发抖。出于礼貌，她还是陪着他们坐了一会儿，然后，她就朝森林那边跑去，速度之快，就像一头被猎人追赶的野兽。

"主啊！我亲爱的主啊！"她心中充满无限的感激之情，不由自主地喊叫道。她伸开双手，泪如泉涌，一种奇妙的喜悦之情袭上心头。这种感情又是如此强烈，令她禁不住想放声歌唱，想大声叫喊，想疯狂奔跑，想亲吻树木、亲吻她脚下被月光照成银灰色的田地。

"雅西要回来了！要回来了！要回来了！"她一再地念叨着。突然，她受到欲望和期待的驱使，像小鸟那样向前飞跑起来，似乎是要奔向自己命运的终局——连语言都难以描述的幸福。

她回家时，夜已深了，全村的窗户都是黑沉沉的，只有波利那家还有灯光，有许多人聚在他家里正在商量着什么。而她一路上想的尽是明天雅西回来的事情。

可她躺在床上，却翻来翻去地无法入睡。她听到母亲那震天响的打鼾声，便悄悄地溜到了屋外，坐在墙边，想等到睡意的来临，或者一直等到天明的到来。

她有时望着池塘中那闪闪发亮的倒影，忘记了身边的一切。一大堆模糊、阴郁的思绪，像蜘蛛网那样包裹着她，把她带入那无法满足的欲望世界中。

月亮落下去了，天空现出了暗灰色，群星在高空中闪耀，时而有一颗流星从高空急速降落到远处，把她吓得心战胆寒，浑身发抖。有时会有一阵微风轻轻掠过,就像有一双温柔的手在抚摸她的脸。有时又会从田野那边刮来一阵沁人心脾的暖风,让她心旷神怡。她伸开手脚,挺直身子,猛烈地吸吮着那芬芳的香气,全神贯注在幻象中,感受到一种无法形容的美妙。黑夜正在静悄悄地慢慢逝去,似乎故意不去打搅处于幸福之中的这个人。

波利那家的灯光一直亮着,而维特克也还在大路上站岗放哨,免得有不速之客来偷听他们说话——他们正在商量怎样应付明天区公署召开的大会,乡长已通知大家,所有利普查村的农民都要参加。

房间里很昏暗,只是在壁炉架上点亮了一盏油灯,在以安特克和格热拉为首的二十多个农民中,只有少数几个人能被辨认得出来。

罗赫坐在黑暗处,详细地向大家讲解在利普查村修建学校会给全村带来什么。接着,格热拉还分别向每一个人交代怎么回答长官的提问,怎样进行投票。

他们在一起讨论了很久,虽然也有争论,也有不同意见,但到最后还是统一了口径。天亮之前,大家都匆匆散去了。

只有雅格娜还待在屋外,一直没有合眼,依旧沉浸在她的夜晚幻想中,口中一直像念祈祷文那样反复喃喃:"他要回来了!他要回来了!"

此时此刻,完全可以确定这个"明天"已经来临了。她特别想看看,这个新的黎明会给她带来什么。她怀着恐惧和欣喜,把自己交给了她未来应有的命运。

第八章

中午时分，天气越来越热，所有与会的人员都聚集在区政府办公大楼的前面，可是区长还没有到场。文书多次跑到大门外，用手掌搁在眉头上遮住阳光，望向两边都栽有杨树的宽阔大路，可除了昨天被大雨冲成的坑坑洼洼中有水光闪耀外，什么也没有。不过，有一辆大车在大路上缓缓驶了过来，还有一个农民的白外套在树木中间晃来晃去。

大家都在耐心地等着，只有乡长一人在忙碌着，他神情紧张，时而望着大路，时而大声催促那些正在办公大楼前广场上填平坑洼的人们加紧工作。

"快点干，伙计们！看在上帝的分上，加油干呀！区长到来之前，你们就能完工。"

"你这样慌里慌张的，不怕出事故呀？"有人顶了他一句。

"伙计们，要快马加鞭呀！我是来监督的，现在可不是开玩笑的时候！"

"大家都知道，乡长什么都不怕，就怕上帝。"有个热普基村的人笑着说道。

"谁若是再乱嚼舌头，我就把他关进牢里去！"乡长勃然大怒道。接着他就跑到墓地去了，墓地和办公大楼同处在一个高地上，而办公大楼便成了高地的顶峰。

墓地上古树参天，绿荫蔽日，透过老树的枝丫，可以看见教堂的灰色塔楼，以及屹立在石墙之上的十字架——它俯视着那条通过村子的大路。

乡长不见有人前来，便留下一个村长和大家在一起，他自己独个儿走进办公大楼去了，那里不断有人进进出出的。文书时不时地把一个农民叫到办公室去，当面提醒他赶紧补交所欠的税款，还有未付的法院建房屋的捐款，以及其他种种重要的事情。文书提及的这些事情，无人听了不唉声叹气，在这样无比困难的时刻，谁还有能力去偿付这些苛捐杂税呢？有的人连买盐的钱都没有，于是他们只有一再求他宽谅，有人说尽好话，还吻他的手，有的还把自己身上所剩的最后一文钱塞进了文书张开的手心里。大家都在恳求文书宽限到夏收以后，或者下次赶集的时候。

这个文书是个狡猾的浪荡子弟，也是个损人利己的老狐狸。他在搜刮老百姓的民脂民膏方面真是不择手段，有的时候采取恐吓手段，利用宪兵来敲诈勒索；有的时候靠许愿承诺，来榨取别人的钱财；有的时候则用拉关系、套近乎的办法占尽别人的便宜。他会因人而异，对不同人采取不同方法来捞到好处。不管你愿意不愿意，他要什么你就得给什么，他要燕麦、要几只小鹅送区长，你都得答应下来。临走的时候，他又会把熟人拉到一旁，以一种友好的态度向他们提出建议。

"你一定要赞成建学校，你要是反对，区长会生气的，甚至还会取消你们和地主达成的森林协议。"他对利普查村的人说道。

"这是怎么回事？这个协议可是我们双方自愿签订的呀！"普沃什卡不无惊讶地说道。

"是的，不错。难道你不知道，地主和地主才会称兄道弟？地主和农民永远格格不入。"

普沃什卡惶恐不安地走出去了。文书又叫来别村的人，用不同的方法去吓唬每一个人，想让他们投票建学校。

前来参加大会的农民可不少，大约有二百多人。一开始是按村分开来站的，同村的人站在一起，彼此都很熟悉。这样一来，每个村便各成一堆，有利普查村的、莫德利查村的、普齐温卡村的和热普基村的。后来他们知道了，区长要大家投票建学校，便开始相互来往，从这一堆到另一堆，形成了志同道合的小集体。只有热普基村的贵族们瞧不起农民，不和别村的人混合，尽管他们也很穷——大家都嘲笑他们是三户人家共一条牛尾巴。其他村的都混杂在一起了，就像一个盘子里的豌豆一样，散布在广场上，也有不少人躲在墓地的阴凉之处，或者藏身于马车里面。

人们主要聚集在大酒馆周围——大酒馆设在办公楼的对面，被稠密的树木所环绕，使人仿佛置身于枝繁叶茂的小树林中。虽然田野上有阵阵凉风吹过，但这里却热气炙人。许多人受不了这种炎热的炙烤，都很乐意到酒馆去喝杯啤酒，因此酒馆里已是拥挤不堪。许多人只好在树下站成一堆，相互低声交谈着，议论起新听来的各种消息，同时留心着办公大楼的动态，和它旁边文书住的那个房子——那里人来人往，最为热闹。

文书的老婆常常从后窗露出她那肥胖的脸蛋，大声喊道：

"快一点，马格达，你这个懒鬼，但愿折断你的腿才好！"

人们可以听到这个姑娘在房子里走来走去的声音。她的脚步很重，震得窗户上的玻璃都嘎嘎直响。有个小孩直着嗓子在大声哭叫。房子后面的某个地方，受到惊吓的鸡群也咯咯乱叫。还有个警察，正在追赶麦田里和大路上的小鸡，气喘吁吁的。

"看来他们要设宴招待区长了。"有人说道。

"听说昨天文书运回了半车好酒!"

"他们保不定又会喝得酩酊大醉的!"

"完全可能!老百姓捐给他们的钱还少吗?他们手里的钱是怎样花掉的,谁也监督不了。"马特乌什说道。

这时候,有个人赶忙提醒大家道:"别说了,警察来了!"

"他们就像那些野狼一样到处游荡,谁都揣摩不透他们会在哪儿出现,会从哪条路上来。"

这些警察在办公楼前站成了一行,大家见状便闭口不作声了。警察旁边还站了一些人,其中就有乡长、磨坊主。铁匠在远处转来转去,一直在专心致志地听别人的谈话。

"这个磨坊主呀,像只饿狗那样在向他们摇尾乞怜!"

"这些警察是来保护区长的!"乡长的弟弟格热拉说着,来到安特克、马特乌什、克温布和斯达赫·普沃什卡站立的地方。但他们商谈了一下,便分散到人群中去,谈论重要的事情去了。大家都安安静静地听着他们的讲话,有的叹息一声,有的搔搔头发,露出为难的神情,有的对正在靠近的警察看上一眼。

背靠在酒馆墙角的安特克充满了信心,说话简短有力。马特乌什则和站在门边的另一群人在一起,他说话幽默风趣,令大家哈哈大笑。而在靠近墓地的另一伙人里,格热拉像个智者那样,滔滔不绝地发表演说,仿佛是在念一本打开的书似的,人们很难听懂。

这三个人的说话风格各不相同,却有共同的主旨、共同的目的:不要听信区长的讲话,不要理会那些平时趋炎附势的人,绝不投建新校的票。

大家静静地听着,都把头低了下来,就像树木被风吹得弯下那样。谁也没有说话,但都点头赞同,因为就连最大的傻瓜也懂得,创建这样的新学校,唯一的好处,就是让大家交纳新的税款——这是谁也不乐意的。

但是大家的心里还是七上八下的,他们时时换着脚站,打着喷嚏,都把握不住该怎么做才好。

的确,格热拉的劝说很在理,安特克也说到人们的心坎上去了,但是要去反对区长——官方的决策,他们心里还是非常害怕的。

大家你望着我我望着你,都在看着别人如何行动,特别是那些富裕农民。磨坊主和各村的头面人物纷纷在此抛头露面,纯粹是要在警察和文书面前留下好的印象。

安特克想去劝说他们,磨坊主却毫不客气回敬道:

"只要不是傻子,就会知道自己该怎么投票。"

他转向铁匠,铁匠毫无主见,总是附和着别人的意见,转来转去的,窥探着事态发展的方向——他和文书交谈,又跟磨坊主套近乎,还请格热拉闻一撮鼻烟,自己却一点也不表明态度。弄到最后,他自己都无法确定,该支持谁了。

这时候,大多数人都已打定主意,决定投反对票了。他们分散在广场的各处,不顾炎热,在一起争论起来,而且声音越来越大。

就在这时候,文书从敞开的窗口向外喊道:"你们谁过来一下!"

谁都没有动弹,好像没有听见似的。

"你们出来个人替我到地主家去取鱼,本该早上就送来了,但到现在都没有送来,你们快点呀!"他用命令的口气大声道。

"我们不去,我们不是来替你跑腿的!"有人应道。

"还是他自己去吧,他不是很在乎他的那个大肚子吗!"

大家听到这话,都哄然大笑起来,文书却气得连声大骂。

这时,乡长从房子的后门出来,绕过酒馆,直接朝地主的庄院奔去了。

"他刚刚肯定是在给文书妻子的孩子们换尿布洗尿布,现在他是急着出去换换空气呢!"

"文书的妻子是不喜欢房间里有臭味的。"

"等着瞧吧,过一会儿,她还会吩咐他去把瓷盘拿来哩!"大家都哄笑起来。

"奇怪的是,怎么没有见到地主呀?"有人好奇地问道。

铁匠露出狡黠的笑容,回答道:"他是个聪明人,他不会来的!"

大家用询问的目光望着他。

"他是不会赞成建立学校的……那他何必来这里和区长大人争吵呢?因为建学校他得出一大笔捐款,他才不干呢,这个聪明鬼!"

"那么,你,米哈乌,会和我们站在一起,是不是?"马特乌什急切地问道。

铁匠就像一条被人踩了一脚的虫子那样,扭动了几下身子,支吾着应付了一下,便跑去和磨坊主说话了。

磨坊主此时已来到农民堆里了,正在劝说老普沃什卡,他说话的声音很大,就是想让其他人也能听见。

"你们还是听我的劝告,按政府要求的投票吧,学校非建不可!即使是最坏的学校,也比没有的好。你们所期望的那种学校是根本不允许的,用脑袋去撞石墙,是毫无意义的。即使你们不投票,他们完全不需你们的同意,照样可以把学校办起来。"

"如果不捐款,他们怎么能建起来?"有个旁听者插了一句。

"你真傻!他们自己会来收的,你要抗捐吗?他们会把你最后一头母牛都卖掉,甚至还可以用反抗政府的罪名把你关进监牢。你们明白吗?"他转向利普查村的农民们说道,"你们现在面对的不是地主老爷,而是区长大人,这可是不能开玩笑的!我奉劝大家,还是按照他们吩咐的去做吧,不出什么纰漏就谢天谢地了。"

他的意见得到了同样想法的人的肯定。普沃什卡经过一番思考之后，说了一句出人意料的话："你说得对！罗赫蒙骗了我们，想把大家引入歧途！"

一个来自普齐文克的农民出来证实道："罗赫是和地主们站在一起的，所以他煽动大家反对政府。"

四面八方都有人反对他的这种说法，但他毫不畏怯，等大家安静了下来又继续说道："我说过，帮助他的人都是傻瓜。"他用挑衅的目光望着大家，"谁若是不爱听我的话，那就站出来，我会当面对他说：'你是傻瓜！'因为他不知道，自古以来，各个地方均是如此：贵族地主们起义反抗政府，农民们参加，却遭到不幸。等到秋后算账的时候，倒霉的是谁呢？是农民！哥萨克兵驻扎在我们村子里，挨打的是谁呢？受苦受难的是谁呢？被关进监狱的又是谁呢？是农民！地主会为你做主吗，会来保护你给你求情吗？不，他们像犹大那样，鬼鬼祟祟地溜走了，背叛了大家，置大家不顾。不仅如此，他们还会在自己的庄院里宴请那些政府的官员。老百姓在他们的心目中根本毫无意义，他们怎么会为人民说话呢？"

"如果可以的话，他们明天就想恢复农奴制。"另一个人大声说道。

前面的那个人又继续说道："格热拉刚才说，要他们用我们的语言来教书，如果他们不答应，我们就投票反对，也不出钱办校——他的想法倒是不错。不过，只有长工才敢对雇主大声说：'我不干了！'然后大骂一顿，急忙逃走。我们农民却无法逃走，参加反抗活动就只有遭棍子痛打一顿，绝不会有人来替你受过的。我要告诉你们，赞成建校受到的损失要比对抗政府官员的损失轻得多。的确，他们绝不会用波兰语来教孩子们，但他们也根本无法把我们变成俄罗斯人。因为我们每个人都会像现在那样，遵照母亲的教导，用我们自己的语言来向上帝祈祷，来进行交流。最后，我还要对你们再说一遍，要符合我们自己的利益来办事，让贵族地主们狗咬狗去，即使他们争斗得狗血喷头，都不关我们的事。无论是这一帮还是那一帮，统统都不是我们农民的兄弟，让他们见鬼去吧！"

聚集在他周围的人越来越多，都大骂他是条疯狗。磨坊主和其他几个人支持他，但无济于事。格热拉一派的人挥动着拳头拥了过来，眼看不好的事就要发生。这时候，老普里切克大声喊道："警察正听着呢！"大家都突然安静下来了，这时候，这个老头子便用一种愤恨的语气说道："他说的千真万确，我们应该为自己的利益着想！不要吵了，你们自己都说过了，也该让别人说说。你们以为自己嗓门儿大，就是什么大人物了，把自己看得比神父还聪明。就算你们嘲笑我，我也还是要旧事重提，那一年贵族们要反抗俄国政府，你们还记得他们是怎么蒙骗我们的吗？那时候，他们赌咒发誓，只要波兰获得了独立，大家就能随心所愿——我们就会有自己的土地、自己的森林，就会有想要的一切。贵族们又是许愿又是发誓，于是我们便听信他们了，为他们拼命效力了。可是结果呢？我们什么好处也没有得到！你们要当傻瓜，就去听地主的，可我已经经历过太多了，知道他们口里的波兰是什么意思——就是背上遭鞭打、就是农奴制和压迫！我已经……"

"打他的嘴巴，封住他的嘴！"有人喊道。

但是他还在继续说："我现在就是这样的贵族，和他们一模一样，我有自己的权利，任何人都不能动我一个指头！哪里好，哪里就是我的波兰！"

嘲笑的声音从四面八方向他袭去，把他的声音完全淹没了。

"你就像头猪那样，只要有个猪圈，猪槽装满了饲料，就心满意足了！"

"将来养肥了，你就会享受到背遭棍打、喉遭刀割的滋味了。"

"上次赶集的时候，不是有个警察把他揍了一顿吗？现在竟敢吹牛说，没人敢动他一根毫毛呢。"

"他唠唠叨叨的，就像马的尾巴在晃动那样。"

"他倒像个贵族老大爷，只是靴子里塞满了干草！"

"他连鸡的好坏都分不清楚，还要教训我们。"

老头儿怒不可遏，大声吼道："狗杂种，对白发老人一点也不尊敬！"

"那又怎么样？难道就因为你毛是白的？这么说来，就连白色牝马都该受到人们的尊敬了！"

大家又都哈哈大笑起来，不过这时，人们的目光开始转到办公大楼的屋顶上，因为上面站着个警察，正靠在烟囱上，向远处眺望。

"约瑟夫，闭上你的嘴巴，否则会有东西掉进你的嘴里。"大家嘻嘻哈哈地笑道。因为这时正好有一群鸽子在他的头顶上盘旋，而他只顾得张嘴喊叫："来了，来了！已经过了从普齐温卡村来的转弯处了！"

人们纷纷朝区公所的房前聚拢过去，越聚越密，都静静地望着大路，尽管大路上依然空无一人。

太阳已转到旁边的屋脊上去了，从遮阳棚映出的阴影越来越大。蒙着绿布的桌子上摆放着一个十字架，一个穿着红衣的助手把纸摆在桌上，他鼻子里一直在呼噜作响。

文书立即穿上他的节日服装，整个屋里都响起了他老婆的吆喝声、盘碟的叮当声、家具的移动声和人们的脚步声。

过了一会儿，乡长出现了，他站在门口，脸红得像甜菜头，他气喘吁吁，紧张得直冒汗水，还披上了官职带。他向周围的民众扫了一眼，厉声喊道："大家肃静，乡亲们，这里不是酒馆！"

"彼得，到我这儿来，我有话同你说。"克温布对他大声喊道。

"嘿！你在叫谁？这里没有叫彼得的，只有政府的官员！"他很高傲地答道。

他的话立即被打断，大家还取笑了他一番。这时候，乡长用庄重的口气喊道："大家快快闪开，给区长让出条道来！"

一辆马车出现在了大路上，摇摇晃晃地驶过那些坑坑洼洼、满是车辙的大路，在区公所屋前停住了。

区长抬手碰了一下帽子，农民们纷纷脱帽致敬，瞬间鸦雀无声。乡长和文书赶忙走上前来，双双扶着他下车。警察们端端正正地站立在大门的两侧。区长走下车来，脱下路上穿的白色罩衣，转过身来望了望聚集在那里的民众，捋了捋他那浅黄色的胡须，摆出一副威严的样子，向大家频频点头之后便向文书家走去，文书则点头哈腰着。

马车驶走了，农民们又聚拢在桌子周围，他们意识到大会快要开始了。可是过了好一会儿，区长大人依然没有露面，倒是从文书家里传出了碰杯和欢笑声，以及让人垂涎欲滴的菜肴的香味儿。

农民们都等得不耐烦了，个个都热得很难受，于是有些人悄悄地溜进了酒馆，乡长见状大声喊道："谁也不许离开！谁缺席就罚谁的款！"

大家都给吆喝住了，没有人敢擅自离开广场，但是大家望着文书家拉起窗帘的窗子，心中很不是滋味，说了许多怪话和骂街的话：

"他们大吃大喝怕人看见呢！"

"他们这样做也对，怕我们看见了会流哈喇子，会渴得更厉害。"

拘留所是和区公所连排的，从拘留所里传出凄惨的牛叫声，过了一会儿，一个警察牵着一头牛出来了。这头牛使劲地挣扎着，突然用头朝他撞去，把他掀翻在地后，便撒腿跑开了，在扬起的尘土中它把尾巴翘得高高的。

"抓小偷！快去抓小偷！"人们大笑着叫喊起来。

"给它尾巴上撒些盐，它就会回来的！"

"它太狂妄了，竟敢逃出拘留所，甚至还敢对乡长大人翘尾巴！"

大家讥笑嘲弄了一番。后来，多亏了各村村长的帮忙，人们才把牛赶到了院子里，他们累得气喘吁吁的。乡长又吩咐他们快把拘留所打扫干净，他也亲躬力行，帮着干了不少事，生怕区长大人会到这里来检查一番。

"不过，乡长大人，你该用香去熏一熏，不然的话，区长大人的灵敏鼻子立即就能闻出里面关押了什么东西。"

"不用担心，只需再喝两杯，风就会把一切味道吹得不见踪影的！"

众人还对乡长说了许多冷嘲热讽的话，把他气得咬牙切齿干瞪眼。到最后，大家实在忍受不了炎热、饥饿和等待的煎熬，都无精打采的，也不再去说什么笑话了，不顾乡长的命令，纷纷走进酒馆或者到树荫下去躲热。

格热拉还冲着乡长叫嚷道："你尽管叫喊到天黑，我们可不是哈巴狗，绝不会跟在你后面俯首听命的！"

他看到自己没有受到警察的监视，很是高兴，便又在人群中间转来转去，对每个人都提醒一番该如何投票。

"不用害怕！我们有权按照自己的意旨来投票。大家不喜欢的事情，谁也不能强迫我们去接受。"

大家还来不及在树荫底下躺一躺，或者在酒馆里吃点东西，各村的村长便在叫唤自己村里的人了，乡长也跑了过来，叫喊道："区长出来了！大家快过来，我们开会啦！"

"他倒是酒醉饭饱了，让他等着吧，我们现在不着急了！"农民们嘟嘟囔囔道。

大家都是满肚子的怨气，慢吞吞地朝区公所前面走去。

这时候，村长们都站在本村村民的前面，乡长则坐在桌子后面，旁边是文书的助手。助手打着呼哨想驱散盘旋在他们上面的一群鸽子，这些鸽子好像成了一团飘浮的白云。

"肃静！"有个站在大门口的警察突然立正，用俄语喊道。

所有人的眼睛都转向大门，可是从里面出来的只有文书一人，他手里拿着几张纸，侧身坐在桌子后面的一个空位上。

乡长摇起了铃铛，威严地大声道：

"现在开会了，大家安静！莫德利查村的村民们，不要说话了！现在请文书给大家宣读一下有关创办学校的文件。你们需要好好地听着，就能知道文件的全部内容。"

文书戴上眼镜，开始读起文件来，他读得很慢，很清晰。

大家屏息静气地听了一会儿，有人大声叫道："我们听不懂！"

"我们听不懂俄语！用我们自己的语言来读！"很多人附和着。

警察们恶狠狠地盯着民众不放。

文书的脸上凶相毕露，很是难看。不过最后，他还是不得不把文件译成波兰语给大家宣读。

场上顿时鸦雀无声，大家聚精会神地听着，每一个字都不放过，人们像望着圣像那样盯着他看。

文书继续一字一句地念着：

"现决定在利普查村建立一所学校，兼供莫德利查村、普齐温卡村、热普基村和其他小村的孩子上学使用。"

接着，文件又指出了，创立学校之种种益处。政府日思夜想的就是要普及教育、帮助民众去战胜各种邪恶势力，以提高文明的程度……最后是计划预算方面的内容："需要征用土地来建筑操场和供教学用的房屋、收取维持学校日常运作和教师工资的资金，因此决定，每垧土地应征收二十戈比的税金。"文书停止了宣读，擦了擦眼镜，又用自己的话补充道，"区长大人对我说过，只要你们今天投票决定了，年内就可以开工建校，明年秋天，孩子们就有学可上了。"

他说完之后，大家都默不作声，人人都在沉思，个个都耷拉着脑袋，被这笔新的税款所压倒。

乡长又开口说道："文书读的文件，你们都听清楚了吗？"

"听清楚了！我们又不是聋子！"这边和那边都有人在回答。

"如果有谁反对这个计划，就请出来说说理由！"

大家默不作答，只是用胳膊肘你碰碰我我碰碰你，没有一个人敢挺身发表自己的意见。

"既然如此，那我们就先来表决附加税的事情，完了大家好回家去！"乡长提议道。

"这么说来，大家全都赞成这个计划吗？"文书庄重地问道。

"不，不！我们不要！"格热拉大声喊道。有几十个人也跟他一起喊叫起来。

"我们不需要这样的学校！我们不要！我们的苛捐杂税够多的了！我们不要！"四面八方都响起了这种反对的声音，而且是越来越大胆，越来越响亮，越来越坚决。

听到这样的喧闹声，区长走了出来，在大门口站住了。大家一见，都默不作声了。区长捋了捋胡子，用非常温和的口气对大家说道："你们好吗，农民兄弟们？"

"上帝保佑！"站在前排的人回应道。后面的人纷纷挤上前来想听听区长的讲话，挤得前面的人左摇右晃的，差点站立不稳。区长则靠在门柱上，用俄语说了几句，但他老是打嗝，讲话很不连贯。

警察们拥上前来，对民众大声喊道："脱帽！脱帽！大家脱帽！"

"滚开，你们这些讨厌的家伙，别来干涉我们的事情！"有人对他们责骂道。

虽然区长刚才说话时和颜悦色，但最后结束时却以命令的口气，用波兰文说道："你们立即投票吧，我们没有闲工夫再等下去！"

他凶狠狠地望着大家。有些人害怕起来，开始动摇了，有些胆小的人便窃窃私语起来:"怎么办?我们投票吗?普沃什卡,我们该怎么办?格热拉,你怎么说?区长命令我们投票我们就投票吧!乡亲们,去投票吧!"

嘈杂声越来越大。这时候,格热拉大胆地走上前来,毫无畏怯地高声说道:"这样的学校,我们连半分钱都不会给!"

"我们不赞成!我们不赞成!"上百人齐声应道。

区长皱起了眉头。

乡长吓得胆战心惊,文书也吓得连眼镜都掉下来了。然而,格热拉却顶住了区长的凶光,毫不畏怯。他正要再次陈述自己的意见时,老普沃什卡却捷足先登,一副卑躬屈膝的模样,他向区长鞠了一躬,开始低声下气地说道:"请区长阁下大人容许我用波兰语来说话,这样才能更好地表达出我的想法。我们赞成创建学校,不过,就是税太多了,一垧地要交二十个戈比,我们是负担不起的。如今是个困难的时期,很难弄到现钱。我就说这些。"

区长未作答复,仿佛沉浸在思考中似的。他只是点点头,擦擦眼镜。乡长察言观色,见此情景,便竭力鼓吹创办学校。支持他一派的人也鼓噪不已,尤其以磨坊主叫喊得最凶。格热拉一派的人据理反驳,却遭到他们的讥笑,格热拉终于怒不可遏,大声叫道:"这正是往空桶里倒虚无的东西,全是空!"他趁这个混乱的机会,来到了前面,大胆地问道,"我们想问一下,这所新建的学校将是哪一种学校?"

"和所有的学校一样。"区长睁开了眼睛,答道。

"这样的学校我们根本不需要!"

"如果是建一所波兰语的学校,哪怕一垧地交半个卢布的赋税我们也愿意。至于建其他的学校,我们一个子儿也不出。"

"那种学校对我们一点用处也没有,我的孩子在那儿学习了三年,连最基本的知识都没有学到手。"有人插话道。

"安静！乡民们，安静！"

"山羊闹腾起来了，狼在等待时机反扑过去。"

"这些煽动反对的家伙，会让我们大家遭受更大的损失。"

现在人人都争着说话，声音越来越大，大家都要发表自己的意见。人们的争执越来越厉害，脾气也越来越凶暴。格热拉那一派闹得最凶，他们竭力反对创办俄文学校。乡长、磨坊主、其他农民再怎么劝说、请求，甚至用可能出现的可怕后果来威胁，都毫无效果。大多数人已经不受任何控制，变得更加傲慢，更加自信，有的人叫喊得连嗓子都哑了。

区长坐在那里，仿佛对这一切都置若罔闻，只和文书低声交谈，任凭大家去闹个痛快。当他认为这些无谓的争吵差不多了的时候，便盼咐乡长摇起铃来。

"安静！安静！好好听着！"各村的村长都叫道。

喧嚣声还没有完全静默下来，区长的命令声就响起了："学校必须建立！你们要明白，我下的命令，你们必须遵照执行！"

区长说话的口气非常严厉，但是大家也不再害怕了。克温布立即回答道："我们从来不会命令别人用脑袋走路，那么任何人也不能禁止我们用双脚行走。"

"你给我闭嘴，你这个狗杂种！安静！"乡长徒劳地摇着铃，高声叫道。

"我再重复一次我说过的话，在我们的学校里，必须用波兰语来教课。"

"卡尔平科，伊万诺夫！"乡长在大声呼叫，但是这些警察已处在人群之中，还被农民们紧紧围住了，无法行动。

有人甚至这么说："我们可有三百多人，如果你们敢动……好好想想吧！"

大家朝两边闪开，让警察走了过去，随即大家又拥了过去，把道路淹没了，站在区长的面前，吵闹得很凶。有的低声咒骂，有的高声喊叫，有的大发牢骚，有的还挥动着拳头，不时还有人发出这样的声音："每种生物都有它自己的声音，唯独不许我们说自己的话！"

"命令不断下发，农民只有听从、缴税、用帽子扫地。"

"过不了多久，我们想到谷仓后面去也得请求批准。"

"既然他这样有权有势，那就请他去命令猪和夜莺一起唱歌！"安特克大声叫道，众人哈哈大笑，他又激动地叫道，"如果能让鹅和牛一样哞哞吼叫，我们就投票建学校。他们要缴税，我们就交钱，他们要壮丁，我们就去当兵，可是得当心……"

"别说了，克温布！至高无上的沙皇亲自下的诏书就规定：我们的学校和法院，可以使用波兰语。沙皇本人都下了这样的命令，我们就得服从执行！"安特克大声说道。

"你是什么人？"区长紧盯着他的脸孔问道。

虽然身子有点发抖，但他指着桌上的登记簿，大胆地说道："我是什么人？那上面写得清清楚楚！"

"我可不是什么软蛋！"他不无自豪地加了一句。

区长和文书交谈了几句，不一会儿，文书便大声宣布，由于安特克·波利那的一项罪名尚未解除，他无权参加这样的乡民大会。

安特克气得满脸通红，还没等他开口说话，区长便大声喊道："把他赶出去！"同时向警察递去了一个意味深长的眼神，指了指安特克。

"不要投赞成票，小伙子们！我们有这个权利，你们什么也不用害怕！"安特克大胆地说道。随后他便朝村里缓步走去，还回头瞧了瞧走在后面的警察，就像一只野狼在回头看两只猎犬那样。之后，他们和他的距离越拉越远。

民众像开水炉子一样沸腾了起来。每个人都像着了魔似的，叫喊、咒骂、争吵、威胁，谁也不听别人的，可是谁也弄不明白，为什么要这样大吵大闹。

他们的争吵不仅涉及学校和安特克，还涉及昨天的暴风雨、谁跟谁发生的邻居争端，以及其他不相关的事情，局面非常混乱。格热拉试图让大家安静下来，但毫无效果。乡长摇起铃铛，也是枉然。他们什么都看不见，什么都听不进去，就像养鸡场里一群被激怒的火鸡。

直到有一个村长，看见屋檐下有一只空木桶，他便用木棍把它敲得像皮鼓一样响，这样才使大家恢复了部分理智，渐渐安静了下来。

区长等不及，气势汹汹地大声道："别闹了！你们已经闹够了！该听我说话了，你们必须要肃静，肃静！必须要服从我的命令：投票创建学校！"

顷刻之间，就像种罂粟期间那样寂静无声。大家吓得目瞪口呆，面面相觑，个个无计可施，都不再有反对的想法了，因为区长站在他们的前面，用凶狠的目光盯着他们的脸孔。

区长重新坐下了，乡长、磨坊主和其他一些人便来到人群当中，连哄带压地威迫大家就范！

"投赞成票！投赞成票！"

"否则就会出事的，听到了吗?!"

文书开始点名了，于是四面八方都传来了"有""有""有"的应答声。

点完名后，乡长便站在了桌子上，发布命令道：

"赞成建校的，都站到右边去，把手举起来！"

有一批人过去了，但大多数人仍站在原地一动不动。区长皱起了眉头，为了证实投票的实效性，他下令按人名投票。

格热拉一听着实吃惊不小，他清楚地知道，这样一来，一个一个地被叫去投票，大多数人便不敢投反对票了。

他已无计可想。文书的助手开始叫人，一个一个地排成队列前行，文书便在名册上做上记号，赞成的打勾，反对的画个十字。

由于人数众多，投票的时间很长，最后宣布的结果是：

"赞成的，二百。反对的，八十。"

格热拉一派的人大闹起来，表示抗议。

"我们都受骗了，重新投票！"

"我说反对，他却给我打上了钩，把我算到了赞成的那一边。"有人坚决声明道。还有不少人也站出来揭露他们作弊，有些特别愤慨的人表示：要把签名簿烧掉，再来一次投票。

幸亏这时候驶来了一辆地主家的马车，正要经过区公所的门前。愤怒的人群不管愿意不愿意都得让出一条路来。这时候，一个听差递给区长一份名单，他看了一遍，便庄重地宣布道："真是好极了，利普查村将会有一所学校了！"

谁也不再说话了，大家只是像堵墙那样站立在那里，默默地望着他。

区长签署了几份文件，便坐上马车离开了。

大家都深深地向他鞠躬致敬，但他毫不理会，甚至连看一眼都不看，只是和警察交谈了几句。之后，马车便转入了一条岔路，朝莫德利查的地主庄院驶去了。

大家默默地朝他身后望了好一会儿，直到格热拉派中有个人说道："不要以为他像羊一样温和，他咬起人来比恶狼都厉害，趁我们毫无防备，把我们踩在了脚下。"

"如果我们不软弱可欺，他们就无法来控制我们。"

格热拉叹了口气，看着他的那一伙人，低声说道："我们今天失败了。的确很困难，我们的人还不懂得如何去反抗！"

"只要恐吓，他们就学不会反抗。"

"他是个什么样的人呀，连法律都不顾！"

"不过，法律是对付老百姓的，又不是对付他。"

有一个来自普齐温卡的农民向格热拉诉苦道："我本来是和你们一派的，可是那家伙一直盯着我看，把我吓得说不出话来，只好让文书爱怎么写就怎么写了。"

"他们作弊如此严重，我们有理由起诉决定无效。"

"我们都到酒馆里去吧！"马特乌什喊叫道，"但愿硫黄弹把他们炸死！"然后，他又转过身来对着大伙说道，"知道吗？区长忘记告诉你们的事是，你们是一群狗和山羊，顺从会得到回报奖赏的，像你们这样的一群傻瓜蛋，真该被剥掉皮才是。"

他们跟他争吵起来，有的人甚至大骂他。突然，他们沉默了，因为大家的注意力被一辆犹太人的马车吸引住了，坐在车上的是风琴师家的雅西。

大家都把他围住了，格热拉把刚才发生的一切都告诉了他，雅西认真地听着，随后又和大家说了一会儿话，便坐车离开了。

大家都来到了酒馆，几杯酒下肚之后，马特乌什叫嚷道："我要告诉你们，今天的这一切，都要怪乡长和磨坊主！"

"说得不错。就是他们两个一直在劝说，在威胁大家！"斯达赫·普沃什卡附和道。

"区长这样威吓我们，好像他对罗赫的事全都知道了。"有个人小声说道。

"即使不知道，也会有人去告诉他的，这样的告密者是不难找到的。"

"警察，警察去哪儿了？"格热拉不安地问道。

"好像是去利普查村那边了。"

格热拉在酒馆里转了一会儿后，趁大家不注意的时候溜出去了，沿着田埂朝村里走去。一路上，他小心翼翼地观察着周围的情况。

第九章

安特克离开会场之后，心里很是不安，他就像被人从牛奶盆赶走的猫那样。他原本想要回到会场上去的，但一见后面跟着两个警察，便想出了一个主意——他在路上折断了一根相当粗的树枝，背靠在篱笆上，将树枝削成了一根木棍，挥动了几下，觉得还顺手。他瞟了瞟这两个身穿棕色服装的警察——他们虽然尽量放慢脚步，但没过多久，还是和他平行了。

"嘿，老爷子，你这是要到哪儿去呀？"他用嘲笑的口吻问道。

"执行公务！也许我们走的是同一个方向，是不是，农民先生？"

"能和你同路，我打心眼儿里高兴。可是我看到我们走的是不同的两条道啊！"

安特克迅速地打量了一下周围，见路上空无一人，而且离区公所又不是很远。他不得不和他们走在一起，身子紧贴着围墙，时刻警惕着对方对他的突然袭击。

年纪大的那位警察老于世故，继续用友好的口吻和安特克交谈，而且还抱怨起来，说他们从早上到现在，没有吃过一点东西。

"文书请区长吃饭，宴席丰盛得很。他一定会留下许多好吃的东西给你们。我们乡下可弄不到什么好东西——只有咸肉和洋白菜，这样的菜肴怎么能招待你们这样的大人物呢？"安特克故意用嘲笑的口气说道，就是要惹他们生气。年轻的警察是个结实的汉子，眼露凶光，口中嘟哝着想要发作，但老警察没有发话。

安特克一边和他们调侃着，一边加快脚步朝前走去，两个警察费劲地追赶上来，也顾不上什么水洼和高低不平了。

村里空荡荡的，寂无人声，人好似死绝了一般。阳光像火炉一样炎热，偶尔有一两个农民会睁大眼睛看他们一眼，或者有几个小孩从凉棚下偷看他们，唯有村里的那些小狗忠实地跟随着他们，吠叫不停。

老警察点上一支烟，叼在嘴上，继续抱怨起来，说自己命运可悲，老是公务缠身，白天黑夜都得不到安生，没完没了。

"是呀，不过，现在要从农民身上榨取钱财就不那么容易了。"

老警察一听，大骂起来，恶言恶语，脏话连篇，甚至涉及他的继母。

安特克并不想和他恶言相对，只是紧握住木棍，挑衅似的说道："我说的都是真话，你们到乡下来执行公务，一点好处都没有，只会招来群狗，对你们狂吠不停，最多会有那么个把胆小的农民把自己最后的一文钱给你们。"

老警察怒火中烧，气得脸都发青了，手也握在刀柄上。当他们走到村里最后一栋房屋前，他突然向安特克猛扑了过去，还大声命令自己的搭档道："抓住他！"

可是，老警察的突然袭击却以失败告终——就在他们想抓住安特克之时，他已跳向一边，用木棍狠抽了两下，把他们两个都打得仓皇后退。

安特克背靠房子，像狼一样露出他的牙齿，猛力地挥动着棍子，用嘶哑、不连贯的声音吼道："快快滚蛋吧……你们打不过我的……就算你们有四个人,也不是我的对手……我要打烂你们的狗嘴,你们想对我干什么?我又没有犯罪……想打架吗?那就来吧!"他边说边舞动手中的木棍,准备投入战斗。

两个警察都被吓傻了,呆呆地站在那儿,因为他们看到对方那么魁梧雄壮、气势汹汹,手中的木棍又使得虎虎生风。老警察一看,要制服他是根本不可能的,于是便立即改口说,刚才的一切,只不过是一场玩笑。

"好呀,好呀!真是棒极了。我们不过是开了一场极妙的玩笑。"他哈哈大笑起来,同时又觉得很不自然,便突然中断了笑声。他们后退了十多步,离开了危险区之后,老警察便改变了口气,挥舞着拳头朝他威胁道:"我们还会见面的,农民先生,我们还会和你谈谈的!"

安特克也气鼓鼓地厉声道:"但愿瘟疫把你们害死!你们打不过我,就把刚才的事说成是开玩笑。那好呀,我也准备和你们谈谈,不过要单独谈,一个对一个,没有旁人参加!"他一边自言自语,一边望着警察们远去的背影。

"他想袭击我,这个笨蛋,他以为他是猎犬而我是兔子。"他仔细回想了一下,警察之所以这样对待他,肯定是因为他在会上说了那一番话,那些话当然不合他们的意。他边走边想,来到了地主家的果园旁。果园坐落在离村子不大远的地方,安特克便在一棵树的树荫下面坐下来休息,也好让自己平静下来。

透过木栅栏,他看见了地主的白色庄院,其背后是一片高大的松树树林,敞开着的窗户有如一个个幽暗的洞窟。在由圆柱支撑的回廊上,似乎坐着几个人,正在吃着什么东西,仆人们在他们身边走来走去,还传来杯盏相交的声音,以及人们久久的谈笑声。

"这些人真会享受啊!吃喝玩乐,样样都不缺!"他这样暗忖道,从口袋里取出汉卡给他准备的面包夹奶酪来吃。

他一面吃着面包，一面抬起眼睛，朝大路两旁的高大菩提树望了过去。这时的菩提树，盛开着满树的鲜花，散发出柔和的清香，令人心旷神怡，蜜蜂嗡嗡环绕着。一只鸭子在邻近的池塘里乱叫，引起了青蛙们懒洋洋的伴唱。树木发出了沙沙声，时高时低的蟋蟀大合唱也从田野那边传了过来。过了一会儿，这些像交响乐一般的美妙声音似乎被太阳的光辉吸走了，世界突然都沉静了下来，万籁俱寂，毫无声响。所有的生物都在躲避着这严酷的炎热，只有燕子还在不停地叫着，在屋里屋外飞过来掠过去。

中午时分更是酷热难当，烈日灼射得人眼睛发痛，即使是坐在树荫下，你也会感觉到像在蒸笼里一样。连最后一块水洼地都晒干了。从几乎已经成熟的麦田里和干枯的荒地里吹过来阵阵热风，就像从火炉里散发出来的一样烤人。

安特克得到充分的休息之后，便快步向附近的森林走去。从林荫下走到暴晒的大路上时，他的身体不由得一震，就像是置身于一个白色火苗的熔炉之中一样。他的外套早已脱去，衬衣也被汗水紧紧粘贴在酸臭的身体上，就像是穿着一件烤热的白铁皮似的。他把皮靴也脱了，赤着脚走在滚烫的沙地上。

那些幼小的小白桦树零零散散地生长着，还没有形成什么阴凉。黑麦的沉重麦穗，低垂到了大路边上，盛开的野花在火热的阳光照射下也耷拉着脑袋。

空气中是一片灼热的沉寂，道路上见不到一个人影，到处都看不见飞鸟和其他动物。树叶不晃动，杂草也不摇摆，倒像是午间女魔已降临人间，正用它那干渴的嘴唇，吸吮着昏迷大地的全部力量哩。

安特克缓步前行，心中想着上午开会的情形，时而义愤填膺，时而鄙夷地哈哈大笑，时而又因沮丧而心思沉重。

面对这样的人，有什么办法呢？他们一见到警察就胆战心惊……

要是警察命令他们去抱区长的皮靴,他们也会唯命是从。他们是群羊,愚蠢的羊!

的确,人人都很贫穷,日子过得不好,像受到折磨的鳗鱼那样在拼命挣扎。他们的境况如此悲惨,被贫穷压得喘不过气来。他们何曾经历过这样的事情,既可怜又愚昧,连自己需要什么都不清楚!

他一想到他们的悲惨命运便感到痛苦和怜悯,对于他们的愚昧无知,又觉得愤慨。

"猪要把鼻子伸向太阳,那是很难做到的,人也是如此。"他这样思量着,心中苦恼不堪,但又无能为力。他唯一能感受到的是他和别人一样——命运多舛,甚至比有些人还要悲惨。

"他们的唯一好处,就是什么也不去多想。"

他搓了搓手,又朝前走去,一路上都在沉思默想,甚至想得出了神,差点撞到坐在路边休息的犹太人—— 一个卖小商品也收废品的货郎。

"你在这儿休息?现在真是热得要命。"他首先开口说道,停下来站在那儿。

"何止是热,简直就是在一个大火炉里!这是天谴呀!"犹太人大声说道,随即站了起来,将手推车上的一根带子套在他那年老背驼的肩背上,然后竭尽全力地推着手推车前行。手推车上塞满了许多废品和木箱,还堆放有一筐鸡蛋和一笼雏鸡。再加上路上沙土很厚,天气又炎热灼人,尽管他用尽全力,拼命地推着,但还是累得不得不时刻停下来休息。

"努奇姆,你赶不上安息日了!"他哽咽着自言自语道,"努奇姆,你很强壮,用力推呀。"他自我鼓励道,"努奇姆,你推呀!一,二,三!"他发出绝望的呐喊声,把手推车向前推进了二十多步,便又不得不停了下来。

安特克本想对他点点头，就从旁走过去的，可是犹太人却诚恳地请求他道："求求你帮帮忙，农民先生，我会酬谢你的，我实在推不动了！我一点也推不动了！"他向前一歪，倒在手推车上，脸色像死尸一样苍白，上气不接下气地喘息着。

安特克什么话也没说，便将脱下的外套和皮靴扔在车上，抓起车把，用力向前推去，车轮轧轧地响着，掀起一溜尘土。犹太人在他旁边一路小跑，一边跑一边不停地喘气，还说着一些闲话来取悦这位帮忙者，让他的心情更愉快一些。

"只要推到森林那里就行了，现在不远了，那边的路要好走多了，我会给你十戈比的！"

"去你的十戈比！你这个笨蛋，我根本就不在乎你的钱！你们犹太人总认为，在这个世界上，金钱就是一切！"

"别生气，先生。要么我给你的孩子一件玩具？不要？我这里还有针、线、花带，不要？那要不要小面包、卷饼、奶糖，或者别的什么，我这里什么都有。也许你想要一包烟丝，或者一瓶最好的伏特加？那是我只会卖给朋友的那种高档伏特加。说老实话，它是专给我的好朋友的！"

说到这里，他突然大咳起来，咳得眼珠子都快从眼眶内掉出来了。安特克放慢了脚步，犹太人抓住了手推车，尽力由他自己来推车。

"今年将是个丰收年，黑麦都已经跌价了！"犹太人改变了话题。

"即使收成不好，他们也会降低价钱来收购，反正吃亏倒霉的都是我们农民。"

"幸好上帝赐给了我们好天气，麦穗中的麦粒都已经干燥结实了！"他捋下几颗麦穗，放在手心里搓了搓，然后又放进嘴里尝了一尝，说道。

"好极了！真是不错！可是，天主耶稣却没有保佑我们的大麦，致使今年的大麦颗粒无收了。"

他们还聊了其他一些事情，聊到后来就谈到了这次大会，看来犹太人是知道一点内幕的，他特别仔细地朝四周望了一望，方才说道："你知道吗，去年冬天区长就和一位建筑商签订了要在利普查村建学校的合同，我的女婿就是他们的中介。"

"去年冬天？大会决定之前？你说的是实话吗？"

"难道区长还要得到别人的准许吗？他在他的区里，就像地主在他的庄园一样，是可以为所欲为的。"

安特克还问了许多其他的问题，犹太人见多识广，知道很多有趣的事情，也很愿意回答。最后，他以逆来顺受的口吻说道："世界上的事情就是这样的：农民靠种田为生，商人靠买卖生活，地主靠的是他的庄园，神父靠的是教区，而官吏靠的是老百姓……世界应该就是这样，人人都得生活，大家也都是各行其道，各谋其职，各有各的谋生出路，难道我说的不对吗？"

"在我看来，一个人靠欺压别人为生，就是不对，人人都应当按照上帝的旨意，公平公正地生活。"

"那有什么办法呢？人总是要想尽各种办法生活下去的。"

"我知道这句话：人人都在给自己削萝卜！正因为如此，才把事情搞得一团糟。"

犹太人只是点了点头，依然坚持他的看法。

这时候，他们正好来到了森林边的硬路上，安特克放下了手推车，他给孩子们买了一个兹罗提的糖果。犹太人向他表示感谢，他大声说道："你别犯傻了，我帮你是我心甘情愿的。"

说完，他加快脚步朝利普查村走去，他感到非常凉快，因为枝繁叶茂的大树都把道路遮盖住了，只有通过中间的一条缝隙才能看见头上的一线蓝天，地面上也出现了由阳光构成的一条光带。这里有橡树、松树和白桦树，都是高大的百年老树，它们的枝叶纠结在一起，又稠又密。下面还长有一丛丛的榛树、白杨、杜松和榆树，它们奋力地向上伸展枝丫，都想要沐浴到一些阳光。

由于昨天下过大雨，林间小路上还有许多水洼和折断的树枝，甚至还有连根拔起的小树，横七竖八地躺在路上。四周寂静，空气清新、凉爽、幽暗中，散发出一股股霉味和蘑菇的气味。树木屹立在那里，像是在凝望着天空，有的地方阳光透过树木的缝隙射了进来，像金黄色的薄纱那样，覆盖在密密生成的苔藓上。在野生的草莓丛中，草莓鲜红得有如一个个的血团，星星点点。

树林中的清凉深沉，令安特克心旷神怡，于是他在一棵大树下坐了下来，情不自禁地打起了瞌睡。直到听见马儿打着响鼻和飞驰奔跑的声音，他才醒来——原来是地主骑马出来兜风，安特克一见，便走了过去。

他们按照邻居的方式，相互打着招呼。

"真是热得可怕，是不是？"地主一面抚摸着他那不安分的乘骑，一面客气地说道。

"热得烤人！再过一个星期，我们就要开镰收割了。"

"莫德利查村那边，已经在收割黑麦了。"

"他们那边是沙地，收得要早一些。不过，今年各个村子的收割都会比往年早一些。"

接着，地主便向他问起了今天区公所开会的情形，听到会场上所发生的事情之后，地主惊愕得眼睛都睁大了。

"你真的是这样公开地坚决要求建立一所波兰语学校吗？"

"我是这样说的，我的嘴巴从不说谎。"

"你不考虑后果……竟敢在区长面前提这样的要求，嘿，嘿！"

"这是法律规定了的，我有这个权利！"

"可是你怎么会想到要建立一所波兰语学校呢?"

"怎么会想到？这很简单，因为我是波兰人！我不是德国人，也不是其他国家的人！"

地主走近了一些，压低声音问道："是谁教你这样说的？"

"孩子不用教，也懂得如何正确思考问题。"安特克答非所问地说道。

"我看，罗赫在各个村子里转悠，没有白费功夫。"地主用同样的口气说道。

"他是和老爷你的兄弟在一起教导我们农民的。"安特克打断地主的话，在"兄弟"一词上加强了语气，并直视着对方的眼睛。

地主显得很不安，想转变话题，但安特克却故意回到这上面来，大谈特谈农民的各种疾苦、农民的愚昧落后和无依无靠的悲惨境况。

"那是他们不听劝说的结果，我知道。神父就常常劝诫他们，要过上好日子，就得不断地辛勤劳动、努力工作……可是他的话如同把豆子撒在了墙上。"

"可是，布道说教所起的作用，就和给死人烧一炷香差不多。"

"那么，什么才管用呢？我看你在监狱里倒是长了不少的知识啊。"他讥诮地说道。

面对地主的讥讽，安特克气得两眼冒火，满脸通红，但他依然平静地答道："我的确是聪明了一些，因为现在我明白了，农民的所有苦难都是贵族造成的。"

"胡说八道！贵族究竟做过什么有损农民的坏事？"

"在波兰还存在的时代里，贵族根本不关心老百姓的事情，只知道拿起鞭子催着农民去劳动，一味地欺压老百姓，他们自己则寻欢作乐、花天酒地，把一个好端端的国家弄没了。如今我们只得从头开始，重建我们的波兰。"

地主是个性情暴躁的人，气得火冒三丈，凶狠地叫道："你这个无礼的泥腿子！贵族的所作所为，用不到你来指手画脚，多嘴多舌！你还是摆弄你的粪肥和铁叉子去吧！你要记住，闭紧你的嘴巴，否则会有人割去你的舌头的。"

地主说完便挥鞭催马，两腿一夹，疾驰而去了。

安特克也朝家里走去，他气鼓鼓的，怒火中烧。他愤愤不平地说道："狗杂种！还以为自己是什么了不起的人物呢！他妈的，用得着农民的时候，便和大伙儿称兄道弟，亲切异常。他什么也不是，连只虱子都不如！"他迈开大步朝前奔去，一路上还踩坏了许多菌子。

他走出森林来到白杨大道时，听到了熟悉的说话声。他躲在十字架后面，朝那边仔细地一看，只见一辆沾满尘土的马车停在了白杨树下的阴凉处，风琴师的儿子雅西和雅格娜正站在森林边上。

他揉了揉眼睛，以为自己看错了。但他没有看错，那两个人离他只有十多步远，他们面对面地站着，都兴奋异常，满脸笑容。

安特克吃惊不小，便竖起耳朵听他们在说些什么，可怎么也听不清。

安特克原以为他们是偶然相遇——雅格娜正好从森林里出来，回家的雅西也碰巧驾车来到了这里。可是他继而一想，心里又很不是滋味。他疑团顿生，一种揪心的苦痛涌上心头。

"不！他们一定是约好了的，绝不会是别的！"

当安特克再次审视那个年轻神父的脸孔时，发现那人脸上有一种圣徒般的庄重神情，他的心里便平静了不少。但是他依然想不通的是，雅格娜为什么要穿得这样漂亮到森林里来，为什么她天蓝色的眼睛这样炯炯发亮，为什么她殷红色的嘴唇会激动得发抖，为什么她会如此地心花怒放？

安特克用一种饿狼似的目光望着雅格娜，只见她胸部高耸，俯身向前，把一个用树皮编织的小筐子送到雅西的面前，而他从中取出了一把草莓，自己吃了几颗，又把几颗送进雅格娜的嘴里。

"他都快当神父了，却还像个孩子那样淘气爱玩。"

他用怜惜的口气说完这句话后，便匆匆往家里走去，因为头上的太阳告诉他，已经到了吃下午茶的时候了。

"只要不去碰这根刺，我就不会感到痛苦！"他这样想雅格娜，"啊，她的眼睛是多么贪婪地盯着雅西看，好像要把他一口吞下去似的。她爱怎么做就怎么做好了，随她去吧！"

但无论他怎么想，这根刺还是在他身上，让他痛得无法忍受。

"她像躲避瘟疫那样躲着我，却把这个年轻人网住了，幸运的是，雅西是不会被她网住的！"他这样说着，心情越来越激动，"有些女人就像母狗那样，只要男人打个呼哨，她就会跟着他跑了。"

他快步前行，那些苦涩的回忆还在纠缠着他，有好几个路人和他擦肩而过，他都没有看见似的，一直到了村边，他才静下心来。他看见风琴师的妻子正坐在一条水渠旁，手里拿着一双长袜，最小的儿子在她面前的沙地上玩耍，一群白鹅正在白杨树中间吃草。

"夫人，你到这里来放鹅呀？"他停住了，擦了擦脸上的汗水。

"我是来接雅西的，说不定他随时都有可能回来的。"

"我刚刚就在森林那边看见他了！"

"是雅西吗？他快到了？"她高兴地喊道，并立即站了起来，"嗬！嗬！这些坏家伙，要到哪儿去？"她大声叫喊着，但这些鹅还是跑到旁边的黑麦地里去了，把黑麦弄得一团糟。

"马车就停在耶稣像前，他好像在和一个女人说话。"

"他一定是碰见了某个熟人。他是个慈爱的孩子，就是见到猫他也要去摸摸。那个女人是谁？"

"我没有看得很清楚，好像是雅格娜。"他看见她听见这个名字后便噘起了嘴巴,他也就意味深长地微笑着说道,"我没有看清楚,因为他们很快就溜进树林里去了,大概是因为天气太热。"

"天主的圣徒啊!你脑子里是怎么想的?雅西竟会和这样的女人混在一起。"

"她和别的女人一样好,甚至还要更好!"安特克生气地反驳道。

风琴师的妻子低头不语,编长袜的手指转动得更快了。她受到了很大的刺激,便低声说道:"真是乱说一气,雅西都快当神父了,怎么会和这样的女人……"这时候,她便想起了有关神父们的几则绯闻,心神不定起来。她把编织的针插在头发上,想探听更多的消息,可是安特克已经走了。这时,她见大路上尘土飞扬,而且是直朝她这边冲了过来,不到两分钟,雅西便紧紧地抱住了母亲,亲切地喊道:"啊,妈妈!亲爱的妈妈!"

"天主的圣徒!你都快把我憋死了!快松手,你这个大力士!放开我!"等他一松开,她又把他抱住了,亲吻他,用慈爱的目光打量他。

"啊,你变瘦了,我的小宝贝!他们把你害惨了,你看起来多憔悴多苍白啊!"

"喝圣水汤的人是不可能长胖的。"他微笑着答道,并把小弟弟抛在空中,逗得小孩咯咯直笑。

"不用担心,我会让你吃饱吃好的,你很快就会胖起来。"她疼爱地抚摸着他的脸说道。

"妈妈,我们坐车走吧,这能快一点到家!"

"啊!我的天啊,这些笨鹅,又跑到黑麦地里去了。"

他跑过去赶鹅,它们正在麦地里抢吃麦秆和麦穗。随后,他把弟弟抱进了车里,自己则赶着鹅走在道路的中间,一边走一边讲他在路上的经历。

"你看这小家伙多脏,满嘴都是红的!"母亲指着车上的小儿子说道。

"他是吃了我的草莓。吃吧，约瑟夫，吃吧！我在路上碰见了雅格娜，她正从森林里采草莓回来，便给了我一些。"他的脸羞红了。

"刚刚波利那还告诉我，他碰见了你们。"

"我没有看见他，他一定是从旁边的小路过去的。"

"我的孩子！村里的人，就是隔着墙也能看见，即使事情没有发生过，他们也能编出故事来。"她加重语气地说道，还低头望着手中的编织针。

雅西好像听懂了她话里的意思。他看见几只鸽子在庄稼地上飞得很低，便拾起一块石头朝它们扔去，乐呵呵地说道："一看它们的肚子这么胖，就知道是神父家的鸽子！"

"别说了，雅西，小心别人听见！"她轻声地责备道。在她心里，早已把他想象成了教区的神父，她现在正在他的身边颐养天年，过着平平安安、幸福美满的晚年生活。

"菲列克什么时候回来度假呢？"

"妈妈你还不知道，他已经被捕了？"

"被捕了？我的天主！他犯了什么罪啦？我早就说过，这个调皮鬼，不会有什么好结果的。他原本想去当文书，磨坊主却偏偏要把他培养成医生！你看他们那股骄傲劲儿，鼻子都翘到天上去了，而今儿子却被关进了大牢，这对他们倒是一种欣慰！"她高兴地说道，幸灾乐祸着，因报复感而浑身发起抖来。

"妈妈，这和你想的完全不一样，他是被关在齐塔德利的。"

"齐塔德利？那他是个政治犯了！"她压低声音说道。

雅西没有回答，也许是他不想把更多的事情告诉母亲。

她很担忧地说道："我的孩子，你千万不可掺和到这类事情中去！"

"不会的。在我们那里，只要一谈起这样的事情，立即就会被

219

开除！"

"你看看，你要是被开除了，当不成神父，那我也会在耻辱和悲伤中死去！啊，我的上帝！请你多多保佑我们！"

"亲爱的妈妈，你不用为我担心。"

"你要知道，我们为了培养你，吃了多少苦头，花了多少钱财。为了你，我们节衣缩食，省吃俭用……我们家人口多，收入又在不断减少，若不是还有一块地，单靠神父，我们准是会饿死的。现在村里办红白事，都是神父直接和农民打交道，谁听说过这样的事情哩！神父还说，你父亲收费太贵了，可他自己的口袋里却装得鼓鼓的。"

"不过，父亲的收费也的确高了一点。"他有点胆怯地说道。

"什么，你也指责起你父亲来？他可是你亲生的父亲啊！就算是高了点，那又是为了谁呀？是为他自己吗？不！他是为了你们，为了你，为了你的学业！"她伤心地诉说道。

雅西急忙道起歉来，请求母亲原谅。恰好这时候，从池塘对岸传来了叮叮当当的响亮铃声，他便大声说道："妈妈，你听，一定是神父到哪个病人家里送临终圣餐了。"

"不一定，神父摇铃摇得这么快，也许是为了阻止蜜蜂飞走，现在，一大群蜜蜂正聚集在他的果园里，他对蜜蜂和公牛的关心，要胜过对教会工作的关注。"

他们刚来到教堂墓地，便听到了蜜蜂的嗡嗡轰鸣声，雅西立即向车夫大声喊道："蜜蜂来了！快拉紧缰绳，免得马受到惊吓后乱跑乱跳！"

一大群蜜蜂在教堂前面的广场上空聚集飞旋，就像一片会嗡嗡响的云雾。它们上下翻腾飞转，想找一个适合栖身的地方，有时飞得很低，在树木中间飞来飞去。神父紧紧跟在它们的后面，只穿着衬衫和短裤，光着脑袋，气喘吁吁地跑着，还用喷水器不停地向蜜蜂喷水。

他旁边是雅姆布罗兹，在树荫下面低头弯腰前行，还不停地摇着铃、呐喊着。他们在广场上来回奔跑了两圈，不敢有丝毫的松懈，此时的蜜蜂越飞越低，似乎要降落在某座茅屋的屋顶上，把孩子们吓得躲进了屋里。蜜蜂马上又飞高了一些，直朝雅西的马车飞去，他的母亲吓得大叫一声，用裙子蒙住了脑袋，跑到近旁的沟渠里躲藏起来。鹅也吓得乱叫乱跑。幸亏车夫把马的眼睛蒙住，才避免了它的惊慌乱跳，只有雅西镇定自如，昂首挺胸地站在原地不动，蜜蜂在他头顶上转了一圈之后，便直朝教堂的钟楼飞去了。

"水！快拿水来！"神父叫喊着迅速追了过来，等他赶到蜜蜂跟前，便把水大把大把地抛到蜜蜂的身上，蜜蜂的翅膀都淋湿了，无法再往前飞去，纷纷落在钟楼的窗户上。

"雅姆布罗兹，快去拿梯子和筛子过来，慢了它们又要飞走了。雅西，你好呀！请你替我把香炉装上几块火炭后拿来，好用烟熏熏它们。"没过一会儿，梯子就放在了钟楼下面，雅姆布罗兹摇着铃，雅西点燃的香炉冒出了浓烟，就像从烟囱里冒出来的一样。神父精神抖擞地爬上了梯子，在蜂群中间找寻那只蜂王。

"啊，找到了，在这里！感谢上帝，它再也逃不掉了。雅西，它们要散开飞走了，你在下面用烟熏。"他一边命令着，一边毫不畏怯地去到它们中间，连手套也不戴，光着手把一大群蜜蜂倒放在筛子里。这群蜂很多，有的落在他的光头上，有的在他的脸上爬来爬去，他一边和它们说着话，一边把它们挪进大筛子里。

"小心点，现在蜜蜂们情绪不稳定，会蜇人的。"神父一边从梯子上下来，一边提醒大家道。他周围的蜜蜂密得像一片云雾，嗡嗡地轰鸣着。他下到了地上，把筛子捧在身前，就像捧着圣体匣似的那么庄重。雅西走在一边晃动着香炉，雅姆布罗兹走在另一边，一会儿摇起铃来，一会儿又向蜜蜂喷水，他们像宗教游行队伍那样来到了神父住

221

宅后面的养蜂场。这是一处独立的小院落,里面有几十个养蜂房,每个蜂房里面都嗡嗡响个不停,热闹非凡。

神父把蜜蜂放进蜂房时,又饿又累的雅西便悄悄溜回家中去了。

一见到雅西,全家人都无比高兴,纷纷拥抱、亲吻、问询。等到第一阵兴奋劲儿过去后,他们就叫他在桌边坐下,端上了他爱吃的各种美味佳肴。大家你劝我哄的,都要他多尝多吃,甚至把菜肴夹到他盘里强迫他吃。满屋都是欢声笑语,人人都想和他站得近一点,都想为他做点什么事情。这时,乡长的弟弟格热拉闯了进来,焦急地询问大家,有没有看到过罗赫,他们一致回说没有。

"我哪儿都找不到他!"他忧心忡忡地说道,没有坐下来多说两句话,便匆忙离开了,到别的人家去找他了。格热拉刚刚走开,神父就让人来叫雅西,要他到神父家里去。雅西尽量拖延时间,磨蹭了好一会儿,但最后还是去了。

神父在台阶上边等边吃着下午茶,像慈父般地亲吻了雅西,还让他在自己身边坐下,随后用和蔼慈祥的口吻说道:"我很高兴你回来了,以后就有人和我一起诵经祈祷了。不过,你知道吗,我今年添了多少蜂房?十五箱!不比老的蜂房差,已经积有四分之一的蜂蜜了。以前我的蜂群更多,我曾吩咐雅姆布罗兹,要看好,别让它们飞跑了,可是这个蠢家伙,却睡得死死的,让蜜蜂飞进了果园和森林里。还有一窝蜜蜂被磨坊主偷去了,是的,是他偷走的!有一窝蜜蜂飞到了他的梨树上,他就把它当作是自己的收走了,说是他自家的,不肯归还给我!他是在为公牛那件事生气,对我进行报复。怎么可以这样呢,这个强盗……你听到过费利普克的消息吗……这些坏家伙,他们就像黄蜂一样老是蜇人。"他突然打住了话头,用手帕去驱赶那些飞落在他秃头上的苍蝇。

"我只听到过,他被关在齐塔德利!"

"但愿就此止步,不再闹事就好了……我曾经多次劝告他,他就是不听,像头犟驴,如今大祸临头了。他父亲是个爱吹牛的大老粗,我倒很替费利普克感到惋惜,他是个很聪明的小子,他对拉丁语的精通,连大主教都无法相比。那又有什么办法呢,他脑子有问题,还想去掀翻天……有一句俗话说得好:不做不许之事,远离违法之罪。还有一句是:温顺的小牛有奶吃。"他不停地赶着头上的苍蝇,说话的声音却越来越低,"要记住我说的话,雅西!要记住我说的话!"他把脑袋紧靠在沙发背上,打起了瞌睡。雅西刚站立起来想走,他又睁开了双眼,喃喃说道:"蜜蜂这件事把我累得精疲力竭,改天晚上你来和我一起做祷告。不过你要记住,不要和农民太亲近了,俗话说得好,和谷糠混合,就会一起被猪吃掉!我跟你说,到了那时候,一切都完了!"他用手帕蒙住脑袋,随即便呼呼睡着了。

风琴师和神父的想法完全一致,当长工把马儿从牧场上赶回家,雅西骑上其中的一匹时,风琴师便对他大喊起来:"快下来!一个神父骑着一匹没有鞍子的马,和牧人们混在一起,成何体统!"

雅西是特别想骑马去兜兜风的,但他还是很听话地下了马。此时已是暮色苍茫,他便到花园里去做晚祷。但他总是安不下心来,因为附近有个姑娘在唱歌,还有几个女人在邻居家的果园里嘻嘻哈哈说着话,每句话都能掠过带有露水的草地,传到他的耳中来。孩子们在池塘里洗澡时的大喊大叫声,还有从那一边传来的嬉笑声、母牛的哞叫声、神父家的珠鸡发出的响彻天际的尖叫声,让整个村子就像嗡嗡乱叫的蜂房一样喧闹异常,让他心烦意乱,常常出错。当他能够静下心来,跪在黑麦地边,抬头仰望着群星闪耀的天空,神游天际的时候,突然传来一阵令人惊异的尖叫、哭喊和咒骂声,他被吓坏了,赶忙跑进了屋内,想问问母亲,这到底是怎么回事。

他的母亲正好出来叫他回去吃晚饭。

"那边发生了什么事？是在打架还是别的什么？"

"那是约瑟夫·瓦赫尼克从区公所开会回来，有点喝醉了，正在打自己的老婆呢！不过这个婆娘早就该打。别担心，不会出事的。"

"她哭叫的声音多么凄惨呀，好像有人在剥她的皮似的。"

"她一贯如此，只要老公一拿棍子，她就会大哭大叫，但明天又是老样子，和和气气的。来吧，我的宝贝，晚饭都快凉了。"

雅西刚吃了两口，就觉得疲倦得要命，吃不下去，便上床睡觉了。第二天一早，太阳刚刚升起，他就起床下地了。他先到地里走走，然后给马采了些苜蓿，还把神父家的珠鸡逗弄得不停地啼叫。逗狗的时候，他逗得这些狗儿摇尾乞怜，差点把拴它们的铁链都挣脱了。之后，他又去喂了鸽子，帮小弟弟赶牛，帮米哈乌劈柴，又到果园里去察看梨子成熟的情况，和小马驹闹着玩儿。他到各处都转了一遍，用和善的眼光去看待一切，就像对待朋友和亲兄弟那样，充满了爱怜之情。他甚至去看了盛开的蜀葵、晒太阳的小猪，以及隐没在篱笆墙下的各种野花和野草。就连用慈爱目光追寻着他的母亲也不免发出这样的感叹："他简直是个疯子！他发疯了！"

他就这样漫无目的地走来走去，容光焕发，就像七月的夏日，明媚、灿烂、温馨，用充满挚爱的心灵去拥抱世上的一切。一听到弥撒的钟声响起，他便扔下一切，急忙朝教堂跑去。

仪式由神父主持。雅西身穿新法衣，披挂着红色绶带，从圣器室出来，走在神父的前头。管风琴奏起了响亮的乐曲，唱诗班放开喉咙大声歌唱，把祭台上的烛光都震得摇曳不定。弥撒开始了。

雅西虽是弥撒的助祭，但在间隙中却做着热诚的祷告。他还是看见了雅格娜，她正跪在旁边。他把头抬起了一些，看见她的那双浅蓝色的眼睛晶晶发亮，一直盯住他不放，她鲜红的嘴唇勾起，露出一种似笑非笑的神秘神情。

弥撒结束后，神父便把雅西叫到了自己家中，要他抄写东西，直到中午过后才让他出去拜访熟人。

他首先来到了最近的克温布家，但家里没有人。他从两头都开着门的过道望过去，只见里面角落里有什么东西在动，一个嘶哑的声音传来："是我，阿加塔！"她抬起了身体，惊异地举起了双手，说道，"老天爷，是雅西少爷！"

"你好好地躺着吧！你是哪里不舒服，还是怎么的？"雅西关心地问道，还搬来一个木墩子，在她近旁坐下，这才看清她那张像灰土一样憔悴的脸孔。

"我正在等待天主赐予我恩惠呢！"她的声音里有一种庄严感。

"你到底怎么了？"

"没什么，不过是死神快要来了，我正在等着。克温布一家收留了我，好让我死在亲人家里。我向天主祷告，耐心地等着我最后时刻的到来，等到死神来跟我说：'走吧，你这受苦受难的灵魂！'"

"为什么不把你搬到屋里去？"

"还不到最后时刻，我不想打扰他们。我要是搬进去住，他们就得把小牛牵出去，给我腾地方。不过，他们答应我，等到我快要咽气时，便会把我搬到屋里去，让我躺在圣像下面的床上，还给我点上蜡烛……还会把神父请来……给我穿上最好的衣裳，给我举行体面的葬礼。当然，我也把所有的东西都给了他们……我想他们是不会骗我这个孤寡老婆子的……我不会麻烦他们很久的……他们是当着证人的面答应了我的！当着证人的面！"

"可是你一个人躺在这里不会感到腻味吗？"他的声音里夹带着悲伤和哽咽。

"我躺在这里确实很好，雅西小少爷！你看，我从走廊门望出去，看到的东西还少吗？谁在路上行走，谁在那边说话，我都看得一清二楚。有时有的人还会来看看我，和我说些亲切的鼓励的话，这样一来，我也就等于走遍了全村。等人都去地里干活儿了，我就在这里看那些鸡在垃圾堆里扒来扒去，看那些麻雀在屋子里飞来飞去，看西落的太阳射进来的阳光，或是有个别顽皮的孩子朝这里扔块泥巴。白天就这样不知不觉地过去了。到了晚上，你不会想到，会有这么多人来看我，真的，好多人！"

"是谁呀？来的是谁呀？"他弯下腰去靠近她一点，望着她那双几乎失明的眼睛。

"就是我的那些早已去世的亲人和熟人。少爷，我说的是真的，他们确实来过。还有一次，"她显得无比高兴，轻轻说道，"一位少女来看我，小声对我说：'阿加塔，躺着别动，天主会赐福给你的！'我立刻就把她认出了，她就是琴斯托霍瓦的圣母。她身着缀有黄金和珍珠的帽子和披风，抚摸着我的脑袋，说道：'不要怕，你这个孤儿，将会在天国的宫廷中成为第一位女主人，成为一位贵夫人。'"

阿加塔就像只渐渐入睡的小鸟那样，说起话来有气无力的。雅西躬身在她上面，听她说话，望着她，就像望着一个深不可测的深渊，倾听着某种隐秘的东西发出潺潺声，审视着一团人类理智无法探知的闪光。他感到胆战心惊，但又不忍心离开这个奄奄一息的人，这个枯萎的麦穗，这个战栗的生命，这束在黑暗中行将熄灭的光芒。可是，她却还在幻想着美好的生活和新的荣光。这是雅西生命中第一次如此贴近地目睹人类的残酷命运。因此，这毫不奇怪，他感到无比地惊恐，心中充满了悲伤，泪水夺眶而出。深切的同情，让他立即跪了下去，从他颤抖的嘴唇里发出了热情而又虔诚的祈祷声。

老人清醒过来，抬起了头，无比激动地说道：

"雅西，你是最神圣的天使！是我最亲切的小神父！"

随后，雅西一直倚墙而立，待了很久，让身体感受阳光的温暖，让眼睛饱尝着晴朗白天的美好景象,为周围活跃的生命而感到欣慰。

尽管那边有一个灵魂在死神的魔掌中挣扎,那又怎么样呢?

太阳依然是光芒万丈普照天地,麦田依然沙沙作响,白云依然在高高的天空中飘动,孩子们仍旧在大路上嬉戏玩耍,正在成熟的苹果越来越红艳,铁锤打在铁砧上,当当的声音响彻整个村庄。有人在修理大车,有人在磨利收割用的镰刀,空气中飘散着新烤面包的香味。女人们聚在一起闲聊,头巾在篱笆、田野和院子之间来回移动。人们像往常一样,过着千篇一律的亘古不变的生活,天天都在忙碌着,充满了忧虑和各种小计谋,却没想过自己会先坠入死亡的深渊。

谁还会去为这样的事自寻烦恼呢?

于是,雅西很快就摆脱了心里的悲伤,继续到村里去拜访大家。

他和正在帮斯达赫建房的马特乌什聊了好一会儿,墙砌得快到顶了。之后,他在池塘边上和正在漂白布的普沃什卡太太谈了一谈,又去看了正在生病的尤什卡,听了乡长老婆的一通牢骚。他到铁匠铺里去看了看,铁匠正在给镰刀淬火,往镰刀上锤打刀尖。他还去了多个果园,在那里干活儿的都是姑娘和妇女们。她们都很高兴见到他,像欢迎朋友一样欢迎他,因为他是利普查村的好孩子,大家都把他看作是自己的亲人。

他最后来到了多米尼科娃家,她正坐在房前纺纱。令雅西深感惊讶的是,她的眼睛都绑上了绷带,怎么还能纺纱呢?

"纱线纺得是粗是细,是好是坏,我的手指都能摸得出来。"她解释道。对于雅西的来访,她特别高兴,立即把正在院子那边干活儿的雅格娜叫了过来。

她立即跑了过来,身上只穿了一件衬衣和一条短裙,一看见雅西,便用手捂住了胸部,脸红得像樱桃一样,赶忙跑进屋里去了。

"雅格娜,去把牛奶拿来,也许能让雅西少爷凉快一些。"

雅格娜很快就拿来了一壶牛奶和一个杯子。她已经在头上蒙了一条纱巾，显得很不自在。她在倒牛奶时，手有些发抖，脸色也是红一阵白一阵的，眼睛也不敢抬起来。

在雅西逗留的整个期间，雅格娜一句话也没有说。直到他要走的时候，她才把他送到了路上，然后目不转睛地望着他的背影，直到消失不见。

他的身上的确有一种无法言述的东西吸引着她，使她激奋不已，难于自制。为了克制住自己不去追他，她跑到果园里，双手紧紧抱住了一棵果树。她站在那里呼吸困难，几近发狂。长满苹果的树枝把她掩饰了起来，仿佛给她披上了一件斗篷。她睁开眼睛站在那里，嘴角露出了幸福的微笑。她心中充满了恐惧不安，那是一种既饱含甜蜜泪水又充满快感的激情，就像在那个春日之夜里她望着窗子里的雅西所感受到的一样。

雅西也同样被雅格娜吸引着，只是他还没有真正体验到这种吸引力。他时不时会到她家去坐一坐，离开时便有一种奇怪的快感。他现在每天都能在教堂里看到她——她一直跪在那里直到弥撒结束，那样虔诚、专注，目睹这种情景，他心中的欣喜之情便油然而生。

有一天，他向母亲讲起了雅格娜的这种举动。母亲只是耸了耸肩膀："如果有谁需要用祈祷来向上帝请求宽恕的话，那就是她了！"

雅西的心灵纯洁无瑕，有如世界上最洁白的花朵，他没有听懂母亲话中的含义。雅格娜过去和风琴师家来往密切，也很受他家里人的喜欢，现在他又看到她如此虔诚，因此，他对她的人品从未产生过别的想法。只是，让他感到奇怪的是，自从他回家之后，她却一次也没有来过他家里。

"我现在正要去叫她，家里有许多衣服等着她来烫哩！"

没过多久，雅格娜就来了，穿得那样漂亮，令雅西大感惊异。

"你这是怎么的,要去参加婚礼吗?"

"倒不如说,有人来向她求婚啦?"有个姑娘大声说道。

"谁敢来向我求婚,看我不把他赶到九霄云外去!"她大笑着答道。

大家都瞧着她,她脸红得像朵鲜艳的玫瑰花。

雅西母亲要她立刻去熨衣服,风琴师的女儿们和雅西都跟了过去。不一会儿,那里便嘻嘻哈哈热闹起来。他们竟会为了一些小事都傻笑起来,终于引得老婆子出来干涉了。

"你们这些闹喳喳的喜鹊,快给我安静下来。还有你,雅西,最好到花园里去,你在这里大晒牙齿有失雅观呀!"

他不情愿地离开了她们,像往常那样拿起一本书,缓步走到村外的地里,沿着田埂,来到了梨树林旁边。之后,又一直走到利普查村的边界上,坐在那里读起书、思考起问题来。

雅格娜知道该到什么地方去找他,对他常去的地方,知道得一清二楚。她那思念的眼神、那愉悦的心灵总是情不自禁地追随着他,就像飞蛾绕着光亮那样。仿佛有一股温柔而又巨大的力量把她推向雅西,一股汹涌澎湃的急流把她推向幸福美好的梦想世界。她把自己的整个灵魂都投进去了,根本不想这股急流会把她冲向何处,会给她带来何种命运。

无论是深夜躺下睡觉,还是黎明立即起床,她的心里只有一个愿望,嘴里只有一句祈祷词:"我要见到他!我要再次见到他!"

每当神父出来做弥撒的时候,她总是会跪在祭台前面。管风琴奏出动人心弦的音乐,香炉里升起薰香的烟雾,热烈的悄悄祈祷声直上天穹,她的那双充满崇拜之情的眼睛却一直盯着雅西。雅西则身穿白色法衣,身材修长,仪容俊美,他合着手掌,在缥缈香烟和透过彩色玻璃泻进来的、五颜六色的光芒中来回走动。她觉得他就是一位鲜活的天使,正从画框里走出来,面带微笑,朝她一步步地走来……走来……这时候，整个天国都向她的灵魂敞开了，她匍匐在尘土之中，亲吻他脚步走过的每一个地方。她激情满怀，神魂颠倒，以全部力量，高唱起赞美的圣歌来："神圣！神圣！神圣啊！"

有好多次弥撒结束了，大家都回家去了，雅姆布罗兹在这空旷的教堂里摇起了钥匙准备锁门了，可她依然跪在那里，眼睛盯着雅西曾经站过、如今却已空无人影的地方，身心沉浸在最神圣的寂静中——那种充满痛苦的欢乐如此强烈，竟使她流下了大滴大滴的、有如水晶般透明的眼泪。

现在的每一天，对于雅格娜说来，都是愉快的节日。她每天都在享受着弥撒所带给她的不断的欢悦。当她眺望大地的时候，成熟的麦穗、干旱的土地、果园里被果实压弯了的树木，还有远处的森林、飘动的云彩，以及那至高无上的太阳，这所有的一切，都在她的灵魂里高唱起同样的赞美诗："神圣！神圣！神圣！"歌声充满着感激和无限的欢乐。

嘿！嘿！她充满热爱地望着这一切，觉得世界是多么美好！在这样神圣的时刻里，人的力量多么强大，甚至敢于和上帝相抗衡，敢于和命运抗争。人生永远是欢乐的，即使是最微小的创造物也能得到垂爱。

每天白天，她跪下感谢天主，每天晚上，她祝福逝去的一天。她愿意为此而献出所有的一切，心中依然会感到富裕和充足，慈爱的力量则会随着这些美妙的时光与日俱增。

她的灵魂越升越高，超越于大千世界之上，俯视群星如同观看近在身边的东西一样。她自豪地把手伸向天国，做着永远幸福的美梦。她清楚地知道，世界上没有任何力量能终结她的爱，也没有任何力量能与之抗争。雅格娜就是这样来看待她的爱的。

在此期间，准备夏收的那些忙碌的日子就像往常一样地过去了。

雅格娜东奔西跑，勤奋劳作，而且终日歌声不断，其音堪与云雀相媲美。她不惧劳累，兴高采烈，脸上总是流露出喜悦。她就像她花园里的玫瑰或者美丽的蜀葵——或者说，她是天国花园中最美的一朵奇花，总是那么光彩夺目、可亲可爱，总是吸引着人们的眼球，就连老头子都要回过头来望她一望。那些小伙子重又聚集在她的周围，在她的房外长吁短叹，但是她却回绝了每一位追求者。"你若是高兴的话，可以在这里生根长大，但是你什么好处也得不到。"她嘲笑他们道。

"她讥笑我们中的每一个人，像个地主小姐那样目中无人。"他们都在马特乌什面前抱怨道。而他呢，也只能伤感地叹气罢了。他比大家好不了多少，除了每天傍晚能和多米尼科娃聊聊天，见见忙个不停的雅格娜，听听她的歌声外，也没有得到她更多的关爱。每次他都是那样热情地看着、听着，可是离开她时，他总是非常忧郁，情绪也越来越低落。他到酒馆借酒浇愁的次数越来越多，而且常常把怨气发泄到他周围的每一个人身上，尤其是特蕾莎。他把她折磨得死去活来、痛苦不堪，让她觉得活着便是一大包袱。

有一次她碰见雅格娜便背过身子，朝她吐了一口唾沫。可是雅格娜神思恍惚，闷着头在走路，连看都没看她一眼就走过去了。

特蕾莎深感愤怒，便对那些在池塘里洗衣服的姑娘们说道："你们看到了吧？她傲慢得像只孔雀，无论是白天还是黑夜，她对谁都不瞧一眼。"

"你看她那身打扮，好像是在过节一样。"

"你们不知道，她每天梳妆打扮都要忙到中午才完！"

"她老是去买缎带和首饰！"姑娘们附和道。

也不知道从什么时候开始，只要雅格娜一出现在村子里，女人们便会用恶毒的眼光盯着她。这眼光就像猫的脚爪子一样锐利，像毒蛇一样恶毒。而每一次都会有新的难听的话来咒骂她。她们都不放过她,那是因为她的打扮,因为她比别的人都漂亮,她们都忘不了她会勾引男人。

"她总觉得自己比别人高一等,真让人受不了!"

"她打扮得像个地主婆似的,钱是从哪里来的?"

"难道她没有得到乡长的赏赐吗?"

"据说安特克对她也是很慷慨的!"

那些聚集在普沃什卡篱笆墙边的主妇们就是这样议论雅格娜的。

"现在安特克对待她,就像狗对它的第五条腿一样。如今和她交往的是另一个人。"雅古斯丁卡插嘴道。她微笑着,装出一副神秘兮兮的表情。于是大家都缠着她,要她说出那个人是谁来,但她就是不说,最后对大家说道:"我可不是个散布风言风语的人,你们都有眼睛,可以自己去看嘛!"

从这个时刻起,村里就有上百双眼睛严密地注视着雅格娜的一举一动,就像众多的猎犬在追逐一只兔子一样。雅格娜却毫不知晓,依然我行我素——其实,即使知道了她也不在乎,因为她每天都能看见雅西,还能得到他的注视,她兴奋得要死。

雅格娜几乎每天都要到风琴师家去,往往雅西都在家,在她的身旁坐下。她能感觉到他的眼睛在盯着自己——她没有高兴得昏迷过去,这令她很好奇。但她仍全身发热,双脚发抖,心脏像被捶打似的扑通扑通地狂跳。当雅西到另一个房间去给妹妹们上课时,她就非常专注地听他讲课,全神贯注于他那甜蜜的声音。

终于,这让风琴师的老婆发觉了:"你为什么听得这么认真?"

"雅西少爷教的东西太深奥了,我怎么听都听不懂!"

她便半开玩笑地说道:"你很想学习吗?我儿子念的可不是一般的学校。"她很为儿子骄傲,于是谈了很久。实际上,她也很喜欢雅格娜，常常把她请到家里来，这不仅是因为雅格娜手巧能干，家里的许多活儿需要她来做，而且还因为她常常带来好些东西，比如梨呀、草莓呀、越橘呀，甚至还有新鲜的奶油。

雅格娜每次来都很专心地听风琴师老婆说话，但是只要雅西一离开家，她也就匆匆忙忙地告辞——说是要回她母亲那里去。她特别爱从远处望着雅西，而且常常躲在黑麦地里或者大树后面久久凝视着他，心中激情澎湃，止不住热泪横流。

然而，让她感到最惬意的是那短促而又温暖晴朗的夏夜。只要母亲一睡下，她便把被褥都搬到果园里去，仰天躺着，透过树枝的缝隙，凝视着天空中闪耀的繁星，沉入"无忧无虑的世界"的甜蜜幻想中。夜里的阵阵热风吹拂着她的脸庞，星星睁大着眼睛俯视着她，从散发出芳香的不知何处传来的悄悄声，充满着激情和爱意。还有树叶的喃喃声、各种生物断断续续的响声、被抑制的叹息声、一种仿佛是从地下发出的呼叫声，所有这一切都在她的心里融合成一种无比奇妙的音乐，顿时让她感到浑身灼热，呼吸急促。她翻滚着，从床上掉落下来，就像成熟的果实那样，在沾满露水的清凉的草地上滚动。她伸开四肢躺在那里，浑身软弱无力，仿佛被一种神圣的原始力量所操纵，就像那正在成熟的田野、硕果累累的树枝、一望无际的麦田，准备付之于镰刀和疾风，等待着行将到来的任何命运。

雅格娜就这样度过了短暂而又温暖的夏夜和酷热炙人的七月的白天——它们就像甜蜜的梦一样过去了，但却更令人期待、更令人神往。

她的行动也如在梦中一样，朦朦胧胧，甚至连白天黑夜都几乎分辨不出来。

多米尼科娃也注意到了女儿的这种奇怪的变化，但弄不明白究竟是因何而起。唯一令她高兴的是，雅格娜出乎意料地虔诚。

"雅格娜，我要告诉你，谁虔信上帝，上帝就会和谁在一起！"她慈爱地一再说道。

雅格娜什么也没有说，只是露出了一种顺从的、对幸福有所期待的微笑。

有一天，雅格娜意外地遇见了雅西，他正拿着一本书坐在村界边的小丘上读着。她已无法逃走了，便站立在他的面前，心慌意乱，满脸羞红。

"哎，你来这里干什么？"

她结结巴巴地说了一些话，生怕他猜中她来的意图。

"你坐下来吧，我看你也累了。"

她犹豫不决之时，雅西已经抓住她的一只手，把她拉到身边坐了下来，她立即把一双赤脚藏在了裙子下面。

雅西也显得很不自在，急忙朝四周打量了一番。

周围空无一人。利普查村的屋顶和果园，像是在麦子的海洋上浮现出的远方小岛。麦穗在阵风中翻滚起伏，空气中弥漫着薄荷草和黑麦的混合气味，有一只鸟正在他们的头顶上翱翔飞旋。

"今天真热得可怕！"为了打破沉默，他开口说道。

"昨天也不比今天差！"她答道，因高兴和害怕，她喉咙被堵，差点说不出话来。

"快到夏收的时候了。"

"是的……快了！"她应声道，一双眼睛紧盯着雅西的脸孔。

他笑了一笑，力图用一种轻松自如的，甚至是半开玩笑的口气说道："雅格娜，你真的是一天比一天漂亮了！"

"我哪里说得上漂亮呀！"她满脸羞红地答道。她那深蓝色的眼里放射出火焰般的亮光，嘴唇轻轻颤抖着，露出一种发自内心的微笑。

"说真的，雅格娜，你是不想再结婚了吗？"

"再不想结婚了，我一个人独来独往，不是很惬意吗？"

"难道就没有一个你中意的人吗?"他的胆子也渐渐大了起来。

"没有,一个也没有!"她摇着头说道,却用一双梦幻般的、充满柔情蜜意的眼睛痴迷地盯着他看。

他朝她弯下身去,仔细地看着她那深邃的眼珠子,在她的眼神中可以看到一种最深切的、最甜蜜和最信任的祈求,有如虔诚的信徒发出的真诚的呼叫。她的心在激荡,有如田野受到太阳的灼热照射,有如鸟儿在大地的上空翱翔歌唱。

突然间,他很奇怪地退缩了,揉了揉眼睛,站了起来。"我该回家去了!"他点了点头以示告别,然后沿着田埂向村里走去,他一边走一边翻着书看。偶然中,他双眼离开书本,朝身后一望,停住了。雅格娜正跟在他身后,相距只有几步远。

"这也是我回家最近的一条路。"她有些胆怯地解释道。

"那我们就一起走吧。"他嘟哝了一句,但和她同行,他并不高兴,眼睛还盯着书本,走得很慢,还喃喃地读着书。

"书上都写了些什么?"她朝打开的书本望了一眼,问道。

"你若是想听,我念一段给你。"

田埂旁边正好有一棵枝繁叶茂的大树,于是他便在树荫下坐了下来,开始朗读起来。雅格娜也在他对面蹲了下来,用手支撑着下巴,全神贯注地听着,用她那双贪婪的眼睛把他的全身看了个够。

过了一会儿,他抬起头来,问道:"你喜欢吗?"

她的脸一下子红了起来,赶忙把视线移开,不好意思地说道:"怎么说呢……这不是关于国王的故事,是吧?"

他皱了一下眉头,便又读了起来。他这次读得很慢,很清晰,一个字一个字地加重了语气。他读到的有关田野和庄稼:"坐落在桦树林中的地主家府邸……回家后的地主儿子……地主家的小姐,带着孩子们坐在花园里。"所有这一切都是用诗句写成的,就像教堂里所歌唱的赞美诗一样，和神父在神台上所诵的诗句也差不多，却听得雅格娜心潮澎湃、热泪盈眶。

可是他们坐着的地方却热得可怕。他们旁边的黑麦田，都被杂乱无章的矢车菊、野豌豆和牵牛花所围绕，形成了一堵厚厚的墙，连一丝凉风都渗不进来。在这炎热的寂静中，只能听到麦穗的摇曳声、麻雀的叽喳声、蜜蜂的嗡嗡声，以及雅西读书时所发出的甜美悦耳声。尽管雅格娜一直目不转睛地望着雅西，就像望着一幅圣徒画像那样，而且还一字不落地倾听着他的朗读，但她依然有一种昏昏欲睡的感觉，头都点了好几次，费了很大的劲才保持住清醒。

幸好这时雅西停止朗读了，直盯着她的眼睛说道："你说说，书里写的是不是很美？"

"是的，是很美！就像是在听布道文！"

雅西两眼炯炯放光，脸色发红。他开始向她讲解这首诗，把那些描写森林和田野的诗句又重念了一遍，雅格娜却打断他道："就连小孩子都知道，树长在森林里，水在河中流，人在地里播种，为什么还要把这些写在书上呢？"

雅西惊讶得朝后退了一步。

"我就喜欢听那些有关国王的、恶龙的和鬼怪的故事，听起来很过瘾，让你身上起鸡皮疙瘩，心里像炭火烧着那样。罗赫常常会讲这类的故事，我可以整天整夜都听下去的。雅西少爷，你有这样的书吗？"

"谁还会去读这种书呀？都是胡编乱造的神话！"他很生气地大声说道。

"神话？可那是罗赫读给我们听的，而且也是印在书上的。"

"他读给你们听的全是胡说八道，一派胡言！"

"难道这些好听的故事，都是胡编乱造出来骗人的吗？"

"是的，所有这类故事都是瞎编出来的。"

"那些白天遇鬼的故事、有关恶龙的故事，所有的这些都是假的吗？"她问道，心情越来越沮丧。

"我不是对你说过，全都是假的吗？"他不耐烦地答道。

"全是假的？那么天主和圣彼得一起旅行的故事也是假的了？"

他还来不及回答，科兹沃娃突然从杂草丛中冒出来，站在了他们面前，露出一副不怀好意的笑容。"雅西少爷，为了找你，我几乎走遍了全村！"她口气很甜地说道。

"出了什么事吗？"

"有三辆宪兵的马车来到了神父的家里。"

他惊慌地跳了起来，朝村里飞跑而去。

雅格娜也心神不定地朝村里走去，科兹沃娃走在她的旁边。"我一定是打断了你们的……祈祷了，是不是？"她低声说道。

"什么祈祷？他是在朗读用诗写成的故事书呢！"

"啊，我还以为是在做别的什么事呢。风琴师的老婆派我出来找他，于是我便来到了这边，边走边看，一个人也没有……我看到梨树下面有什么东西在动，近前一看，原来是两只小斑鸠在低声地谈情说爱呢……这里倒是个好地方……远离人群，谁都看不见……真是不错！"

"但愿你的舌头烂掉，你永远说不出话来！"雅格娜大声说道，愤怒地急步向前走去，以摆脱科兹沃娃。

"你以为又会有人来为你赎罪啊！"科兹沃娃在她背后讥讽道。

第十章

雅格娜一走进村子，立即就意识到，出了什么重要的事情了。院子里的狗在疯狂地吠叫。孩子们躲进了果园，从大树或篱笆的后面朝外观看。男人们纷纷从地里回来，尽管太阳还高高挂在空中，离收工还有一段时间。妇女们三三两两地聚在一起，相互低声交谈着。大家脸上都有一种惶恐不安的神色，人人的眼睛里都流露出了恐惧和忧虑。

"出了什么事了？"雅格娜向巴尔切莱克家的小姑娘问道，她正躲在墙角处朝外偷看。

"不知道，好像是从森林那边出来了大兵。"

"耶稣马利亚！是来了大兵？"她吓得双脚发抖。

"听小克温布说，是从沃拉村开过来的哥萨克兵！"刚跑过来的普雷切克家的姑娘说道。

雅格娜特别惊慌，便三脚两步地跑回了家里。母亲坐在门槛上，一边纺着线，一边高高兴兴地和几个女人聊天。

"我们两个看到的情况都一样：士兵们坐在台阶上，他们的长官和神父待在屋子里。"

"他们派风琴师家的米哈乌去叫乡长了。"

"既然去叫乡长了,看来绝非小事!啊,啊,说不定会出什么坏事的。"

"也许他们是来收税的?"

"收税用得着这么多人吗?肯定是另有问题。"

"是的,绝不会是什么好事。你们等着瞧吧,记住我说的话。"

"让我来告诉你们他们来这儿的目的吧!"雅古斯丁卡刚好走了过来,插嘴道。

她们拥上前来,个个都很好奇,像鹅那样伸长了脖子去倾听。

"他们来是要把你们征去当兵的!"她说完便哈哈大笑起来,但其他人没有一个笑的,只有多米尼科娃生气地责怪她道:"你总是说些不中听的话!"

"你们总是喜欢小题大作,看看你们抖得多么厉害,牙都快抖掉了!可你们还想知道会发生什么事情,我才不会为那些士兵担心害怕呢。"

普沃什科娃立即挺着她那肥大的身体,走上前来给大家讲述她的感受,说她一看到那些车子,就预感到会出什么乱子。

"别说了!格热拉和乡长正要赶去神父家呢!"

她们都朝池塘对岸正在行走的两个人望了过去。

"真奇怪,他们还把格热拉也叫去了。"

她们猜错了。格热拉只是陪他哥哥到神父家去的,他自己却停在外边了,看了看那些停在神父家门前的马车,还同车夫说了几句话,瞧了瞧那些坐在台阶上的宪兵,然后便忧心忡忡地去找马特乌什。马特乌什正在给斯达赫盖房子,跨在房梁上凿洞口,以便装上橡子。

"他们还没有走吗?"他没有停下工作,问道。

"没有!最糟糕的是,我们搞不清楚他们是冲着谁来的。"

"肯定会有坏事的!"老贝利查结结巴巴地说道。

"也许是为了大会的事！区长当时就威胁过我们，警察就曾走来走去的，想查出谁是利普查村闹事背后的教唆者。"马特乌什从房梁上下到了地上，说道。

"这样说来，他们一定是来抓我的！"格热拉低声说道，不安地朝四周看了看，脸色突然煞白，心跳特别加快。

"不，我认为他们是来抓罗赫的！"斯达赫说道。

"不错，他们早就打听过他的事了，我怎么就忘了这件事呢！"他立刻松了一口气，却又为罗赫的事担忧起来，伤心地说道，"毫无疑问，如果他们是来抓人的话，要抓的就一定是罗赫！"

"我们怎能让他被抓走呢？他简直就是我们的亲生父亲！"

"嘿，可是我们无法抗拒他们呀！说也没有用的！"

"快点去告诉他，让他藏起来，快去呀！"老贝利查急忙道。

"说不定他们来这里，是为了别的公务，比如乡长的事。"斯达赫结结巴巴地说道。

"无论如何，得赶紧去告诉他！"格热拉大声说道，随即便钻进庄稼地里，穿过几个菜园，很快来到了波利那家。

安特克正坐在台阶上，给铁砧上的镰刀锉锯齿。一听到这种情况，便立即惊慌地站了起来。

"正好他刚来这里。罗赫！你快过来，我们有事找你！"安特克喊道。

"什么事呀？"老头子从窗口伸出头来问道。他们正要告诉他情况时，风琴师家的米哈乌便气喘吁吁地冲了过来。

"告诉你，安托尼，宪兵是来抓你的，已经到了池塘边了。"

"是来抓我的！"罗赫低头叹息道。

"耶稣马利亚！"汉卡站在门口大叫了一声，便哭了起来。

"别哭，安静点！应该商量一下！"安特克轻声说道，他正在想对策。

"我要去大声叫喊全村的人,我们绝不会把你交出去,罗赫!"他折断了一根粗树枝,凶狠狠地说道。

"别闹了。罗赫,你赶紧从草堆后面钻进黑麦地里去,再找个沟渠藏进去,我们不叫你绝不要出来。快,趁他们还没来。"

罗赫在房间里转了一转,便将一沓纸塞给躺在床上的尤什卡,低声说道:"快藏在你的身下,绝不要交出去!"

说完之后,他未戴帽子未穿外套,便冲进了果园里,如同石头被扔进了水里,消失不见了,大家只能看见草堆后地里的黑麦在轻轻晃动。

"嗨,格热拉,你回去好了。汉卡,你还是照常工作。米哈乌,你也快走吧,绝不要透露半个字!"安特克吩咐完了便坐了下来,继续做着他中断了的工作——在镰刀上锉锯齿。他依然镇定自如,从容不迫,时不时地将镰刀举起,对着阳光端详一番,趁机也向四周环扫一眼。这时,狗吠声越来越近了,没过多久,便听到了沉重的脚步声、军刀碰撞的当当声和宪兵们的说话声。

安特克的心跳加快,两手发抖,但依然工作着,一下接着一下,有条不紊地锉着,头不抬,眼不眨,直到宪兵们来到了他的跟前。

"罗赫在你家吗?"乡长很是担心地问道。

安特克朝整个队伍扫了一眼,便镇定自若地一字一句回答道:

"他一定到村子里去了,我从早上起就没有看见他。"

"把门打开!"宪兵队长厉声命令道。

"哎,门原来就是开着的!"安特克从凳子上站了起来说道。

官员和宪兵们进了屋里,警察们却分散去监视果园和进行巡查。

这时候,大路上已经聚集了半个村子的人,他们默默地看着宪兵们严密搜查波利那家。安特克不得不将所有的东西都打开来给他们看,汉卡则坐在窗下，一边看着，一边在给孩子喂奶。

搜查自然是毫无结果，但他们仍然很仔细地检查了每个地方，甚至连床下都不放过，有人还往床底下看了又看。

宪兵队长看见桌子上有几本小书，便像猞猁那样扑了过去，仔细地查看起来。

"这些书是从哪里来的？"

"大概是罗赫放在这里的……一直都是这样，我们没有动过。"

"波利那的老婆是个文盲！"乡长解释道。

"你们谁会认字？"

"谁也不会。学校就是这样教我们的，我们现在连做礼拜的书都不会认了。"安特克答道。

宪兵队长把书递给部下，便到房子的另一边去了。

"她怎么啦，病了？"宪兵队长朝尤什卡走去。

"是的，她病了，正在出天花，已经躺在床上两个星期了。"

队长一听，赶忙退回到过道里。

"罗赫住在这一家吗？"他问乡长。

"他有时住在这里，有时又会住在别人家里，他像个乞丐那样，爱住哪里就住哪里，由他的性子而定。"

宪兵们检查了所有的角落，甚至连圣像的背后都不放过。尤什卡睁着一双恐惧的眼睛，一直在注视着他们的一举一动。当有个宪兵走近她时，她吓得全身发抖，歇斯底里地大叫起来：

"我把他藏在了我的身子下面，你们来搜查呀！来呀！"

等到他们都搜查完了，安特克便走到宪兵队长的面前，向他深深地鞠了一躬，用很温顺的口气问道：

"请问，罗赫犯了偷盗罪吗？"

队长怒睁着眼睛，逼视着安特克的脸，用加重的语气说道：

"如果发现你窝藏罗赫，我会连你一起抓，听到了吗？"

"听到了！但我还是不明了这到底是什么意思。"他搔搔头发，装出一副傻里傻气的模样。队长狠狠地盯了他一眼，便到村子里去了。

接着他们又去搜查了好多户人家，到处查来查去，盘问每一个他们碰见的人。一直闹到太阳落山，路上挤满了从牧场回来的牛羊，他们才一无所获地灰溜溜地回去了。

现在可以喘一口气了，大家在一起谈论起搜查的情形来。宪兵队搜查过克温布家、格热拉家和马特乌什家，大家都已心知肚明，没有丝毫的害怕了，甚至还讽刺嘲笑他们。

当家里只剩下安特克和汉卡他们自己时，安特克便压低声音对汉卡说：

"事情到了这种地步，我看我们家里是不能再留他了。"

"怎么啦，要把他赶走吗？这么一个圣人，一个大善人！"

"真他妈的难办！"他诅咒了一声，不知道该怎么做好。幸好这时，格热拉和马特乌什都找他来了，于是他们便躲在谷仓里商量起事情来，因为不断有人到家里来打听消息，房间里无法商议。

当他们走出谷仓时，天色已完全黑了，汉卡也挤完了牛奶，彼得也从森林里回来了。安特克立即把马车拉了出来，格热拉和马特乌什则一起出去，在村子里大张旗鼓地寻找起罗赫来，其实他们这样做也是在掩人耳目，故意让大家弄不清真相。

村民们原以为罗赫就藏在波利那家的什么地方，现在见他们四处寻找，都深感意外。但这两位朋友却对大家解释说：

"吃过午饭后他就离开了，此后我们就再也没有看见他了。"

"幸亏走了，不然的话，他会被戴上手铐流放他乡的！"

不到一刻钟，正如他们所策划的那样，全村的人都知道了，罗赫从吃完午饭起就再也没有出现在村里了。

"他预见会有灾难临头,便跑到胡椒生长的地方去了。"大家都很高兴地这样议论着。

"希望他不要再回来,我们不需要他!"普沃什卡老头儿说道。

"他碍你什么事了?也许他什么地方得罪你了,是不是?"马特乌什大声责问道。

"他制造的混乱还少吗?他鼓动你们造反,会给利普查村带来巨大的灾难。"

"那你就把他抓起来,交给官府呀!"

"如果我们还有点头脑的话,早就该这样对付他了。"

马特乌什大骂了他一句,冲上前去想揍他,大家好不容易才把他劝住了。他依然挥动着拳头,怒目圆睁,走掉了。因为夜已漆黑,大家便各自回家去了。

安特克所等待的正是这样的时刻,此时的路上空无一人,人人都在家里等着吃晚饭,村子里到处都飘荡着煎咸肉的香味、刀叉的叮当响声,以及人们的快乐谈笑声。安特克便把罗赫带到尤什卡的房间里,但不允许点灯。

老人匆匆吃过晚饭后,收拾了一下自己的东西,开始和女人们告别。汉卡跪在他的脚下,尤什卡号啕大哭起来。

"上帝与你们同在!我们还会见面的!"他饱含热泪地说道,像亲生父亲那样吻着她们的额头,但安特克一直在旁边催促着他赶快动身。他再次向孩子们和房屋祝福之后,便画了个十字,朝草堆那边的院门走去。

"马儿在波德列斯的西蒙那里等你,马特乌什会驾车送你的。"

"我还要到村里去见个人……我们在哪里碰头呢?"

"在森林边上的十字架前,我们会立刻赶到!"

"那就好,我还有很多话要和格热拉说说。"

他立即消失在黑暗中，连脚步声都听不见了。

安特克立即把马车套上，并在车上放了一袋黑麦和一袋土豆，又把维特克拉到一旁，和他说了很久的悄悄话，最后大声道：

"维特克，你把马车赶到波德列斯的西蒙家去，早点回来。知道吗？"

小伙子眼光精明，赶着马疾驰而去，安特克一看，又在他身后大叫道：

"别跑得这么快，慢一点，小心把马腿搞瘸了！"

就在这时，罗赫悄悄来到了多米尼科娃家——他有些东西留在了她家——他把自己关进了储藏室。

安德烈在大路边望风，雅格娜不时地伸出头来往院子里张望，老太太坐在房间里心神不安地倾听着。

过了好些时间罗赫才出来，和多米尼科娃单独说了几句话后，便背起背包要离开。雅格娜执意要替他拿背包，而且要把他送到森林边上。罗赫同意了，和老太太告别后，便穿过果园朝田野走去。

他们小心翼翼地、默不作声地走在田埂上。

夜色明朗，星光灿烂，大地寂静无声，如同熟睡了似的，偶尔能听见村里的狗吠声。

他们来到了森林边，罗赫停了下来，拉起雅格娜的一只手，用一种慈爱可亲的声音说道：

"雅格娜，你听我说，好好记住我说的话！"

她认真听着，但心中有一种不称心的预感让她烦躁不安。

罗赫像神父在忏悔时那样，谈到了她的交往——她和安特克、和乡长的关系，特别是和雅西的。他以所有圣徒的名义恳请她改变自己的行为，开始过另一种生活。

雅格娜把羞红的脸孔转了过去，非常羞愧、痛苦。但是，当他提到雅西时,她却不服气地抬起了头。

"我和他并没有做过什么坏事。"

罗赫依然按照自己的方式对她进行了一番劝说,指出他们所面临的诱惑,以及恶魔会把他们引导发生何种的罪恶和丑行……

但是她没有再听下去,只是叹息着。此时此刻,她想的尽是雅西,她怀着强烈的情意,那鲜艳的嘴唇便情不自禁地发出了甜蜜热烈的呼叫声:"雅西!雅西!"她那激情四射的眼睛凝视着前方,她心醉神迷,高兴得在心中歌唱起来,在幻觉之中围绕着他打转。

"我情愿跟着他走遍全世界!"她情不自禁地大声道。

罗赫听了,打了个冷战,他睁大着眼睛,看了她一眼,便不再说什么了。

他们来到森林旁边的十字架时,看到那里有穿白色外衣的人影在移动。

"谁在那里?"罗赫有些不安地问道。

"是我们,自己人!"

"腿累了,得休息一下。"他说完便在他们中间坐了下来。雅格娜把包袱递给他后,便独自坐在十字架旁,把身子隐没在树木的阴影中。

"但愿你们不再有新的麻烦了!"

"你离开了,我们的情况会更糟!"安特克说道。

"不过,很有可能……有朝一日……我会回来的。"

"狗杂种!他们追捕一个人就像追捕一条癞皮狗似的!"马特乌什愤愤不平地叫道。

"因为什么,我的上帝!究竟是为了什么?"格热拉哀叹道。

"因为我是在为人民求真理、要正义!"罗赫郑重地说道。

"咳!每个活在世上的人都很艰难,但是,坚持正义的人的命运,就更加困苦了。"

"不要悲伤,格热拉!情况会变好的,会变好的!"

"我也是这么想的!我相信我们的一切努力绝不会徒劳无益!"

"不过,你等来等去,狼群早把你的马吃掉了。"安特克叹息道。他的一双眼睛却盯着阴影中雅格娜的白色身影。

"我要告诉你们的是,凡是勤除莠草,播下良种的人,到收割的时候定会有好的收成!"

"若是颗粒无收呢?不是也有这样的例子吗?"

"不过,每个播种的人都希望有百倍的收获。"

"那当然,谁也不希望自己白白辛苦一番的。"

大家都在心里思考着这些问题。

这时候,风刮起来了,白桦树在他们头顶上沙沙作响,森林里响起了萧萧声,麦浪摇曳的沙沙声也从麦田那边传了过来。月亮出现在天空中,沿着由两排白云组成的通道飘浮前行。树木投下阴影,阴影处又显示出块块亮光。夜莺静悄悄地在他们头上掠过。他们的心里都充满了一种悲伤的情绪。

雅格娜坐在那里小声地哭了起来,虽然连她自己也不知道为什么会哭。

"你怎么啦?不要伤心!"罗赫慈爱地抚摸着她的头,轻轻说道。

"我也不知道,就是心里很难受。"

其实,大家的心里都是很难受、很悲伤的。他们默默地坐在那里,目不转睛地凝视着罗赫,把他看成是上帝派来的一位圣徒。他坐在十字架下,十字架上的耶稣基督好像俯下了身来,正在向这位劳累不堪、白发苍苍的老头儿表示祝福。而他则用充满自信和信心的话语,对大家推心置腹地说道:

"你们不应为我担心,我微不足道,只不过是广大麦田中的一颗小麦粒而已。被抓去了,即使我被他们杀害了,那又有什么关系呢?活着的人还有很多很多,他们都准备为正义事业而牺牲自己……时候到了,就会有千千万万的人来参加……有的来自城市,有的来自农村,有的还来自庄园,个个都愿为事业抛头颅洒热血。他们前仆后继,不惜牺牲生命,甘愿用自己的身躯作为基石,建筑起我们理想而神圣的教堂!我还要告诉你们,这座神圣的教堂将万世长存,永远矗立在世界上,任何邪恶的力量都无法把它摧毁,因为它是用鲜血和生命筑成的。"

他还广征博引地告诉他们,任何一滴血抑或是一滴眼泪,都不会是白流的,任何的一点努力都是会有结果的。它就像新施过肥的大地一样,会产生新的力量、新的保卫者和新的勇敢牺牲者,直到幸福日子的到来!那将是神圣的一天、复兴的一天,给全民带来真理和正义的一天……

他的话充满了高昂的激情,话中那些高深的道理,令人们一时难以理解,但是,他们接受了他那神圣的激情,心中充满了激动,感受到了信仰的无尽力量,增强了对真理的渴望。

安特克止不住大声叫道:

"啊!我的上帝,你来领导我们吧!我死也要跟随你,跟随你!"

"我们大家都愿跟随你,把阻碍我们前进的一切,都踩在脚下!"

"谁要是想来反对我们、孤立我们,那就试试看吧!"

他们争着说话,群情激愤。罗赫不得不让他们安静下来,坐得靠近一些,开始对他们讲起大家所期望的那一天会是怎样美好。他们应该做些什么,要付出怎样的努力,才能加速这一天的到来。

他讲了许多重要且大家前所未闻的事情。大家屏息静气地听着,既害怕又高兴,惊喜交加。他的每句话,又更强有力地加深了他们心中的信念,使之拥有领取圣餐时的那种感受……他向他们敞开了天堂的大门,把天国乐园的美好景象展现在他们面前。为此,他们喜极而泣，灵魂拜倒在地。他们的眼睛看到了这无法描述的美景，心中响起了甜蜜而又充满希望的颂歌。

"它们的实现，全靠你们自己了！"罗赫讲得有些累了，最后说道。

月亮被云遮住了，天空灰暗，夜色朦胧，田野显得模糊不清，树林中传出轻轻的呼呼声，麦子好像是在胆战心惊地发抖，远处还有狗的吠叫声。人们依然一声不响地坐在那里，还在凝神倾听，还在陶醉中。他们的神态非常庄严肃穆，仿佛刚刚宣过誓的一样。

"是我该走的时候了！"罗赫边说边站了起来。他紧紧地拥抱每一个人，并和他们吻别。接着，他跪了下来，进行了简短的祷告。随后他哽咽着，伸开了双臂，俯伏在神圣的大地上以作最后的告别——也许以后再也不回来了。

见此情景，雅格娜大声哭了起来，其他人也在偷偷地抹眼泪。

他们就这样和罗赫分别了。

除了安特克和雅格娜两人直接返回村里之外，其他的人都消失在森林的阴影里了。

"你绝不要把刚才听到的话告诉任何人。"他们默默走了很久，安特克才说道。

"难道我是那种串家串户散布流言蜚语的长舌妇吗?!"她生气地顶了他一句。

"而且，上帝保佑，绝不能让乡长知道一点风声！"他又严肃地说道。

她没有回答，却加快了脚步。但他却不愿意放她走，大步向前和她平行走着，望着她那张泪水盈盈充满愤怒的脸。

月亮重又大放光明，直接照在他们行走的小路上，使他们仿佛走在一条银色的绣带上，上面还点缀着树木的阴影。突然，他的心跳加快了，手臂也因一种贪婪的欲望而发抖。他向她走近一步，近得只要

249

一伸手就能把她拉到自己怀里。但他没有这样做,因为他胆怯了,而她沉默着,那种顽固的、瞧不起他的样子把他给镇住了,使他不敢轻举妄动,只好苦涩地说道:"你跑得这么快,好像是在躲着我似的。"

"是的,我确实是在躲着你,我怕被人看见,又乱嚼舌头。"

"也许你急着去见别的什么人吧?"

"是啊,难道我没有这种自由吗?我现在是个寡妇了!"

"我看,人们并没有瞎说,你快要当神父家的主妇了!"

可她听完,立即像狂风那样疾驰而去,泪水像一串串珍珠似的顺着她的脸颊倾泻下来。

第十一章

在那些较为肥沃的沙土地里,人们已经开始收割了。高坡地里,可以看到镰刀的闪闪刀光。而在村里的那些贫瘠板结的土地上,人们也在为即将到来的收割做着各种准备工作。

罗赫逃离村子几天后,利普查村的村民们就在忙于收割的各种准备工作:修理梯子,在池塘内刷洗马车,把谷仓打扫干净,打开门窗通风换气。有的人还在果园的阴凉处搓草绳。几乎每一户人家都在磨镰刀。妇女们则在屋子里为收割的人烤面包、做饭菜。所有这一切都让全村显示出一片热闹繁忙的景象,仿佛处在某个盛大节日的前夕。

此外,还有不少外村的人来利普查村,因此,磨坊前的道路上都挤满了人,其拥挤程度堪比赶集时——他们都是来这里磨面粉的。但遗憾的是这里的河水流量太小,只有一部水车在转动,而且也有气无力的,磨粉的速度很慢。然而,大家还是很有耐心地等着,因为人人都想在新麦子下来之前赶紧把旧麦子磨成面粉。

还有不少人是到磨坊主这里来购买面粉和燕麦片的,甚至是来购买烤好了的面包的。

磨坊主虽然卧病在床,但依然掌控着一切。他老是通过敞开的窗户对坐在院子里的妻子大叫大喊：

"一分钱的东西也不能赊给村里的人！既然他们的母牛都去找神父家的种牛配种，那么现在，就让他们去找神父帮忙好了！"

无论人们怎么苦苦哀求，他都置之不理。凡是那家的母牛惠及过神父家公牛的人，无论多么穷苦，他也绝不赊半品脱的面粉。

"既然他喜欢神父家的公牛，那就去求助神父好了！"

磨坊主的老婆是个体弱多病的人，也是个好哭的人，脸上缠着绷带。对于丈夫的大叫大喊，她只是耸了耸肩膀。但她还是尽可能地，偷偷把东西赊给了好几个人。

这一天，克温布的妻子前来赊半品脱的麦片。

"要付现钱，她才可拿走，不给钱一颗麦粒也不给！"磨坊主说。

克温布的妻子感到很难堪，因为她没有带钱来。

"你老公托马什和神父很亲密，就让神父借给你麦片好了！"

她一听这话便火冒三丈，挑战似的应道：

"是的，他和神父很要好，而且这种关系会一直保持下去！但是他的脚永远也不会踏进你的家门了。"

"哈，这只是小的损失、短暂的痛苦！你还是到别处去试试吧！"

她立即离开了，但心里很不好受，不知怎么办好。她家里连一分钱都没有了。半路上她见到了铁匠的老婆，后者正坐在已关店门的铁匠铺前，她便向其哭诉，还大骂起磨坊主来。

但铁匠老婆却笑着对她说道："我要跟你说，他嚣张的日子不会太久了。"

"嘿，谁能对付得了这个有钱的人呢，谁？"

"等旁边建成一座风力磨坊时，我们就能对付他！"

克温布太太一听，惊奇得眼睛都睁大了，盯着她一动不动的。

"这是我家建的磨坊，我老公和马特乌什到森林里去选木料了，我们打算建在波德列斯的十字架附近。"

"啊！米哈乌要建风力磨坊，这是我做梦也没有想过的事情。好啊，好！这对这个势利眼儿来说大有好处，可以让他的大肚子瘦下来！"

克温布妻子的愤愤不平得到了一些欣慰，于是她笑容满面地回家去了。半路上，她看见汉卡在屋前洗衣服，又走向前去，把这个出乎意料的好消息告诉了后者。

安特克正在摆弄马车的轮子，正好也听见了她们的谈话，便说道："马格达给你们说的是实情，铁匠从地主那里购置了在波德列斯的二十垧土地，打算在十字架那边建一座磨坊！磨坊主准会气得发疯的！不过，他对待大家这么坏，谁也不会去同情他！"

"有罗赫的消息没有？"

"没有，一点也没有！"他迅速把脸转了过去。

"奇怪的是，罗赫都走了三天了，怎么一点消息都没有呢？"

"没什么可奇怪的，过去他不是离开好多天，后来又回来了？"

"你们当中有谁去琴斯托霍瓦朝圣？"汉卡问道。

"有我家的耶夫卡，她要和马秋斯一起去的。今年要去朝圣的人还不少呢！"

"我也去。我现在洗的衣服就是给朝圣作准备的。"

"听说别村要去的人也不少呢！"

"你们真会挑时间，眼下正是农活儿特忙的季节！"安特克嘟哝道。但他并不反对汉卡去，因为他对汉卡这次朝圣的意图知道得一清二楚。

她们在谈论各种事情的时候，雅古斯丁卡闯了进来，大声说道："你们知道吗？一个小时前，雅谢克从军队回来了。"

"特蕾莎的丈夫？特蕾莎不是说过要到秋耕的时候才回来的吗？"

"我刚刚才看到他，人打扮得很英俊，他想家都快想疯了。"

"他是个好人,就是太固执了。特蕾莎在家吗?"

"不在,她去给神父拔亚麻了。她现在还不知道呢。"

"这样一来,利普查村少不了又会出乱子了,不过这是她自己种下的恶果。"

安特克对这个消息很感兴趣,所以听得很认真,但他一句话也没有说。汉卡和克温布太太都很同情特蕾莎,衷心为她难过,担心她会发生最糟糕的事情。

雅古斯丁卡打断她们的谈话,插嘴道:"天理何在,公道何在!嘿,他倒好,整年整年地在外面逍遥自在,却把老婆一个人丢在了家里,而后她犯了点错误,他就想要处死她,请问公理何在?大家都在咒骂她、责难她,男人在外面寻欢作乐、胡作非为,却没有人来责备一句。这世上的事情真是搞得一团糟!嘿,男人是人,难道女人就不是人啦,难道她是木头做的、石头做的?如果一定要惩罚那个女人,那么那个和她一起犯罪的男人也逃不掉罪责,也应该受到同样的惩罚。为什么男人就该享受欢乐,而女人就要承受这一切苦难呢?!"

"亲爱的,打从开天辟地以来就是这样的规矩,一成不变!"

"它的存在,让老百姓伤心,让坏人开心。不过我倒希望能订立一个新规矩:谁要是霸占了别人的老婆,谁就该养活她一辈子……如果他不愿意,就用棍子打他个半死,再送到监狱里去坐牢。"

安特克见她这样情绪激昂,大笑起来,她便大叫着朝他冲了过去。

"你觉得这种事好笑,是不是?对你说来,的确很好笑,你们这些大流氓!你们还没有搞到手的时候,看到的姑娘个个都可爱,可是一旦搞到手了,便会对她厌烦……过后,甚至会抛弃她、耻笑她。"

"你就像只雨前的喜鹊,叽叽喳喳唠叨个没完!"安特克反唇相讥道。

雅古斯丁卡便跑到村子里去了,直到傍晚才回来,而且哭得很伤心。

"怎么啦，出什么事了？"汉卡不安地问道。

"哎，我尝尽了人生的种种痛苦，晕头晕脑的。"她边哭边说道，"科兹沃娃把雅谢克叫去了，把所有的事情都告诉他了。"

"即使不是科兹沃娃，别人也会告诉他的，这是隐瞒不住的。"

"不过，我告诉你，他们一家可能会闹出什么大事来的。我头一次去的时候，家里没有人。刚刚我又去看了一次，见他们两个坐在那里相对而泣。桌子上摆放着他带给她的礼物，都打开了。啊，我的天主！我浑身发抖，就像看见坟墓那样。他们俩什么话也不说，只是一味地哭泣。这是马特乌什的母亲告诉我的，我听得毛发都倒竖起来了。"

"你知不知道，雅谢克提到马特乌什没有？"安特克不安地问道。

"上帝保佑！他狠狠地咒骂了马特乌什一番，还说绝不会放过他。"

"不用担心，马特乌什不会请求他饶恕的。"安特克扔下这句话后便不再说什么了，他要到波德列斯去告诉他的朋友。

他在西蒙家找到了马特乌什，后者正在和妹妹纳斯特卡商量着什么。安特克便把他叫了出来，走了一段路之后，才把听到的事告诉了他。

马特乌什叹了一口气，咒骂道："让它见鬼去吧！"

他们一起朝村里走去，马特乌什心情沉重，不断地叹气。

"看得出来，你情绪低落，心事重重。"安特克谨慎地说道。

"我痛苦并不是因为她——她才不值呢，像是卡在喉咙里的一根骨头，我巴不得把它吐掉——是别的烦恼在折磨着我。"

安特克感到很惊讶，但又不好追问下去。

"我没有时间为每个女人伤心痛苦！她是送上门来的，我就接受了，每个男人都会这样做的。不过，我所得到的乐趣，还不如一只掉进水井里的狗。我整天都得去听她的哭哭啼啼和抱怨声，她的泪水比十个女人的都要多。我想摆脱她,却被她缠着不放。就让雅谢克去享受她的柔情好了,如今我不再需要这段恋情了,我现在想要的完全是另一种爱情。"

"是的,你是到了该结婚的时候了。"

"纳斯特卡刚才也是这样劝我的。"

"我们村里的姑娘多得像罂粟花一样,要找一个并不难。"

"我很早很早就看中了一个!"马特乌什脱口而出。

"那就让我做你的媒人吧,夏收一完就举行婚礼。"

但这个话题不合马特乌什的口味,他皱起了眉头,问起雅谢克的情况来,随后又谈到了西蒙的开荒种地,接着又假装漫不经心地谈起了安德烈私下告诉纳斯特卡的一件事,说多米尼科娃要上法院控告安特克侵占了马捷伊留给雅格娜的那份土地。

"没有人会改变父亲签订的契约,不过,那份土地我不想放弃,我会按照现时的地价付给她钱的。这个爱吵架的老太婆,就是喜欢打官司。"

"雅格娜真的把地契给了汉卡吗?"马特乌什小心翼翼地问道。

"是的,但这不起作用,因为雅格娜并没有到公证人那里把地契注销。"

马特乌什听了心中窃喜,再也无法控制自己的情绪了。他在讲话中一次次提到雅格娜,而且不乏赞美。

安特克终于明白了他的心思,嘲讽地说道:

"你有没有听到现在又有人在说她的坏话?"

"嗯,那些臭娘们儿一直对她耿耿于怀!"

"听说她像条母狗似的在追求风琴师的儿子雅西。"他故意加了这句话。

"你亲眼看见过吗?"马特乌什突然脸红脖子粗地道。

"这倒没有。我是绝不会去监视她的行动的,我和她没有什么关系了。不过,倒是有人看见她天天去和雅西约会,不是在森林里就是在田埂上。"

"只要狠狠地揍一两个人,那些臭娘们儿就不会再散布流言蜚语了。"

"你就试试吧,也许你能把她们吓住,不再胡言乱语了。"安特克说得很慢,但一想到马特乌什有可能成为雅格娜的丈夫,他就痛苦得像有几只疯狗在撕咬他的心脏一样。

对于马特乌什说的那些怀有敌意的、挖苦的话,安特克一句话也没有回应,他怕泄露内心的痛苦。但是在分别时,他却忍不住了,还是微笑着讥讽道:"谁若是和她结婚了,那就少不了那些微妙关系……"

他们分别时态度都很冷淡。

马特乌什走了一小段路后,脸色便渐渐舒展开了。他淡淡地笑了一笑,便暗自说道:"她不理他了,所以他恨她,说出这样的话来。她要追雅西,就去好了,他还是个孩子。她爱的是他的神父身份,而不是作为小伙子的他。"

他很宽容,而当他从安特克那里得知契约有效之后,便更加坚定了娶雅格娜为妻的决心。他放慢了脚步,心里计算着该付给安德烈和西蒙多少钱,才能成为一个拥有二十垧土地的农场主。

"那个老太婆是个麻烦,不过她也不会活得太久的。"

当他想到雅格娜的那些丑闻时,他也深感忧虑。不过,他又这样安慰自己:过去的事就让它过去好了,既往不咎,如果她要再玩什么新花招,我一定会严加阻止。

马特乌什的母亲正在围墙外等他。

"雅谢克回来了,他全都知道了!"母亲有些慌张地说道。

"这很好啊,以后我不用撒谎了。"

"特蕾莎来过好多次了，威胁说要跳井自杀哩。"

"是的，是的，她一定会这样做的……"马特乌什说道。他惊慌又忧虑，本来他要坐在门口吃晚饭的，但又吃不下，只望着和他家仅有一条小路之隔的雅谢克家的果园，倾听着那里的动静。雅谢克一家只是坐在那里，既不说话，也没有什么动作。这反而让马特乌什越发不安起来，他浑身发抖，推开了盘碟，一支接一支地抽着香烟，想用此来缓解自己内心的焦虑，但毫无作用。他在心里咒骂自己，咒骂所有的女人。他竭力想把这件蠢事当作一次玩笑来对待，但依然不管用，对这件事的后果的恐惧越来越严重，让他无法忍受。有好多次，他想出去找朋友聊聊，但最后还是待在了家里，他自己也无法解释，为什么会这样。

黑夜来临后，远处传来一阵脚步声，一开始他还分辨不清是从哪个方向来的，直到特蕾莎冲了进来，搂住了他的脖子。

"救救我，马特乌什，快救救我呀！我的天主，我一直在等你找你呀！"

他让她坐在身旁，但她却像个小孩似的紧紧靠在他的怀里，泪如泉涌，在痛苦和绝望中向他求救道：

"我全都对他说了！我没有想到他真的会回来！我当时在神父家拔亚麻，有个人跑来告诉我的，我奇怪自己当时没有倒下……我是像走向死亡那样走回来的……我去找你，你不在村里……我徘徊了很久，最后不得不走进了家门……他站在房子中间，脸煞白得像墙壁一样……他紧握着拳头朝我冲了过来，逼着我把全部事实讲出来……全部事实……"

马特乌什四肢发抖，不停地擦着脸上冒出的冷汗。

"于是我全都告诉他了，撒谎又有什么用呢？他拿起一把斧子面对着我……我心想，这下我完了，于是我率先向他喊道：'杀了我吧！这样对我们两个都有好处.'但他连一根手指都没有碰我,只是瞪了我一眼,便坐在窗下哭了起来……啊,我亲爱的耶稣,哪怕他臭骂我一顿,痛打我一番,我也会好受一些。可是他却坐在那里一味地哭泣!啊,我这个不幸的人该怎么办呀,能到哪里去呢?你救救我吧,不然我只有跳井了,或者用其他办法来自杀好了!"她叫喊着,跪倒在了他的脚下。

"我怎么救你呢?可怜的人!我怎么救你呢?"他爱莫能助地说道。

她突然跳了起来,勃然大怒,像疯子似的尖叫道:"那你为什么要和我好?为什么要勾搭我?为什么要引诱我犯罪?"

"小声点!全村的人都要被你喊过来了!"

她再一次倒在了他的怀里,紧紧地抱住他,疯狂地吻他,向他倾诉她对他的满腔爱意,以及她的恐惧和绝望。

"我唯一的爱人,我千里挑一的爱人,你杀了我吧,绝不要赶我走!你爱我是吧?你说过,你是爱我的,那就再安慰我一次,最后的一次!你就好好抱紧我,别再让我痛苦,别让我哭泣!也别再让我自暴自弃,自我毁灭!你是我在这个世界上的唯一的亲人,也是我唯一的爱人!只要能和你在一起,我会服侍你一辈子,像狗一样对你忠心耿耿。是的,我愿做你的奴隶。"

这番激情的话语,确实是她的真情表露,句句都出自她那颗破碎痛苦的心。

马特乌什就像被老虎钳夹住了似的,竭力扭动着身子,想挣脱她的拥抱。对于她说的这番话,他也不做正面的回答,只是用抚摸、亲吻和甜言蜜语去安慰她。他随声附和她说的一切,却又不断地朝外张望,显得非常害怕和焦虑,因为他怀疑雅谢克正坐在篱笆墙的墙基上。

过了一会儿,特蕾莎才把他的真实面目看透,一把将他推开,破口大骂,句句都像鞭子那样鞭打在他的身上:"你是个大骗子,一直在骗我，你是条狗！我再也不会受你的蒙骗了！你害怕雅谢克用棍子抽你，所以才像一只被人踩在脚下的毛毛虫那样扭来扭去。我可真是瞎了眼，一直把你看成是最优秀的男子汉！我的上帝，我的上帝，雅谢克才是个正直的人，他给我买了那样多的礼物，他从来不对我说一句难听的话，可我却这样报答他！我居然把我的真爱献给了这样一个无情无义的人，一个混蛋，一个流氓！你去追你的雅格娜好了！"她向他挥动起拳头来，"去吧！绞刑吏会让你们结成夫妻的，一个荡妇，一个小偷，正好是天造地设的一对！"

随即，她发出了一声可怕的哭叫声，倒在了地上。

马特乌什站在她身边，束手无策。他妈妈坐在墙边，呜呜地抽泣着。这时，雅谢克从果园走了过来，来到了妻子的身边，饱含热泪，用温柔的口气，对她轻轻地说着善意的话："回家去吧，可怜的人，回去吧！你不要害怕，我绝不会欺压你。你受的苦已经够多的了！跟我回家吧，我的老婆！"

他双手抱起她来，把她抱出了院门外，转过身，对着马特乌什厉声道："只要我一息尚存，你对她犯下的罪孽，我就绝不会善罢甘休！愿上帝保佑我！"

马特乌什沉默着，他感到羞耻、无言以对。他的心里充满了辛酸，充满了无比的痛苦，于是他跑到酒馆里去了，喝了一整夜的酒。

这件事转瞬之间便传遍了全村，大家都很惊奇，对于雅谢克的行为深表钦佩。

"打着灯笼都很难找到第二个这样好的男人了！"女人们为之赞叹，同时对特蕾莎的不忠行为表示谴责。

只有雅古斯丁卡是例外，她非常热诚地在为特蕾莎辩护。

"特蕾莎有什么罪？"她听到果园里、院子里都有人在责骂特蕾莎，便大声说道，"当雅谢克去参军的时候，她不过是个天真活泼的小丫头，孤单单的一个人，正需要丈夫待在身边，可是他却走了，谁能这么久过着一种吃斋的生活？马特乌什像条猎犬那样闻出了其中的气味，于是就来奉承她、抚爱她，和她谈天说地取悦她，甚至还带她去听音乐会，这样一来，她便晕头转向了，这才干出了蠢事。"

"为什么没有法律来惩罚这种诱奸女人的男人呢？"有个女人大声说道。

"他的头发都花白了，还到处去追逐女人！"

"一个单身男子，他若不是去偷别人的老婆，又怎么过得下去呢？"小伙子们取笑道。

"马特乌什也没有错，大家都知道，母狗不给，公狗哪敢取？"斯达赫·普沃什卡笑说道。但这句话差点招来女人们的殴打。

不过，没过几天，人们便不讨论这件事了，因为夏收就在眼前，天气极好，又晴朗又炎热的。高地上的黑麦正等着镰刀去收割，大麦也快成熟了，每天都有人到地里去查看，那些富裕的农民已经在雇请短工了。

最先开镰收割的是风琴师，他带领十多个雇来的妇女下田收割。她的妻子和女儿也拿起了木叉前来助战，他自己则坐镇地头进行监督。雅西直到做完弥撒之后才赶来帮助，他也干得很欢，但不久——一到中午，他的母亲就把他赶回家去了，生怕太阳会把他的脑袋晒痛。

"他一定会去雅格娜那里找阴凉啦，这才是他想去的地方。"科兹沃娃在他背后嘟哝道。

他回到家里后又觉得家里太闷热太无聊了，苍蝇又多，令人无法忍受，于是便走出家门，朝村里走去。他走到克温布家附近时，听到里面有一种断断续续的呻吟声，从洞开的门窗传了出来。

原来是老阿加塔，她正躺在过道的门边，房间里空无一人，因为所有的人都去收割了。

雅西把她抱进房间，放在床上，给她喝了些水，竭力想让她苏醒过来。过了一会儿，她才勉强睁开了眼睛。

"我的大限快到了，少爷！"她像个孩子那样笑了起来，说道。

他想马上去请神父，可是她却拉住了他的法衣，不放他走。

"圣母今天对我说了：'你做好准备，你这个疲惫不堪的灵魂，明天我来把你带走！'因此我还有时间，少爷。谢谢你啦，啊，仁慈的上帝！谢谢！"她说话的声音越来越细，嘴唇上露出一丝笑容，平摊着双手，两眼直望着前方，仿佛沉浸在心灵祈祷的状态中。雅西断定，她时间快到了，便跑到地里去把克温布家的人叫回来。

雅西再次前来看她，已是下午了，她躺在床上，神智完全清醒了。一口箱子放在她床边的凳子上，已被打开，她伸出骨瘦如柴的手，把里面的东西全都掏了出来，那是她为自己最后时刻准备的一整套寿衣寿裤、寿鞋寿帽，还有垫在身子下面的干净的夏布、崭新的被褥、一瓶圣水和洒圣水用的完好刷子、一大段临终时点燃的蜡烛、一张死时能握在手里的琴斯托霍瓦的圣母像、一件新衬衣、一条漂亮的条纹裙子、一顶镶有花边的帽子和一条裹在帽子上面的头巾、一双从未穿过的全新鞋子。这一整套为入殓时所准备的装束，都是她长年累月乞讨而来的。她把这些东西都摊在自己的身前，每一件物品都让她无比高兴、深感欣慰。她向女人们称赞它们质量优美。她甚至还试了试帽子，照了照镜子，心满意足地低声说道："把这一套都穿起来，定是非常体面，我看起来就会是一个真正的农民家的主妇了。"

她吩咐他们，一定要在明天早上天一亮，就把这些宝贝东西给她穿好戴好。

没有人表示异议或阻止她，大家都在她身边来回走动，想尽量让她的临终时刻过得愉快安乐一些。

雅西一直坐在她身边陪着她，直到夜幕降临。他大声地朗读着祈祷文，她也跟着念，常常露出一种淡淡的微笑。

当大家都坐下来吃晚饭的时候，她要求吃一点炒鸡蛋，可等炒好端给她吃时，她也只吃了两口，就把盘子推开了。她就这样安安静静地躺了整个晚上，只是在临睡时才把老克温布叫到身边来。

"你不用担心，我不会烦恼你们很久的，不会很久的！"她急切地说道。

第二天一早，他们就按照吩咐，把她装扮好放在了克温布的床上，用的是她的床垫被单。她亲自照看着这一切，等一切都穿戴停当后，便用发抖的手把羽绒被拉直盖好，亲自把圣水倒进盘子，把刷子放在了盘子上面。最后，她让人去请神父来。

神父带着天主的圣像来了，给她做完了临终仪式。于是，她便踏上了最后的旅途。他让雅西守在她的身边送终，自己却急急忙忙到别处去了。

雅西坐在阿加塔旁边低声念着经文。克温布夫妇也留在了家里。过了一会儿，雅格娜也跑来了，像只兔子那样静静地待在一个角落里。房间里只有苍蝇的嗡嗡声，因为大家都屏声静气地像影子那样来回走动着，怕会惊动她。

阿加塔手上拿着念珠躺在床上，神智依然十分清醒。她和每个前来看她的人一一告别，看到有几个小孩挤在过道和窗口上朝屋里张望，还给了他们几个格罗什。

"拿去吧！不过，你们要给阿加塔祈祷呀！"她乐呵呵地说道。接着，她好几个小时都不理睬任何人。

她像家庭主妇那样躺在床上，按照她一生梦寐以求的临终仪式躺在圣像的下面，感到无比自豪和无法形容的幸福。她眼里噙满了欢乐的泪水，唇边浮现出若隐若现的无比欣喜的微笑。她通过窗口，凝视着蔚蓝的天空，凝视着广袤的田野——田野上处处都闪耀着镰刀的银光,还有一堆堆的黑麦——凝视着那只有垂死的灵魂才能看见的遥远的地方。

当白日将尽,夕阳的霞光照进房间时,有那么一瞬间,她突然剧烈地颤动起来。接着,她坐了下来,伸出了双手,用一种响亮而陌生的声音喊道:"我的大限到了!到了!"

接着,她仰面倒在了床上。

屋子里一片混乱,哭声突然四起,大家立即在床前跪下。雅西为她念诵着临终的经文,克温布妻子为她点起了蜡烛。阿加塔跟着雅西念起经文来,但她的声音越来越低,越来越弱,最后终于消失了。她的那双饱含创伤的眼睛,也像夏日将尽时那样,越来越蒙眬昏暗,脸色犹如苍茫暮色。蜡烛从她手里掉到了地上。她死了。

这个村里最可怜的乞讨婆就这样离开了人世。雅姆布罗兹刚好在她死的一瞬间赶到,给她合上了眼睛。雅西热烈地为她做了祈祷。全村的人纷纷跪在她的尸体前为她祷告、哭泣,同时也为她死得这样体面、这样安详而感到惊叹——甚至还带点羡慕和嫉妒。

可是,当雅西望着她那双已经失去了生命的眼睛,望着她那被死神的爪子抓出满是沟纹的灰色脸孔,顿时感到非常恐慌和害怕。他立即朝家里跑去,倒在了床上,把脸孔埋在枕头里,放声号哭了起来。

雅格娜紧跟着他跑了过来,尽管她自己也是又苦恼又悲痛,但还是竭力地安慰他,替他擦去脸上的眼泪。

他像拥抱母亲那样抱住她,将疼痛的脑袋紧贴在她的胸脯上,双手搂住她的脖子哭诉道:"啊,我的上帝,多么可怕!多么悲惨!"

正好这时,风琴师夫人进来了,一看这场面,便火冒三丈,厉声喝道:"这成何体统!"她向房子中间冲了过去,幸好中途停了下来,"你看看她,多么温柔的一个保姆!可惜雅西已经长大了,不需要什么保姆了,他自己能擦鼻涕了。"

雅格娜抬起那双泪水盈盈的眼睛望着她,全身惊怕得发抖,把老阿加塔去世的消息告诉了她。雅西也走上前来,向母亲讲述了他的感受。

但是,早已被流言蜚语搞昏了头脑的风琴师夫人,十分恼怒地打断了儿子:"你笨得像头小牛犊!什么话也不用说了,否则的话,你会倒大霉的!"

接着,她又冲向大门,把它开得大大的,指着雅格娜吼道:

"快给我滚出去!我再也不准许你踏进这个家门一步,否则,看我不打断你的双腿!"

"我做了什么坏事?"她结结巴巴地问道,羞耻和痛苦把她折腾得有些神志不清了。

"你马上给我滚出去,一秒钟也不得停留!否则的话,我就放出狗来,我可不会像汉卡和乡长夫人那样,因为你而痛哭流泪的!你这个臭婊子,大荡妇!我要让你知道,到这儿来调情会是什么下场!"她声嘶力竭地骂道。

雅格娜号啕大哭了起来,立即跑出了门,很快便消失不见了。

雅西呆呆地站在那里,好像被雷击了似的。

第十二章

雅西立即跑了出去，想去追她。

"你到哪儿去？"他母亲生气地问道，伸手把门拦住了。

"妈妈为什么要把她赶走，为什么？是因为她对我太好了，是吗？这不公平！我不愿意这样做！她究竟做了什么坏事？"他急忙大声说道，竭力从他母亲有力的手掌中摆脱出来。

"你好好待在家里，否则我把你父亲叫来。你问为什么，我马上就来告诉你。你就要当神父了，我不愿意看到你在我的家里养个情妇，不想让你蒙受这样的耻辱，更不愿意有人在背后对你指指点点！我必须把她赶走，你现在懂了吗？"

"以圣父圣子之名！妈妈都在说什么呀？"他愤愤不平地说道。

"我现在就把我所知道的都告诉你！我知道，你常常和她约会，但上帝可以做证，我从未怀疑过我的儿子会干出什么坏事来。我一直在想，我的儿子既然要穿上神父的法袍，他就永远不会让它沾上什么污点的。他也不会让我去咒骂他，更不会让我违心地抛弃他，而又让我心痛一辈子。"她的眼里露出愤怒的、责备的火光，让雅西惊慌地站在那里，不知所措，"是科兹沃娃首先打开了我的眼睛，现在我自己也目睹了，这条母狗是在怎样勾引你。"

雅西痛苦地哭了起来，在一边哭泣一边抱怨她对他的怀疑中，把他们各次会面的情况，一五一十、毫无隐瞒地告诉了母亲。

他的倾诉赢得了母亲的信任，于是她紧紧地把他抱在胸前，替他擦干脸上的泪水，安慰他道：

"你不要怪我，我是在担心你！她可是村里最坏的婊子！"

"你是说，雅格娜是村里最坏的……"他不敢相信自己的耳朵。

"我也羞于谈论她的事情，但为了你的未来和前途，我不得不将她的所作所为全都告诉你。"

于是，她把她听到的、有关雅格娜的各种流言蜚语、各种丑闻逸事，再加上种种咒骂和攻击之词，毫无保留地都说了出来。

雅西听得头发倒竖，立即跳将起来，大声叫道：

"这不可能，我绝不相信！雅格娜会这样下流无耻？我绝不相信……"

"你要注意，说这话的可是你的母亲，我可一点也没有说谎。"

"这全是传闻，不会是别的，如果是真的，那就太可怕了！"他绞动着双手，大叫道。

"你这样坚决维护她，究竟是因为什么？"

"我保护每一个无辜者，每一个！"

"你真像头山羊一样傻！"她十分恼火地说道，儿子不相信她的话，让她深感痛心。

"我要问问妈妈，既然雅格娜这样坏，那你为什么还常常要她到我们家里来？"他的脸涨红得像只刚成年的公鸡，问道。

"我用不着向你解释我的所作所为。你既然这么傻，说了你也不会明白的。但是我要警告你，离她远点！如果我再发现你和她还鬼混在一起，那我一定会……即使当着全村人的面，我也一定会狠狠地抽打她一顿，叫她一个月也下不了床，你也会受到同样的惩罚。"

她用力地把门一关，生气地走了。

雅西从来都没有想过，为什么雅格娜的好名声对他如此重要。如今，他在房间里思考母亲说过的那些话，就像在反刍着带刺的荆棘，无比痛苦，还因这种令人作呕的臭味而倒胃了。

"你竟是这样的人，雅格娜！你竟是这样的人！"他痛苦地叹息道，如果她此时出现在他面前，他一定会蔑视又愤怒，转身过去不理她！他从来都没有想过这样的事情，可是现在，却要怀着越来越大的痛苦来思考这个问题。有好几次，他差点儿就跑出去了，要当面责骂她的全部淫逸放荡的丑恶行径，让她听到人们在说些什么。如果可能的话，让她自己洗刷罪名，让她公开宣布：这些都不是真的！他这样焦急地思考着，越想反而越相信她是个无辜者。他不仅为她担心，还在心里产生了一种甜蜜的感觉。他想起了他们那愉快的约会，两眼就好像蒙上了一层无比喜悦的云翳，逐渐变得模糊起来，心里也感受到了一种神秘的疼痛，使他立即站了起来，似乎要向全世界大声疾呼："这不是真的！这不是真的！这不是真的！"

在吃晚饭的时候，他只是低着头看着盘子，躲避着母亲的眼睛。尽管大家都在谈论着阿加塔逝世的事，他却一言不发，不参与谈话。他还对食物挑肥拣瘦的，对妹妹们也表示不满，还嫌屋子里又热又闹，令人难受。晚饭刚一吃完，他就跑到神父家去了。神父正坐在凉台上抽着烟斗，还和雅姆布罗兹商谈着各种事情。他不想和他们相见，便来到树荫下散步，继续想着那些心事。

"也许那些事都是真的，妈妈绝不会无中生有，瞎编乱造！"他暗自想道。

神父家的窗户里泻出一道长长的灯光，照射在草地和花坛上，还传来了小狗们的嬉戏吠叫声。门廊里也传来了粗哑的说话声。

"你到猪坑那边去看过大麦吗?"

"去过了,麦秆虽然有些绿,但谷粒儿却干得像胡椒了。"

"你明天得把你的法衣拿出去晒一晒,都发馊了。把我的法衣和长袍送到多米尼科娃家去,让雅格娜给洗一洗。昨天下午是谁把母牛牵来的?"

"是个莫德利查村的人。磨坊主在桥上遇见了他,想让他去找他的公牛配种,甚至许诺他可以免费给他的母牛配种,但是那个人却情愿用我们的公牛。"

"他很聪明,花去一卢布,可终身受益!至少能繁育出优秀的品种来。你知不知道,克温布家是否能给阿加塔付丧葬费?"

"阿加塔自个儿就留下了十兹罗提的安葬费!"

"那我们就要好好地安葬她,把葬礼办得庄严又隆重,可以和任何一个主妇的媲美。顺便告诉一下慈善会的人,我可以卖给他们蜂蜡,但漂白过的蜂蜡就只好到别处去买了。明天,让米哈乌料理一下教堂,你到地里去催促割麦人快割快收,晴雨表上显示,天气会有变,可能有一场暴风雨。去琴斯托霍瓦朝圣的人什么时候集合动身呀?"

"他们要求在星期四举行一场还愿弥撒。弥撒一完,大家便立即动身上路。"

雅西听到这番谈话,感到很不舒服,于是又朝前走去,来到一座矮木栅栏前,它正好把养蜂场和果园分隔开来。沿着一条长满树木的狭窄小路款步而行,结满苹果而沉重下垂的树枝常常会碰到他的脑袋。

这是一个闷热得让人透不过气来的夜晚,周围弥漫着蜂蜜的清香,还夹杂有黑麦刚割下来的那种气味。酷热的空气让人感到窒息。刷了石灰浆的树干,在幽暗的夜色中闪现出白光,像是在那里晾干的衬衫。而在池塘的周围,狗叫得特别厉害。克温布家也传来了呼天抢地的哭叫声。

因思虑太多而感到疲倦的雅西,正想回家的时候,却突然听见了养蜂场里急速而热烈的悄悄话声。

即便什么人也没有看见,他也停下了脚步,屏息静气地听了起来。

"你走吧!快放开我,放开我!不然,我就要喊了!"

"傻女人,干吗要扭扭捏捏的?我又不会欺侮你的,欺侮你的……"

"会让人听见的!求求你,放开我……你都快要把我的肋骨弄断了……放开我!"

雅西听出了他们是波利那家的长工彼得和神父家的女佣马里娜,便笑了笑走开了,但他走了几步之后又返回去,仔细地听了起来,心跳也莫名其妙地加快了。由于树丛很密,夜色很黑,他什么也没有看见,但是越来越清楚地听见了他们那断断续续的说话声。这声音越来越热烈,就像喷射出来的火光,还常常夹杂着扭动和大口喘气的声音。

"亲爱的,我可以和雅格娜的任何一个男人相比,你瞧着吧,我的马里娜!"

"我真的可以信任你吗?我是那种人吗?我的老天爷,让我喘口气好了。"

他听到一阵树枝折断的声音,随即就是一声人倒地的沉重响声,再后来又是悄悄的情话、吃吃的嬉笑和狂热的接吻声。

"我晚上都睡不着觉了……那是因为太想你了,马里娜!我太想你了!我亲爱的宝贝!"

"你对别的姑娘也是这样说的……我等你等到了半夜,你却去找了别的姑娘……"

雅西一下子呆住了,像棵白杨树那样颤抖着。起风了,吹进了果园,树木摇晃着,像是在梦中喃喃说话似的。从养蜂场吹过来的浓郁的蜜香,呛得他透不过气来。他的眼里噙满了泪水,一股亢奋的热流贯穿全身,让他感受到了一种无法言表的快感,让他激动得喘气。

"她高高在上……如同天上的星星一样……她现在追求的是雅西。"

雅西让自己平静了一些，便探身矮栅栏外，侧耳细听，心中热潮澎湃。

"你说得不错，她每晚都到他那里去。科兹沃娃还不止一次看到他们在树林里……"

此时此刻，雅西感到天地都在旋转，眼前一片漆黑，双脚几乎站不住了。而在丛林的那一边，热烈的接吻、打情骂俏和绵绵情话却在不断地传过来。

"如果是你……我就会用开水浇你的狗头！"

"啊，我的宝贝，我绝不会欺侮你的，你就等着瞧好了……"

"噢，彼得！我的彼得！……"

雅西向后一跳，像阵风似的跑回家去。一路上，他的法衣被树枝挂破了，回到家里时，他的脸红得像甜菜头一样，大汗淋漓，激动万分，幸好没有人注意。母亲坐在壁炉前，一边纺纱一边低声唱着《我们的日常问题》，妹妹们和正在擦教堂烛台的米哈乌也一起伴唱着。父亲已经上床睡觉了。

他走进了他的房间，开始念诵起经文来，虽然嘴里一直在拼命念着拉丁文字句，心里却老是回想起刚才听到的甜蜜情话和热烈的接吻声。最后，他把头低伏在祈祷书上，竟不由自主地屈服于那种像热风一样的胡思乱想了。

"原来是这么回事！"他暗自想道，既越来越恐惧，又有一种非常刺激的愉快感。"原来是这么回事！"他又重复了一遍。为了摆脱这让人苦恼的可怕幻想，他便把祈祷书夹在腋下，来到了母亲的面前，低声而温柔地对她说道：

"我现在要去给阿加塔的遗体念诵经文。"

"去吧，儿子！我晚些时候就会去接你。"她说道，用非常慈爱的目光望着他。

克温布家里几乎什么人也没有,只有雅姆布罗兹跪在死者的床前,对着一本打开的祈祷书,昏昏欲睡似的喃喃念着。死者躺在床上,被一块白布盖住,床头点着一支插在罐子里的送终的蜡烛。从敞开的窗户可以看见结满苹果的树枝和星光灿烂的夜空。偶尔有个迟归的过路人会把脑袋探进来张望一下,过道里的小狗一直在轻声地吠叫。

雅西在圣烛前跪了下来,全神贯注在祈祷上,就连雅姆布罗兹何时站立起来,又何时一瘸一拐地走回家去了,他都一概不知。克温布家的人全都睡在果园里。第一遍鸡叫的时候,幸好他母亲没有忘记他,才把他接了回去。

但是,他回到家后却毫无睡意,难于入眠,当他半睡半醒着打盹儿的时候,他的面前就会出现雅格娜的形象,活灵活现。他一见便立即从床上惊起,擦擦眼睛,赶忙朝四周看来看去。但房间里什么人也没有,家里的人都已沉沉入睡,万籁俱寂,只能听见父亲的鼾声。

"也许这才是她所需要的……"他想起了她那火燎般的亲吻、炯炯发亮的眼睛和嘶哑颤抖的声音,"而我却认为……"他感到羞愧难当,便跳下床来打开窗户,坐在窗框上一直思考到天明,为自己不知不觉所受到的诱惑和犯下的罪孽而悔恨难当。

早上在做弥撒的时候,他都不敢抬眼看人,连教堂也不敢看,但却非常诚心地为雅格娜祈祷。他已完全相信,雅格娜是个罪孽深重的人了,但要他去憎恨她,厌恶她,他却根本做不到。

弥撒结束后,神父在圣器室里对他说道:"你怎么啦?一个劲儿地唉声叹气,差点都把圣烛吹灭了!"

"我穿着法衣,觉得特别热。"他答非所问地说道,并把脸转了过去。

"穿惯了就好,你会觉得它是你的第二层皮。"

雅西吻了吻他的手,便回家去吃早饭。他沿着池塘岸边的阴影处走去,因为太阳已开始热得让人难受了。半路上他碰上了马里娜,她正牵着神父的那匹瞎马去饮水,一路上大声地唱起歌来。

他想起了她昨晚的所作所为,便怒火中烧,直朝她走了过去。

"马里娜,什么事让你这样高兴呀?"雅西用又羞涩又好奇的眼光望着她,问道。

"我生来就很高兴!"她笑着答道,露出了一口白牙,牵着那匹瞎马继续朝前走去,歌声越来越响。

"做了昨晚的那种事,还高兴呢!"他急忙转过身子让开了这个姑娘。她的裙子撩得很高,露出了雪白的膝盖。他摊开了双手,一副无能为力的样子,迅捷地朝克温布家走去。阿加塔完全装殓好了,遗体被摆放在房子的中央。她身穿节日的华美盛装,头戴帽子,帽子上的白色花边盖住了额头,脖子上挂有好几串念珠,下身穿了一条全新的条纹裙子,脚上穿的是一双系红色鞋带的软鞋。她的脸仿佛是由白蜡做成的,洋溢着一种心满意足的奇异的喜悦之情,冰冷僵硬的双手捧着的圣像画,看起来有些歪斜。床头点着两支蜡烛,雅古斯丁卡用根树枝在驱赶苍蝇,香炉里燃烧的杜松果,其烟雾弥漫了整个屋子。不时有人前来为死者吊唁,屋外有几个孩子在打闹玩耍。

雅西望着这昏暗的房间,感到有些惶恐。

雅古斯丁卡告诉雅西:"克温布家的人都到城里去了,阿加塔给他们留下了一笔数目不小的钱财,所以他们要给她的葬礼办得体面一些,何况,她是他们的亲属。出殡要到晚上才能进行,因为马特乌什还没有把棺材做好。"

房间里的闷热,死者那蜡黄的脸色,以及那一成不变的笑容,看上去有些狰狞可怖,雅西画了个十字,便赶紧跑出去了。他刚走到门口便碰见了雅格娜,她是和她的母亲一起来的。她一看见雅西便立即站住了，但是他却连一声招呼都不打便走过去了，直走到篱笆前，才不情愿地回过头来看了看她——她依然站在他们擦肩而过的地方，伤心地望着他。

回到家里后他不想吃早饭，推说自己头痛得很厉害。

"出去走一走，也许一会儿就好了。"母亲向他建议道。

"我能去哪儿，妈妈？过一会儿你就会起疑心，不知你又会怀疑起什么来呢？"

"雅西，你怎么能这样说话？"

"不是吗，你都不允许我离家，不允许我和别人说话，我还能出去走走吗？"他抱怨道。见他过分紧张，母亲不得不把浸了醋的毛巾裹在他的头上，又把他安排在遮暗了的房间里休息，还把孩子们都赶到了院子里。她就像母鸡看护小鸡那样守护着她的儿子，直到他休息好了，吃饱了饭。

"好了，你现在可以出去走走了，到白杨大道去走走，那里树荫浓密，凉快。"他什么话也没有说，但发现母亲正在注视着他的行踪，便想故意气气他的母亲，走上了相反的道路——到村子里去闲逛。他先到铁匠铺里去看了看打铁的情景，听了听那震天响的锤打声，又去看了看磨坊，穿过了一个个菜园子，还去了亚麻地里——凡是有穿红裙子的妇女在干活儿的地方他都去了。后来，他又坐在田埂上和正在给微朗卡家放牧母牛的雅切克先生聊了一会儿。最后，他来到了波德列斯的西蒙家，在他家里喝了些牛奶。直到天黑他才回到家里，但并没有见到雅格娜。

直到第二天，在阿加塔的葬礼上他才见到了她。在整个仪式期间，她都一直目不转睛地望着他。他感到十分心慌，祈祷书上的字母仿佛在他眼里不停地跳动似的，他甚至连丧葬歌都唱错了。而当棺材送往墓地的时候，雅格娜全程都和他走在一起，根本不理睬风琴师夫人的严厉目光和大声唠叨,她整个人都好像融化了似的,就像白雪融化在春天的阳光里一样。

当棺材放进墓穴的时候,雅格娜爆发出一阵大哭声。他听出了她的悲哭,心里很清楚,她并不是在为阿加塔哭泣,而是在为自己那颗受到极大伤害的心灵。

"我必须和她谈谈。"参加完葬礼回来后,他就下定了这个决心。但是他却不能立即实现这个愿望,因为当天下午,外村那些朝圣的人便陆陆续续地来到了利普查村,甚至还有别的教区的朝圣人员——他们都是要到琴斯托霍瓦去的。第二天早晨,做完了早祷之后,朝圣团就要出发了。现在,人们正慢慢地集合在一起,池塘岸边的大路上挤满了马车,熙熙攘攘、热闹非凡。有许多人来到神父的宅第,而雅西不得不坐在那里替神父解决各种问题,一直忙到黄昏时分。他利用这段有利时机,拿起一本书来,小心翼翼地沿着谷仓后面的田埂,来到了那棵他和雅格娜约会时并肩坐过的梨树下。

他根本就不是来看书的,于是把书扔在草地上,看了看四周的田地,便钻进了黑麦地里,然后悄悄地、几乎是手脚并用地来到了多米尼科娃家的菜园里。

雅格娜正好在那里挖土豆,根本不知道会有人在那里偷偷地望着她。她时不时地会伸一下懒腰,把身子支撑在铁锹上,用忧郁的眼神望了望周围的世界,随后便发出了一声沉重的叹息。

"雅格娜!"他羞羞答答地喊了一声。

她的脸色突然变得像夏布一样苍白,人呆呆地站在那里,几乎不敢相信自己的眼睛。她心跳加速,喘不过气来,望着他几乎把他当成了一个神奇的幻影。她的嘴唇上突然冒出了甜蜜的笑容,全身如同沐浴在阳光中那样容光焕发。

雅西的眼里也是炯炯发光,心里充满了甜蜜。但他竭力控制着自己，只是默默地坐在了荒地上，以一种极其喜悦之情凝视着她。

"我真害怕，我再也见不到雅西少爷你了！"

如同从草原上吹来的一阵香风，她的声音沁入肺腑，让他如沐春风，感到特别愉快。

"昨天在克温布家门前，你连看都不看我一眼。"

她站在他面前，脸红得就像一朵初开的玫瑰花，也像一朵因思念而娇媚的苹果花，风姿绰约，宛若仙女。

"我的心都差点碎了！我都快要疯了！"她的泪珠宛如晶莹的钻石，沾在她长长的睫毛上，蒙住了她眼睛里的蔚蓝天空。

"雅格娜！"他喊道，这是出自他内心深处的一声深情呼喊。

她跪在一条垄沟里，把身体紧紧贴靠住他的双膝，用一双火热的眼睛凝望着他。她的这双眼睛就像蔚蓝的天空一样清澈、深邃，像情人的吻一样甜蜜，像抚爱的手一样温柔，既显露出无穷的诱惑力，也包含有迷人的淳朴。

他以全身之力去摆脱她对他所施予的诱惑，接着，又声色俱厉地把他从母亲那里听来的有关她的种种罪孽和淫荡行为，一一向她数出来。但是，她的两只眼睛死死盯住他，如饮甘露一样听着，一个字也没有听明白。此时此刻，她唯一知道的就是，千里挑一的、她所挚爱的这个人正坐在她的面前，正在对她说话，眼睛发亮。而她正跪在他的面前，如同跪在圣像面前一样，满怀着对爱情的坚贞信仰，向他祈祷。

"雅格娜，你告诉我，所有这一切都不是真的！都不是真的！"他请求她道。

"是的，都不是真的！"她回答得这样真诚、这样发自内心，所以，他立即就相信了，而且也不能不信。接着，她把胸脯靠在他的膝盖上，一双眼睛紧紧凝视着他。她用低沉而急促的声音向他坦陈了自己的感情,如同在向神父忏悔那样,把整个灵魂都敞开了,暴露无遗。她像只迷途的小鸟掉落到了地上那样拜倒在他的面前,以一种祈祷般的热烈,表示她愿意将自己的一切,奉献给他的爱,服从他的意志,甘愿为他效劳终生。

雅西浑身抖个不停,就像暴风雨中的一片树叶那样,他想把她推开逃走,但是脑子里一片模糊,只能用一种不大清醒的口气说道:

"轻点,雅格娜!小声点!不能这样,这是罪过!"

雅格娜不说话了,感到浑身无力。他们两个都默不作声,回避着对方的眼神,但又紧紧地挨在一起,听着对方的激烈心跳,感受着双方喘气的热度。两人都无比欣喜,泪水从他们苍白的脸上汩汩流下,殷红的嘴唇上却勾起了笑容。他们的灵魂都沉浸在最神圣的寂静中,飘荡在明亮的高空中,越飞越高。

太阳已经落山了,大地沐浴在夕阳的霞光中,仿佛披上了一层金色的露水。一切都沉静了,万物都屏息静气,仿佛在倾听晚祷的钟声——天使圣歌。于是大家都在祈祷着,感激上帝的垂恩——让这一天平安美好地过去了。此时此刻,他们两个正穿过霞光复照的田野,走在长满小花的田埂上,边走边用手拨开已垂到他们膝盖上的麦穗。他们迎着霞光前行,望着西边那火一般的晚霞,望着那广阔而又深邃的金黄色天空。他们看的是天国,心里想的也是天国,头上也尽是天国的光辉。

他们感觉自己像是在做弥撒时那般虔诚祷告,无比激动,他们的心在唱着向上帝乞求慈爱的圣歌,这是他们在此时此刻唯一能表达的对生命的追求。

他们沉默不语,但目光会时时碰在一起,快如闪电。他们似乎被这电光燃烧得劳累不堪,以至于都不知道对方是何感觉。

他们也不清楚自己正在唱的是什么歌曲,但明白,这歌声出自他们的心灵深处,是自然而然地迸发出来的,像歌唱的鸟那样飞向四面八方,传遍幽暗的田野。

他们甚至都不知道,此时此刻,自己身在何处,前往何方,有何目的。

突然,一声生硬而又严厉的声音打破了他们的美梦:"雅西,回家去!"

雅西顿时清醒了过来,发现自己已经来到了白杨大道上,而他的母亲正好站在他们的面前,露出一副狰狞可怕而又冷酷无情的面孔。雅西结结巴巴、支支吾吾地解释了几句。

"快回家去!"

母亲抓住他的手,怒气冲冲地把他拉走,他也没有丝毫反抗的意思,非常顺从地跟着她走。

雅格娜好像着了魔似的,也紧紧跟在他们的后面。他母亲从路旁拾起一块石头,狠狠地朝她扔了过去。

"滚开!你这母狗,回到你的狗窝里去!"她用难听的语言咒骂着雅格娜。

雅格娜不知道这句话是骂她的,还回过头去望了望,以为是骂别人的。等到他们消失不见之后,她还在大道上徘徊了很长时间,直到全村的人都入睡了,她才回到了家里,坐在墙边一直到天亮。

时间一个小时接一个小时地过去了,公鸡啼叫了好几遍,池塘岸边也传来了马嘶声、车响声。曙光初照,村里的人相继起床,纷纷去池塘打水。人们把牲口赶往草场,有人开始下地干活儿了,有的地方女人们在三三两两地交谈,有的孩子在撒娇哭叫着。可是雅格娜依然坐在原地一动不动,睁着眼睛做起想念雅西的白日梦来。她仿佛正在和他交谈,他们面对面地望着对方,挨得那么近,能感受到对方火热的气息。想起他们双双走在一起,还同唱一首歌——至于唱的是什么歌，她就想不起来了。她做的都是同样的梦，来来回回，反反复复，周而复始。

母亲让她从奇妙的幻想中惊醒过来，而汉卡的到来更让她回到了现实——汉卡一身朝圣的装束来到了她家，小心翼翼地先把手伸出来，想和她们重归于好。

"我要去琴斯托霍瓦朝圣了，如果过去我有什么地方得罪了你们，希望得到你们的原谅！"

"你的这番好言善语，我是很感激的，但是过去所受的委屈也是难以忘怀的。"多米尼科娃喃喃道。

"我们就不要再提那个了，我是诚心诚意来请求你们的原谅的……"

"其实我的心里并没有记恨你！"多米尼科娃深沉地叹息道。

"我也没有，尽管我吃了不少的苦。"雅格娜也严肃地说道。她一听说晚祷的钟声敲响，便要换上衣服准备上教堂去。

"你们知道吗，风琴师的儿子雅西也要和我们朝圣团一起去。"汉卡过了一会儿说道。

雅格娜一听到这个消息，衣服才穿好一半，便从房间里跑了出来。

"是风琴师的老婆亲口告诉我们的，他坚持要到琴斯托霍瓦去。有年轻神父和我们同行，朝圣团将会更神气，路途上会更愉快！愿上帝与你们同在！"汉卡友好地告别后便上教堂去了。途中，她把这个消息告诉了大家，大家都感到很意外，只有雅古斯丁卡摇了摇头，轻声说道："这里面一定有名堂，他自己是不愿意去的，要是去的话，也是身不由己！"

此时也不是议论这件事的时候，几乎半村的人都来到了教堂，神父已经开始了朝圣的弥撒。

雅西和往日做弥撒一样，充当神父的助手，但今天不同的是，他的脸色更苍白，表情也更痛苦，眼里饱含着泪水、布满了血丝。他通过泪眼望了望整个教堂,看见特蕾莎伸开两手,像十字架那样一直躺在砖石地上,看见雅格娜那惶恐不安的眼神,看见他母亲端坐在高贵的席位上,看见那些依次前来接受圣饼的朝圣者……这一切看起来都是模模糊糊的,受到泪水的影响。苦恼撕裂着他的心,使他悲痛欲绝。

神父在圣坛上挥手向那些朝圣者告别,当他们纷纷挤出教堂大门时,他向他们洒圣水,给他们祝福。他们立即高举起旗幡,闪亮的十字架在前面引路,大家放声唱起了圣歌,朝圣团踏上了遥远的路程。

从利普查村前去朝圣的人有:汉卡、马丽霞·巴尔切莱克、克温布太太和她的女儿、格热拉和歪嘴、特蕾莎和她的丈夫——他们两人发誓一路上都不吃热的食物,还有几个女佃农,再加上来自邻村的朝圣者,人数近百。

全村的人都来送行,运载行李的大车已驶在前头。时间虽然很早,但天热得很厉害。阳光耀眼,尘土飞扬,人们仿佛行走在灰暗的憋气的尘雾之中。

雅格娜和她母亲以及其他村民一道为朝圣者们送行。雅格娜脸色憔悴,身心都被痛苦折磨得颤抖不停,她把辛酸的泪水吞进肚里,像望着太阳那样望着雅西。但是现在,他也只能远远地望着她,因为母亲和弟弟妹妹们都紧紧围绕在他身边,一分一秒都不离开,这样一来,她连看都看得不真切,更不要说和他说上几句告别的话了。

马特乌什和他的母亲,以及其他的几个人,都向她打过招呼,但她并不在意。她全身心都贯注在这件事上:雅西要永远地走了,她就要永远地见不到他了,永远见不到他了。

村民们在波德列斯的十字架边,和朝圣者们告别后就回家了。朝圣者们则依然高唱着圣歌继续前行,越走越远,最后消失得无踪无影了,只有在阳光弥漫的远方所掀起的一团团尘埃,才能看出他们的行踪。

"这究竟是因为什么？因为什么？"雅格娜痛苦地问道，最后疲倦无力地跟随着村民们回到了家里。

"我要倒下了！我要死了！"她这样想到。她感到自己快要死了，走得越来越慢，脚步越来越沉重，浑身无力——痛苦让她心力交瘁。

"我现在怎么办，怎么办？"她暗自问道。面对着这个灿烂的白天，她却觉得空虚、苦恼。

她在焦急地等待着期望的黑夜和寂静的到来，但黑夜并没有如她所愿，给她带来欣慰和快乐，反而让她通宵达旦地在房前屋后徘徊踯躅，在大路上走来走去，甚至跑到了波德列斯的十字架旁——那是她和雅西最后一次见面的地方。她睁着一双因痛苦而发炎的眼睛，努力在这块宽广的沙石地上寻找他走过的足迹，他人影掠过的地方，他脚踩过的每一块泥土。

但是，对于她说来，什么都不存在了，不存在了！既没有了爱情，也不再有希望了。

甚至到最后，她连眼泪都流干了，眼里只留下悲伤和绝望，像深可不测的痛苦之泉在闪烁。

只有在祷告的时候，她紧闭的嘴唇里才会发出这样的哀怨：

"我的上帝！这一切，这一切，究竟是为了什么呀？为了什么呀？"

第十三章

在多米尼科娃家里，生活都无法坚持下去了。雅格娜疯疯癫癫的，整天在外面乱跑，根本不理家事。安德烈干活儿不卖劲，吊儿郎当的，还常常到西蒙家去串门，田里的庄稼没人管，家里一幅衰败的景象：母牛常常没有挤奶便被赶到了牧场，小猪饿得整天嗷嗷叫，马儿也经常去啃咬空无饲料的食槽。老婆子虽然心急如焚，但也无能为力，因为她已半瞎，还蒙着绷带，走路都得靠拐杖。

这样一来，小麦地里的肥料堆都晒干了，没人去把它分开，亚麻也等着人去收割，土豆也需要散开晾干，家里的柴火也烧完了，总之，家里一团糟，而夏收就在眼前，人手却空缺。老婆子只好雇了一个雇农来干活儿，再就是尽自己所能来做些事情，同时，还想凭借她对儿女们的那点名存实亡的威严去驱使他们工作。

但雅格娜却装聋作哑，对母亲的指令和请求置之不理。而安德烈呢，她要是责骂他，他就蛮横地和她顶撞起来："我已经受够了这一切，我也要到外面世界去闯一闯！你把西蒙赶走了，那你就自己干去吧！他没有你，日子照样过得很好，他现在有房有钱还有老婆，家里还有一头母牛，成了一个地地道道的好农民。"

他在说话时，故意离母亲远一点，以免被她抓住。

"是啊，是啊，这个无赖倒会对付这一切！"她深深叹了口气，说道。

"他干得好极了，就连纳斯特卡也十分惊讶。"

"看来我得去雇人了，或者去雇一个长工来干活儿。"她大声说道。

安德烈搔搔脑袋，吞吞吐吐地说：

"嘿，何必去找外人呢，西蒙就是现成的……你只要说一声就行了……"

"你这个笨蛋！没有请你喝酒，你就别把脖子伸出去！（即没有问你，少管闲事之意。）"她怒喝道。但令她揪心的是，无论愿不愿意，她都得妥协，和西蒙重归于好。

但是，最令她担忧的还是雅格娜，她怎么劝说也无用，又不好直接问，安德烈也不知道，她又不好意思去向邻居打听。打从朝圣团离开村里前往琴斯托霍瓦之后的三天，她都处在不断的揣测之中，但依然毫无头绪，于是她便在星期六的下午，手抱着一只肥大的鸭子，来到了神父的家里。

直到傍晚她才回到家里，脸色阴沉，就像秋天的夜晚。她边哭边叹息着，对谁也不说话，直到晚饭过后，屋里只剩下她和雅格娜两人，她把房门关上后才开口说道："你知道吗，村里是怎么说你和雅西的？"

"我才不在乎那些流言蜚语哩！"雅格娜不情愿地答道，抬起了她那双狂热冒火的眼睛。

"不管在不在乎，你都要知道，瞒是瞒不过大家的！你悄悄做的事情，也会引起众人的闲话！他们说了你一些可怕的话，但愿上帝保佑你！"

接着，她便把从风琴师妻子和神父那里听来的、有关雅格娜的那些丑闻，都一五一十地说了出来。

"那天晚上,他们就对他进行了审问,风琴师还打了他一顿,神父也用烟斗敲打了他几下。为了不再受到你的引诱,他们就派他到琴斯托霍瓦去了!你听见了吗?!好好想想你干的好事!"她气愤地大声道。

"耶稣马利亚……雅西挨打了!他们打了他!"她立即跳了起来,好像要去保护他似的,但又只是咬牙切齿地叫道,"让他们的双脚烂掉,让瘟疫把他们一个个瘟死!"她放声哭了起来,泪水从她红肿的眼睛里倾泻而出,就像鲜血从裂开的伤口流出来一样。

多米尼科娃一点也不顾及女儿的伤痛,继续严厉地责骂她,句句都像棍棒那样重重打在她的身上。她把女儿的种种罪恶和丑行,都一件不落地数落了出来。同时,还把自己长期以来默默忍受的所有痛苦,也声泪俱下地倾诉了出来。

"现在这一切都必须当机立断,立即结束,你明白吗?你再也不能这样生活下去了!"她的声音越来越严厉,越来越冷酷无情,泪水从她蒙着绷带的眼睛里汩汩流出,"难道你想要大家把你当成最坏的女人,在背后对你指指点点的吗?主啊!我在晚年还要承受这样的耻辱,这样的耻辱!"她绝望地哭诉道。

"我听说,你年轻的时候也不比我好到哪里去!"雅格娜反唇相讥道。

老太婆气得连话都说不出来了。

"就是圣人也不会允许的!"

她无法再指责女儿了,而雅格娜则开始烫她明天要用的花边儿。晚上起风了,刮得树木沙沙作响,布满云彩的空中,月亮穿过,村里的姑娘们聚集在一起放声歌唱,有人拉着小提琴为她们演奏优美动听的乐曲。

这时候,窗外传来了正从这里路过的乡长太太的说话声。

"他昨天去了警察局,到现在都还没有消息。"

"他是和文书一起去的县里,这是昨天晚上的事。据村长说,是区长把他们叫去的。"马特乌什说道。

等他们走过去后,多米尼科娃又说起话来,不过这回口气要温和多了。

"为什么你不让马特乌什来我们家里?"

"他让我讨厌,我为什么要让一个讨厌的人来我们家呢?!我不需要男人,我也不要找什么男人!"

"不过,是时候了,你该找个丈夫了,这样一来别人就不会指责你了。即使你找的是马特乌什,别人也就不会说什么闲话了。而且马特乌什这个人,聪明能干,也很正直善良。"

老母亲在这件事情上劝说了很久,说词也很亲切动人,可是雅格娜却一直在烫她的衣物,心里又装满了别的烦恼的事情,所以母亲的话一点也没有听进去,一句也没有回答。于是她母亲只好闭口不语,拿起了念珠。

院子里一片寂静,只有风吹树响和磨坊里辘辘转动的声音。夜已深了,月亮也被浓厚的云层遮住了,不过云层的边缘还是银白色的,空隙处透露出了几许的银光。

"雅格娜,你明天得去忏悔,等摆脱了罪孽,你就会过得很轻松。"

"有什么用呢?我不去,不去!"

"你不肯去忏悔?!"她母亲惊讶地问道。

"我不去,只知惩罚而不愿消灾除恶,神父就是这样的人,所以我不去。"

"小声点!不然的话,天主会因为你的胡言乱语而惩罚你!我告诉你,你要去忏悔,要去赎罪,要向上帝请求宽恕,这样你才会变好!"

"我要忏悔什么?请问我的痛苦还少吗?我到底做错了什么事、犯了什么罪孽?一定是因为爱,我才得到这样的报应。世上最糟糕的事情都让我遇上了。"她悲愤填膺,痛诉自己所遭到的不幸。

啊!可怜的女人,她根本没有预感到,一点也没有想到,她会遭受到这样残酷的惩罚。这完全出乎她的意料,也极其不公平。

第二天是星期天,在做弥撒之前,有个消息便传遍了整个村庄——乡长因盗用公款而被捕了。

一开始,大家都不敢相信,尽管每时每刻都有更多更可怕的细节陆续传来,但大家都没有把这件事放在心上。

"这是那些吃饱了肚子没事干的人编造出来的消息,用来供大家消遣取乐的。"村里有些较严肃的人这样说道。

直到铁匠从城里回来,证实了这条消息,人们才敢相信。到了中午,杨介尔也向大家宣告:"这一切都是真的!乡里的公款少了五千卢布,乡长的田产被没收抵账,如果还不够,就得由利普查村的村民来偿付余款!"

这个消息激起了公愤。上帝可以做证,大家都已经家徒四壁,穷得叮当响,连吃的东西都没有了。许多人靠借贷,才能维持到夏收。现在还要他们来偿付这个强盗盗用的公款,真是天理不容呀!于是大家都义愤填膺,纷纷出来指责、咒骂、威胁,抗议就像石块一样投射出来。

"就让他像狗一样倒霉吧!"

"我又不是他的同伙,才不会替他还债!"

"我也不会!他吃喝玩乐,大手大脚惯了,现在却要我们受苦受难,去偿还他的债务!"许多人都感到非常苦恼,有的还哭了起来。

"我早就盯住他了,我也说过,他绝不会有好结果。你们那个时候都不信我说的话,现在你们可都看到了吧!"老普沃什卡故意这样说,他的老婆和他一唱一和的,配合得很好,谁愿意听这番话,她就一再重复。

"你们知道吗？安特克为了还这笔债，都计算好了，每垧地要交三个卢布。为了这样的朋友，他就是交十个卢布也在所不惜。"

大家都被这个消息镇住了，于是这一天到教堂去的人很少，大多数村民都在谈论这件事情，人人都很伤心。有的人站在篱笆墙边，有的人站在屋门屋后，更多的人聚集在池塘岸边，一起抱怨着。最使他们疑惑的是，乡长把这么多的钱花到哪儿去了。

"他一定是把钱藏在什么地方了，他一个人是花不了这么多钱的。"

"他是很信任文书的，但文书是个什么样的人，众所周知！"

"这个人真是可惜了，他给我们大家都带来了伤害，自己也落得悲惨的下场。"有些处事很谨慎的人这样说道。

这时候，肚子肥胖的普沃什卡的老婆也插了进来，揉着没有泪水的眼睛，装出一副同情的样子："我很同情乡长的老婆，她是一个可怜的女人。她原来像个地主婆那样，过得很排场、很高贵，但现在可怎么办呢？房子被没收了，田地也被充公了。她只好去租房子住，替别人打工以维持生活。乡长花掉这么多钱，好像她并没有享受到多少福啊！"

"实际上他们没有少享福！"科兹沃娃大声嚷道，急忙参与进来，但责备的方法却有所不同，"他们的日子过得可舒坦了，像贵族家里一样，天天吃肉，这两个坏蛋！喝咖啡时乡长老婆得放半罐糖，还用大玻璃杯喝酒！我还看见他们从城里运回半车各种好吃的东西，他们的肚子靠什么养得这么肥，绝不会是靠吃素的吧？"

大家都很细心地听她说话，但都觉得是无稽之谈。不过，最让他们动心的，却是风琴师老婆的一番话。她好像是碰巧来到了村里，听到了大家的谈话，便故作漫不经心地说道："怎么啦？难道你们不知道，乡长把这么多的钱花到哪里去了吗？"

大家都拥上前来把她围住了，非要她说出来不可。

"这是最清楚不过的事了,他的钱都花在了雅格娜身上。"

这消息太出人意料了,大家都非常惶惑地你看着我我望着你。

"打从春天以来,整个教区都在议论这件事。我不想多说什么,你们要是不相信,可以去问问别人,哪怕到莫德利查村去问个什么人都可以,你们就可以了解到真相了!"

她装作不想泄露什么秘密的样子,走开了。但是那些女人们却紧跟着她,把她拉到围墙下面逼她说出来。她也做出一副无可奈何的样子,好像是在私底下说这些秘密似的。她说乡长曾给雅格娜买过好几串金项链、好几条精美的丝巾,以及珊瑚项链,还给了她大量的现金!——这些自然都是她胡编出来的,她们却毫无疑义地都相信了她,只有雅古斯丁卡愤愤不平地站了出来,大声说道:"克里杜希—巴依杜希,为我们祈祷吧!夫人,这是你亲眼看见的吗?"

"是我亲眼看到的,我可以到教堂里去发誓!他盗用公款都是为了雅格娜,也许还是她怂恿的!咳,咳!她是什么坏事都做得出来的,是个不知羞耻、忘恩负义的女人,心目中毫无神圣可言。她像条发情的母狗那样,在村子里乱奔乱跑,走到哪里就把耻辱和不幸带到哪里。甚至连我的雅西她都想去勾引——他还是个天真无邪的孩子。他把一切都详详细细地告诉了我!这个小荡妇,连神父也不放过!"由于怨恨,她的话说得又急又快,停止时,她已喘得很厉害,上气不接下气了。

她的这席话,如同一粒火星落在一堆火药上。过去村民们对雅格娜的一切不满、一切嫉妒、一切愤恨、一切仇恨如今又重新爆发出来了。她们都不再怀疑了,纷纷指责起雅格娜来,而且声音一个比一个高,其混乱场面真是难以形容。

"在神圣的土地上,我们怎么能容忍这样的坏人存在呢?"

"老马捷伊是怎么死的?你们都好好想想!"

"全村的人都要替她去赎罪哩!"

"她还要勾引神父去犯错呢!天主啊,请你发发慈悲吧!"

"就是因为她呀,村里才会出这么多酗酒、吵架和犯罪的事啊!"

"她是全村的祸根,因为她,利普查村才会被别村的人指手画脚。"

"在污染空气这方面,她比瘟疫还要可怕。"

"只要她住在村里一天,就少不了罪孽、淫荡和邪恶。今天乡长会为了她贪污公款,明天保不准会有另一个人走上他的老路。"

"要用棍子把她赶走,像赶野狗那样!"

"要把她驱逐出去,像驱逐瘟疫病人那样,把她赶到森林里去!"

"把她赶出去,这是唯一的办法!赶走她!"她们群情激愤,怒气冲天,呐喊声不断。后来,在风琴师老婆的提议下,她们又全体来到了乡长老婆那里。她们见乡长老婆哭得声泪俱下,便走上前去拥抱她,陪同她哭泣,对她越发同情。

过了一会儿,风琴师老婆才提起了雅格娜。

"千真万确!雅格娜就是这一切的祸根!"她绝望地哭道,"这条恶狗,这个魔鬼!她作了孽,应该打死在篱笆下!她带给了我耻辱、不幸,愿她被蛆虫吃掉!"她倒在了靠背椅子上,哭得肝肠断裂,哭得死去活来。

她们也陪她哭了很久,见太阳快要落山了,才纷纷回家去。只有风琴师老婆留了下来,她们关起门来,又密谋了一会儿。过了一会儿,她们便到各家各户去游说,要实行她们的一项秘密行动。

参加这次行动的还有普沃什卡的老婆,以及其他的几个女人,这些人结成一伙来找神父,但神父只是摊开双手对她说道:"我是不会卷进这件事里去的。你们想干什么就干,我并不关心。明天我会在查尔诺夫待上一整天的。"

傍晚的时候,村子里闹腾腾的,有的人在开会,有的人在争吵,有的人在密谋。天黑之后,那些参与密谋的人都来到了酒馆,由风琴师夫妇招待他们喝酒。村里的头面人物和已婚女人全都到了,又在这里商量了很长的时间。后来,普沃什科娃大声叫道:"安特克·波利那哪儿去了?整个村子的人都来了,他是利普查村的首户,缺了他可不行。他不到场,我们大家做出的决定就不能生效!"

"是啊!我们得派人去把他叫来,他必须来!少了他不行!"大家大声嚷道。

"若是他袒护她呢,我们该怎么办?"有个女的说道。

"他绝不敢和全村人作对,我们全体赞同的,这是一致的决定!"

这时候,安特克早已睡觉了,是村长把他从床上拉起来的。

"你必须前去表个态。若是不去,大家便会说你在袒护她,说你和大伙儿作对!那些老娘们儿也绝不会宽恕你过去犯的那些错误。走吧,就去做个了断好了!"

他去了,但是怀着沉重的心情去的——他没有办法,不得不去。

酒馆里挤得满满的,熙熙攘攘,闹声喧天。突然,店里静了下来,风琴师站在一张凳子上,像布道似的发表演说:"没有别的办法了!一个村子就像一座房子,如果一个贼偷走了一根木梁,另一个就会拿走一根木椽,第三个就会挖走一块墙壁,到最后这座房子就会倒塌下来,把里面的人都压死!我们村里也一样,如果人人都随随便便去偷窃、去杀人、去欺压别人、去淫逸放荡,那我们这个村庄能像个村庄吗?不,我要告诉大家,这不是村庄,而是魔鬼的巢穴,是耻辱、污浊之地,大家都会避而远之,一听到有人提起它,就会在胸前画十字。我要告诉你们,这样的村子一定会遭到上天的惩罚的,就像过去的所多玛和蛾摩拉(《旧约》中的罪恶之城)那样。惩罚会落到我们所有人的头上,因为不管是行恶的人,还是纵容和包庇犯罪的人,都是罪人。《圣经》这样教导我们:倘若你的一只手触犯了你就应该把那只手砍掉，倘若你的一只眼睛触犯了，你就应该把它挖掉扔给狗吃！我要告诉你们，雅格娜，她比任何瘟疫都要厉害。她播下道德败坏的种子，她违犯天主的十戒，她招来天主的震怒和严厉的惩罚！必须把她驱逐出去，趁还来得及，要尽早把她赶出去！她罪恶滔天，现在，清算的时刻到了！"他像头公牛那样号叫着，怒目圆睁，满脸通红，一副凶狠的样子。

"是啊，是啊，人民有权奖赏，也有权惩罚！把她从村里赶走！赶走！"喊叫的声音越来越响。

乡长的弟弟格热拉讲了，老普沃什卡也说了，古尔巴什也讲话了，但没有人听他们的，因为风琴师的老婆正在讲雅西的事情，乡长老婆也在诉说自己的种种苦处，再加上其他人的添油加醋，整个酒馆变得像集市一样热闹。

只有安特克还没有表态。他站在吧台前，脸色像黑夜一样阴沉，牙关紧咬，内心忍受着莫大的痛苦。有好几次，他恨不得抓起一条板凳，将这些乱喊乱叫的人全都打个稀巴烂。但他突然感觉到自己身上好像有许多蛆虫在蠕动，于是竭力控制住自己，一杯接一杯地喝酒，朝地上吐唾沫，低声咒骂着。

过了一会儿，普沃什卡来到他的跟前，用整个大厅都能听见的声音问他："我们大家一致决定，把雅格娜驱逐出村去。安特克，说说你的意见。"

整个酒馆立即安静了下来，所有的眼睛都转到了他的身上。大家都确信他会反对，但他却吸了一口气，伸直了身子，大声说道："我生活在这个村子，就要与村子共进退！你们要把她赶走那就赶走好了，你们要把她供上祭台就供上祭台好了！一切由你们决定，对我说来，反正都一样！"

他一说完便推开大家走了出去，没有再看一眼谁。

他走了之后,大家还商量了很久,一直闹到了天亮。直到凌晨,他们才最终决定,把雅格娜驱逐出村。

很少有人站出来替雅格娜说话,只要有人替她辩护,便会被大叫大喊压下去。只有马特乌什一人毫无惧色,敢于和众人直面相抗,还把全村的人大骂了一顿。随后他便离开了酒馆,跑去求安特克搭救雅格娜。

"你知道雅格娜的事吗?"他脸色苍白得如同死人的一样,全身都在发抖。

"我知道了,但法律是在他们那一边。"安特克正在井边洗脸,答话很短。

"让法律见鬼去吧!这都是风琴师夫妇搞的鬼……难道对于这种不公正的举动我们要坐视不管吗?她究竟有什么罪?她触犯了谁?他们加在她头上的那些罪孽都是一派胡言,纯粹的胡说八道!主啊,这样一来,她岂不是要像疯狗那样被赶出村去?难道就没有别的办法了?"

"难道你想要对抗全体村民的决定吗?"

"听你的意思,是要和他们站在一起了?"马特乌什用责备的口气说道。

"我哪一边都不站!如今的她,对我说来不过是块石头罢了!"

"救救她吧,安特克!我求你想想办法吧!我的上帝,我的脑子里一团糟,你出出主意,她能到哪儿去呢?这帮狗杂种,这帮混蛋,这群恶狼!我真想拿斧头把他们都砍死,一个也不放过,一个也不放过!"

"我是不会帮你的,你单枪匹马一个人去反抗整村的人,能有什么用呢?一点用也没有!"

"你这是对她怀恨在心啊!"马特乌什勃然大怒道。

"是不是怀恨在心,是我自己的事,和别人完全不相干!"安特克生硬地答道。然后他靠在井台上，抬眼望着远方。原已被压在心底深处的对雅格娜的感情，现在正在他心中翻滚沸腾，把他折磨得连站都站不稳了。他就像一棵被狂风吹动的大树那样摇曳不停，呜呜作响。

他朝四周一看，马特乌什不见了。他现在觉得面前的这个村庄很是陌生，又吵又闹，又脏又乱，令人恶心。

的确，这是个令人难忘的日子，天气也有些不同寻常。圆盘一般的太阳，在空中放射出苍白的光芒。天气酷热、憋闷，令人感到窒息。天空中悬挂着低矮的、形状怪异的云，不时有阵阵的热风刮来，把一团团尘土卷起，刮上天空。这预示着一场暴风雨即将来临，在森林那边的地平线上，雷声已隆隆，电光闪耀。

这时候，村民们的骚动达到了顶点，人们发疯似的跑来跑去，几乎所有的家庭都发生了争吵，有几个女人还在池塘边打架。狗在不停地狂吠乱叫，几乎没有人下地干活儿了，牛羊也被关在棚里，哀哀嚎叫。甚至神父这一天也没有做弥撒，一大早就跑出去了。骚乱在不断变多，每个人身上的不安情绪，每分每秒都在增长。

安特克看到，在风琴师院子里集合的人越来越多，便扛起一把镰刀，到森林边上的地里去了。

劲风吹得麦子摆动得很厉害，甚至还把沙子吹到了他的眼睛里，很影响他割麦。但他还是站稳脚跟，一路割了过去，同时还平静地倾听着远方的嘈杂声。

"也许他们已经动手了！"他的脑海里突然闪过这一念头，心像在被捶打一样跳动得异常激烈。一阵愤怒涌上他的心头，他伸了伸腰板，想扔下镰刀跑去救她，但最后还是及时地克制住了自己。

"善有善报，恶有恶报，自作孽，不可活！随它去吧，随它去吧！"

黑麦在他的脚下晃动起伏，仿佛湖上的水波，劲风吹乱了他的头发，吹干了他脸上的汗珠。他的眼睛几乎什么也看不见，似乎他的一切都已去到雅格娜的身边了。他现在只是凭借着结实的手臂和娴熟的技术本能地挥动着镰刀，一排排地刈割着黑麦。但风把村里又长又尖的叫喊声传了过来。

他扔下镰刀，坐在如墙一般的黑麦前面。随后又趴在了地上，把身体紧紧贴在地面上。他竭力控制住自己，尽管他的眼睛像疯鸟那样一直在遥望着利普查村，尽管他的心因惶恐不安在大声呐喊，尽管他的身体因担心害怕而不停地战栗着。

"一切事物均需遵照本身规律而行，一切均是如此。犁地是为了播种，播种是为了收获，如果有什么东西阻碍我们，我们就要像拔野草那样把它拔掉。"在他的心里，有一种古老而又严酷的声音这样说道。它不正是来自大地和人类的栖息地吗？

他试图再次反抗，但最后还是屈从了。

"是的！人人都有保护自己不让恶狼吃掉的权利！"

现在，虽然还有一些残存的悔恨，还有一点不切实际的想法，但那声音就像夏日的龙卷风那样，灰蒙蒙的，围住了他，把他掀了起来。

他站了起来，用磨刀石磨了磨镰刀，在胸前画了个十字，朝手心里吐了口口水，便又卖力地干起来。锋利的镰刀在空中飞舞着，随着沙沙的响声，一排排如墙的黑麦应声倒下。

与此同时，村子里却开始了可怕的审判和惩处，笔墨都难以描写。利普查村好像得了伤寒病似的，整个村子混乱之极，村民们都像疯子似的。那些较为理智的人不是躲在家里不出来，就是下到地里干活儿去了，其他的人则聚集在池塘边上，像饱饮了仇恨似的。他们相互大声叫喊，用恶毒的语言诅咒对方，借此来发泄心中的怒火，其响声有如从远方传来的雷鸣声。

过了几分钟，这些村民如同一股哗哗作响的洪流，向着多米尼科娃家冲涌过去。风琴师老婆和乡长老婆带头，其他的一群乌合之众，愤怒地呐喊着,紧紧跟在她们的后面。她们如同暴风雨般冲进了屋里,震得墙壁都颤抖起来。多米尼科娃想挡住他们的路,顿时就被推倒在地。安德烈跳上前来,也被打倒了。最后是马特乌什,他站在内室的门外,尽力想阻止,虽然他用力挥舞着木棍,但转眼之间,他也被打得头破血流,不省人事,躺在了墙下。

雅格娜躲进了储藏室,还把门从里面锁住,但还是被他们推开了。她背墙而立,既不反抗,也不哭喊,脸苍白得像死尸的,眼睛睁得大大的,发出了威胁的光芒。

上百双利爪般的手伸了过去,从四面八方把她抓住,就像抓住一棵根浅茎细的树木,把她拖到了院子里。

"把她捆起来,别让她跑了!"乡长老婆下令道。

路上停留着一辆事先就准备好了的板车,车上装有满满的一车猪粪,套有两头黑牛。他们把捆紧了的雅格娜扔进了粪堆里后,在震耳欲聋的喧闹声中,游街队伍出发了,伴随着一路的辱骂、讥笑和诅咒。每一句话都如一把置人于死地的匕首,直朝着雅格娜刺了进去。

突然,整个队伍在教堂前面停住了。"我们在这里把她的衣服脱光,再在门廊里狠狠地抽打她一顿!"科兹沃娃大声叫道。

"像这样的婊子,通常都是在教堂外面被鞭打的!打得皮开肉绽才行!"

幸好墓地的大门锁上了。雅姆布罗兹拿着神父的猎枪守在旁门口,当他们停住时他便大声吼道:"谁若是敢闯进门来,我就开枪把他打死!我说话算数,我会像打狗一样把他打死的!"他站在那里,看上去很凶很可怕,还做好了开枪的准备,迫使他们不得不放弃原来的打算,而转到白杨大道上去了。

他们加快了步伐,因为暴风雨要来了。天空变得越来越阴沉,高大的白杨树被风吹得东摇西晃的,尘土直朝人们的眼里刮去,四面八方都是雷声在轰鸣。

"彼得,赶快点,再快些!"人们不安地望着天空,催促道,吵闹声也有所减弱。由于道路中间的沙土太软太厚,他们都在大路两旁走着。偶尔有一两个特恨雅格娜的人会到板车旁大骂一通:"你这个母猪、婊子,该把你送到兵营里去的!"

"好啊,现在也让你尝尝羞耻的滋味,尝尝忧伤的滋味!"

没有人愿意赶车,只好让波利那家的长工彼得来承担这个任务。他走在车旁,用鞭子催赶着两头母牛,趁人不注意,他轻轻地对她说了几句安慰的话:"不远了。你会有报仇雪恨的那一天……现在忍一忍……"

这时的雅格娜被绳子捆住、扔在了粪堆上,满身是血,衣服被撕碎。她颜面丢尽,身败名裂,遭受到无法承受的耻辱。她现在悲惨地躺着,对身边的一切全然不知、浑然不觉,只有两行热泪沿着她那满是粪的脸颊流了下来。有时候,她的胸腔在鼓胀,好像要呐喊出什么来,但却什么声音都发不出来,最后堵成了她心中的一块石头。

"快一些,彼得!再快一些!"他们一再地催促他。他们很焦急了,便快步跑了起来,一直来到森林边上利普查村村界的土丘上。

他们抬起了车上的木板,把猪粪和雅格娜一起抛到了地上。随着落地的一声响,雅格娜便仰面朝天地躺在了地上,无法动弹。

这时,乡长老婆跑上前来,用脚踢了她一下,恶狠狠地道:"你再敢回到村子来,我们就放狗咬你!"她拾起一块块石头或者土块,用尽全力朝她扔了过去,"为了我受害的孩子们!"

"为了全村的耻辱!"另一个女人也给了她第二次打击。

"让你永远不得翻身!"

"让你死无葬身之地!"

"让你饿死、渴死!"

除了谩骂，就是土块、石头和一捧捧沙子，它们如雨粒般地打在她的身上，但她依然像根木头似的躺在那里一动不动，双眼仰望着正在她头上摇来摇去的树枝。

天空立即暗了下来，大雨倾盆而下。彼得借口要把车子收拾一下，没有立即就走，大家也不再等他，三五成群地匆匆朝村里赶去。他们默不作声，显得有些沮丧。走到半路上时，他们遇见了多米尼科娃，她满身血迹，衣衫褴褛，一面哭着一面用拐杖探路，艰难地行进着。她和他们擦身而过时，用一种令人胆战心惊的尖叫声吼道："瘟疫、大火和洪水都不会放过你们！"

他们听到这样的咒语，个个都耷拉下脑袋，灰溜溜地跑走了。

这是一场特大的暴风雨。天空变成了猪肝色，尘土变成了巨大的云团，白杨树在抽泣呜咽，树枝给吹得弯腰倒地。狂风怒吼，和麦子展开了全面的搏斗，随即它又像公牛那样狂奔乱叫，向着稠密的森林冲了过去，发出了震天价响。雷电交加，带着隆隆巨响划破长空，让大地颤抖，把房屋震坏。纠结在一起的青紫色的云层悬挂在低空中，只有齐裤腿那样高。而且，越来越多的云块被吹散，被闪电劈开，闪现出一条条耀眼的亮光。时而有阵阵冰雹撒下，打得树叶和树枝纷纷落地。

这样周而复始，反复轮回，除了有几次间歇外，这种状况足足持续了一整天，一直到傍晚。接着，便是宁静、幽黑和清凉的夜晚。到了第二天，天气格外晴好，天空万里无云，明净如洗，大地上布满了闪烁的露水，鸟儿在纵情歌唱。在这充满活力而又清新的空气中，一切都欣欣向荣、生机勃勃。

利普查村又恢复了老样子。太阳刚从地平线上升起，就有成双成对的农民下地干活儿了。村民们仿佛是商量好了似的，都出来收割了，有的还全家出动。各家各户的铁叉和镰刀闪闪发亮，田间小路和每条大道上都是人来车去的，一片繁忙景象。

当教堂里的早祷钟声响起时，人人都已经在自己的地里站立好了，静静地听着钟声。离教堂近的农民，还能隐隐约约地听到教堂里的风琴声。大家都做起祷告来，有的跪在地上，有的大声背诵，有的发出虔诚的叹息，以便获取劳动的精神力量。有的画着十字，有的往手心里吐口水，有的脚踏实地，弯腰苦干，所有人都非常卖劲地挥动着叉子或镰刀，开始了夏收。收割的地里一片庄严肃穆的气氛，把这繁重而又连续不停的、收获最大的劳动，变成了神圣的礼拜。

可太阳升得越来越高，炎热每时每刻都在增强，热火似的阳光洒满田地，把收获的日子变成了金黄麦子的翻腾时刻，摇曳的麦穗发出了悦耳的响声。

全村空荡荡的，像一座无人的死村，家家户户都敞开着大门。只要是活着而又能走动的人，全都去参加收割了，就连孩子、老人和病人也不例外。甚至狗也挣脱了绳索，离开空无一人的家里，跟着主人跑到地里去了。

在目力所及的所有田地里，在可怕的酷热中，在金灿灿的麦田里，从黎明到天黑，铁叉和镰刀都在闪闪发亮。白色的衬衫、红色的裙子到处可见，人人都沉浸在忘我的劳动中。没有一个人偷懒，也没有人去关注邻人的收成，他们一心只扑在收割上，像老黄牛那样孜孜不倦地劳动着。

唯有多米尼科娃家的麦地尚未收割，好像被人遗忘了似的。麦粒已一颗颗地从麦穗上掉落下来了，麦穗也已枯萎，但看不到有人在地里干活儿。经过那里的路人都掉过头去，不忍看到这幅凄惨的景象。有人叹息，心生同情，也有人若有所思地看了看那边，更加勤奋地工作，因为他们现在还没有时间来为这种衰败和荒芜思考。

现在正是夏收最忙碌的日子。天气晴朗，阳光充足，大家日复一日地干活儿，进度越来越快，虽然劳累，但也充满了无限的乐趣。

之后的数天，天气好得不得了，他们把割下的麦子打成捆，在地里堆成一堆堆的，以便合适的时候运回村里去。

从这时候起，沉重的满载的马车便无休无止地滚滚前行。在所有的田地、小路上，在通向各家已收拾整洁的谷仓前，都能看到金色的麦浪一路涌了过来，涌进了院里，涌进了打谷场。大车在池塘旁边隆隆而过，有的还在路旁的大树上留下了几根倒垂的麦秆，好像是金色的胡子那样。整个乡村都弥漫着枯萎麦秆和成熟新麦的香气。

现在，有些打谷场上已经响起了连枷打麦子的啪啪声——村民们都急于把麦子变成面包。而在那些收割完了的空旷的麦地里，一群群鹅儿正在搜寻掉落下来的麦粒，大批的牛、羊也在那里。有的地方还点起了篝火，姑娘们整天唱着歌，发出欢快的嬉笑声、歌声，和人们的呼叫声、马车的辚辚声交织在一起，让村民们晒黑了的、快乐的脸，显得更加容光焕发了。

黑麦还没有收割完，地上的燕麦又等着开镰了，大麦也在人们的眼前迅速成熟，小麦的金黄色也是一天浓过一天，这样一来，人们无法休息，甚至连吃顿闲饭的工夫都没有。他们那样劳累，晚饭吃着吃着便想睡觉了。但是，当大家晚上回到家里的时候，整个利普查村还是充满笑声欢语的，处处是笑声、交谈声、歌声和音乐声。

由于青黄不接的时节已经过去，谷仓都是满满的，村民们——即使是最贫穷的，也都昂起了头挺起了胸，对自己的前途和那渴望已久的幸福生活充满了信心。

就在这金色的收获的日子里，有一天，人们正在收割和运送大麦，那个年老的盲乞丐，牵着他的那条狗，来到了利普查村。虽然天气很热，他却不肯停下休息，而是直接去了波德列斯。他那弯曲的双脚要支撑起肥胖的大肚子，走起路来确实很费力气，他只好慢慢地走着，时时伸出鼻子来闻闻，竖起耳朵来听听，也会在割麦人旁边停一下，说声"赞美上帝"，并请他吸口鼻烟。如果有人往他的手里塞个硬币，他便喃喃念几句祈祷文。然后他有意地——却又装作不情愿的样子，来打听雅格娜的消息和村里的情况。但是，他打听到的消息很少，人们都不想多谈这些事情，只是随口应付而已。

一直走到波德列斯，他才在十字架旁停了下来，正好碰见了马特乌什，后者正在不远的地方为铁匠的风车加工木材。

"请把我带到西蒙家去！"老乞丐说着，挂着拐杖一颠一颠地朝前走去。

"你在他家里不会愉快的，那里只有哭泣和悲哀。"马特乌什轻声说道。

"雅格娜还病着吗？听人说，她的脑子出了点问题……"

"那倒没有，但她一直躺在床上，对世上的一切几乎忘得一干二净了！她的这副样子，连铁石心肠的人见了，都会动容的。人啊！人啊！"

"一个基督徒的灵魂就这样被伤害了。听说，她的母亲要把全村的人告上法院。"

"那一点用处也没有，那是全村的人在会上做出的决定，他们有这个权利。"

"众怒难犯呀，真是可怕！"老乞丐说道，不禁打了个寒战。

"的确可怕，但也是愚蠢的、可恶的、不公平的！"马特乌什怒气冲冲地说道。他把盲乞丐领到了西蒙家，自己先进去看了一看，转身便出来了，偷偷地擦了擦眼泪。纳斯特卡坐在墙下纺纱，盲乞丐在她旁边坐了下来，从袋里掏出一个蓝瓶来。

"听好了，你每天用这瓶里的药水给雅格娜擦三次，尤其要擦擦她的脑门儿。一个星期后，她的那些伤疤便会消失。这是普西诺夫的修女送给我的药水。"

"上帝会赐福给你的！都过去两个星期了，她还不省人事。有的时候她会跳起来想逃出去，一边哭着一边叫雅西的名字。"

"多米尼科娃怎么样了？"

"她也和死人差不多了，只是常常坐在雅格娜的床边。她们恐怕都活不长了，活不长了。"

"天主啊！这么多人给毁了！西蒙现在还好吗？"

"现在他住在利普查村那边。他身上的担子很重，一切都要靠他来谋划，我得在这里看护这两个病人。"

纳斯特卡把十个格罗什硬币塞到盲乞丐的手里，但他不肯要。

"我是诚心实意送给她药水的，我还要为她祈祷。她为人很友善，像她这样对待穷人的人世上少有。"

"真的，真的，她确实是个好心肠的人，要不然，也不会受这么多苦的。"她说道，抬眼望着屋外。

这时候，利普查村传来了祈祷的钟声，伴随而来的还有马车的辚辚声、磨镰刀的霍霍声，以及远处的歌声。而西方空中的尘埃，在金色晚霞的辉映下，把整个村庄、田野和森林都掩盖了起来，轮廓渐渐变得模糊不清了。

老乞丐站了起来，把村里的狗赶跑后，收拾了一下他的要饭袋，便拄着拐杖，向大家说道："亲爱的人们，上帝与你们同在！"

第四卷　夏——全文完